CLAUDE DEBUSSY
LE PLAISIR ET LA PASSION

«Quelle règle suivez-vous ?»
demandait à Debussy un pilier du Conservatoire.
«Mon bon plaisir!» Libre Debussy!

Tracer son portrait
ne saurait s'accommoder d'aucun
académisme. Prises à la palette de
son œuvre, quelques touches
pointillistes composeraient
un personnage plus fidèle.

L'*Après-midi d'un faune*, pour
la volupté. *Jeux*, pour celui
de massacre auquel il se livra contre
tous les conformismes.
Mélodies, pour son chant ivre.
La Mer, qui érode toutes les fadaises
du genre symphonique.
Ses *Préludes*, ouverts à toutes
les odyssées harmoniques.
Ses *Etudes*, pour dégourdir l'avenir.
A notre époque plus férue de querelles
d'écoles que de plaisirs partagés, cette liberté ravit.
En préférant l'aventure des silences retentissants
à la sécurité des théories clinquantes,
Debussy ouvre la musique sur le rêve.

«Je ne suis pas d'ici. Je ne suis pas née là...»
frémit son héroïne Mélisande.
«Je n'ose pas l'interrroger», hésite le prince Golaud.
Dans ces deux répliques éclatent tous les doutes qui
accompagnèrent l'écriture
de *Pelléas et Mélisande,* durant dix ans.
Deux êtres fragiles. Comme musique et poème
unis pour le meilleur et pour l'avenir
dans une tragédie feutrée de l'amour impossible.
Voilà des soupirs qui changeaient des *hojotoho*
wagnériens, le cri de ralliement des Walkyries.
La fluidité de *Pelléas et Mélisande*
a bouleversé l'opéra du vingtième siècle.
Cet envoûtant théâtre de l'indicible
ne pouvait que séduire les deux compères
de *La Tragédie de Carmen,* Peter Brook
et Marius Constant.
Dans la nudité du théâtre
des Bouffes du Nord,
ils explorent de libres
Impressions de Pelléas,
revendiquent d'être aussi
«complexes et aussi innocents
que la musique».
«Comment devient-on
debussyste ?»
s'enquit un journaliste.
«Un peu de goût suffit.»

Gilles Macassar et
Bernard Mérigaud
sont journalistes
musicaux à Télérama.

Ont collaboré à cet ouvrage : Jacques Emmanuel Fousnaquer (pp 62, 66 et 70), Martine Lecoeur (p. 116), Marcel Marnat (p. 150) et Fabienne Pascaud (pp. 146 et 148)

Dépôt légal : novembre 1992
Numéro d'édition : 58004
ISBN : 2-07-053224-0
Imprimé en Italie par Editoriale Libraria.

CLAUDE DEBUSSY
LE PLAISIR ET LA PASSION

Gilles Macassar et Bernard Mérigaud

DÉCOUVERTES GALLIMARD HORS SÉRIE
TÉLÉRAMA

« Cet homme-là, il faudrait le poétiser ! », s'exclamait Paul Dukas. Avec raison. Jamais Debussy ne cessa de ferrailler contre son époque, contre les émois de blanchisseuses des mélodies en vogue et la fascination trouble des idoles wagnériennes. Alors qu'il se définit « simple comme une herbe », ses tourments décapent par leur pertinence. Certes le compositeur de l'*Après-midi d'un faune* poursuivit les nymphes de la musique avec des transports acharnés et assidus. Mais c'est un Pan d'avenir qui s'annonçait.

CHAPITRE PREMIER
DE LA MUSIQUE AVANT TOUTE CHOSE

Debussy photographié par son ami l'écrivain Pierre Louÿs dont il mit en mélodies les *Chansons de Bilitis*. Pour le titre du quatrième Prélude, deuxième livre, le compositeur s'inspirera d'une gravure d'Arthur Rackham, *Les Fées sont d'exquises danseuses*, dénichée dans un de ses livres favoris *Peter Pan dans les jardins de Kensington*, de J.M. Barrie.

Moi, Dieubussy, musicien français

Il voulait composer une musique «sœur de la poésie». Au risque de déconcerter ses contemporains, jamais il n'abandonna cette quête de la «musique pure». Résistant farouchement aux modes, pourfendant toutes les lâchetés officielles, miné par les tracas domestiques, Debussy travaillait sans relâche, se corrigeait sans cesse, obsédé par l'exigence de la «simplicité».

Selon Paul Arosa, le fils de son parrain, Debussy eut honte toute sa vie de ne pas être issu d'une famille respectable. Sa mère [ci-dessous], Victorine, a confié ses cinq enfants à sa sœur.

«La musique semblait intoxiquer Debussy. Son visage de chèvrepied, ambré, ses mèches torses où l'œil pouvait chercher la feuille et le pampre, trépidaient d'un délire intérieur. Dans les moments de fixité intense, ses prunelles croisaient légèrement leur regard, à la manière des animaux chasseurs que leur propre guet hypnotise.»

Obsédé par une œuvre qu'il vient d'entendre, Debussy en traque l'écho.

«Une sorte de grondement d'essaim, ou de poteau télégraphique, sortait de lui, un murmure tâtonnant et indécis. Puis le souvenir se précisa, et son visage fermé s'ouvrit soudain.

– Attendez, attendez !... dit-il très haut. Comme ça... mmmm..., et comme ça mmmm...

«L'un de nous saisit au vol, étira le lambeau mélodique retrouvé.

– Oui, oui, s'écria Debussy. Et pendant ce temps-là, ce sont les violoncelles qui disent "mmm...". Et les timbales, bon Dieu, rien qu'un frémissement qui annonce l'explosion des cuivres, et... et...

«A bouche fermée, puis miaulant selon qu'il imitait les violons, il haletait, écartelé par les timbres qui bataillaient dans sa mémoire. Le tisonnier, empoigné, lui servait à marteler le palissandre du piano. De sa main libre, il fit "zzziiii !" le long de la vitre , puis clappa des lèvres sèchement et dit "doug, doug" d'une voix cristalline, pour nous restituer les gouttes liquides du "mustel".

«Debout, il se servait à la fois de sa voix, de ses bras, de ses pieds, et deux mèches noires de cheveux en spirale dansaient sur son front. Son rire de faune ne répondait pas à nos rires, mais à une sollicitation intérieure, et je gravais en moi l'image du grand maître de la musique française, en train d'inventer, devant nous, le jazz-band.»

La plume de Colette attrape le chorus de cette soirée, mais elle omet de préciser si sa propre voix cajola les thèmes de jappements swingués. Ce portrait renvoie un reflet bien pétulant au pomponné «Claude de France !» momifié par Gabriele D'Annunzio. A moins de lui préférer son surnom de cabaret, ce «Christ hydrocéphale» gagné à la sueur des protubérances osseuses qui bosselaient son front. Pour rallier les opinions, on peut aussi entonner le railleur «Dieubussy !» d'un Erik Satie jamais en reste pour crucifier d'une formule pointue ceux qu'il jalousait.

«J'étais promis à une belle carrière de marin»

Va pour Dieubussy ! Mais sans dérive messianique. Ni fils, ni disciple, ni évangile. Il annonce une nouvelle ère de la musique mais ne prophétise pas. Ses tables de la loi ? En un seul credo. «Quelle règle suivez-vous ?», s'alarmait le secrétaire du Conservatoire, désorienté par la liberté de son élève envers le droit canon de la composition. «Mon plaisir», sourit le faunesque Dieubussy.

Entre son «vieux galvaudeux» de père, touche-à-tout instable, et une mère à la fibre maternelle sérieusement effilochée, Achille Claude n'est pas prédisposé à courtiser les muses de la création. Si, devenu adolescent, il se rebelle contre les écoles, aucun joug ne motive de tels rejets : il n'en a pas connu. Son orthographe, hasardeuse jusqu'à la fin de sa vie, en est le permanent reflet. «Vous ne savez peut-être pas que j'étais promis à la belle carrière de marin, et que seuls les hasards de l'existence m'ont fait bifurquer», révélera-t-il au compositeur André Messager.

On suppose que sa tante Clémentine l'ancre au piano. Il lui fallait apprendre à tenir un cap : la belle-mère de Verlaine, Mme Mauté, dont le fils se lia avec Debussy père durant la Commune, s'en chargera. Qu'importe si l'aimable et attentive sirène se vante, bien légèrement semble-t-il, d'avoir été l'élève de Chopin. En sa compagnie, en seulement dix-sept mois, Debussy largue les amarres. Le voici à la barre du plus caréné des bateaux ivres, le piano, grâce auquel il aborde les rivages d'un vieux continent sans dérive pour y accomplir ses humanités : le Conservatoire. En 1874, il a douze ans. C'est un «charmant enfant, véritable tempérament d'artiste», remarque Marmontel, l'un de ses professeurs dont Bizet a dit : «Avec lui, on apprend plus que le piano, on devient musicien.»

Debussy [ci-contre âgé de 10-12 ans] ne connut aucune scolarité. Son orthographe restera défaillante toute sa vie.

Manuel, son père [ci-dessous], manifestait une instabilité pathologique, et pas seulement conjugale. La famille changeait de domicile quatre à cinq fois par an. Lui-même fut successivement marin, représentant de commerce en articles ménagers, aide-comptable, engagé dans les forces de la Commune. «Faible de caractère», mentionne son dossier aux Archives nationales.

Plutôt la musique d'avenir que les exercices académiques

L'auguste Marmontel, patriarche «aux doigts gris, rabougris, et comme usés par l'exercice de son art», prônait peut-être la supériorité de la musique vocale sur la musique instrumentale en gémissant «O mère, ô douleur amère» sur la *Symphonie pathétique* de Beethoven, mais il ne passait jamais à côté de «la moindre marque d'intelligence [...]; il n'en fallait pas plus pour éclairer son visage», rapporte Camille Bellaigue. Et les suites d'arpèges, les accords insolites improvisés par son élève l'intriguaient.

Un an après l'admission de Debussy au Conservatoire, on lit ce commentaire sur son épreuve de solfège : «Excellent lecteur, oreille parfaitement sûre; encore un peu en retard sur les principes.» En retard sur les principes ! Debussy ne s'en souciera jamais. César Franck l'invite à moduler ? «Mais pourquoi voulez-vous que je module, puisque je me trouve très bien dans ce ton-là ?», rétorque naturellement l'apprenti. En cours de théorie, il écarte les exercices académiques, préfère discuter musique de l'avenir avec Albert Lavignac, l'auteur du *Voyage à Bayreuth*. Ses rapports avec son professeur d'harmonie s'abîment dans la cacophonie. Tout cela avec plus d'inébranlable assurance que de rage adolescente.

Ses passes d'armes, Debussy les réserve au piano. Vu par Gabriel Pierné : «Maladresse naturelle ou timidité, je ne sais, mais il fonçait littéralement sur le clavier et forçait tous les effets. Il semblait pris de rage contre l'instrument, le brusquant avec des gestes impulsifs, soufflant bruyamment en exécutant des traits difficiles.» Bien sûr, le Conservatoire est aux mains d'une réserve naturelle de romantico-sentimentalo-passéistes, mais de là à s'y sentir comme derrière des barbelés...

«Par quelle suite de miracles ces deux mots, art et règlement, ont-ils pu se trouver associés»

«Qu'on veuille apprendre la musique ? On a le choix entre le Conservatoire et la Schola Cantorum, où, fût-on génial comme Bach, doué comme Chopin, il faut subir le même règlement.

Par quelle suite de miracles ces deux mots, art et règlement, ont-ils pu se trouver associés est proprement inimaginable. Sans revenir aux maîtrises de la Renaissance qui ne s'accorderaient peut-être plus avec notre époque, ne pourrait-on pas s'en inspirer et retrouver cet enseignement à l'air libre, sans désir de gloire trop prompte, où l'élève prenait le beau titre de disciple et craignait son maître autant qu'il l'aimait. Ne mêlons pas le respect, qui n'est qu'une vertu, à l'art qui est la plus belle des religions, faite d'amour et d'égoïsme accepté.»

Dans un autre article, lui aussi rédigé bien après le Conservatoire, Debussy poursuit sa charge : «Si parfois un quelconque homme de génie essaie de secouer le dur collier de la tradition, on s'arrange de façon à le noyer dans le ridicule.» Ne gardons de ces philippiques que la profession de foi, rien n'atteste que le musicien fut brimé ou bridé.

D'ailleurs, en 1903, reconnu par ses pairs, il accepte de faire partie du jury du prix de Rome, et, six ans plus tard, entre au Conseil supérieur du Conservatoire. La seule symphonie que Debussy composa de sa vie, selon le principe de thème et variations qu'il exécrait, pourrait s'intituler : «Râleries pour un homme seul». Car il y retournera, au Conservatoire, après un intermède de vie de château.

La cantate *L'Enfant prodigue* [1884] lui ouvre les portes de Rome. Avec un viatique prometteur du jury: «Sens poétique très marqué, coloris brillant et chaud, musique vixvante et dramatique».

En 1880, il se produit dans le trio de Mme von Meck, la protectrice de Tchaïkovski à qui elle expédie une *Danse bohémienne* du «gentil Bussy».

«Etes-vous capables d'entendre des accords sans réclamer leur état civil ?»

Pour gagner sa vie, dans ce Chenonceaux qui abrita Diane de Poitiers, Debussy combat les insomnies de Mme Wilson Pelouze, la maîtresse de Jules Grévy mais aussi une des fondatrices de *La Revue wagnérienne*. En 1880, on le retrouve en Russie, pianotant chez Nadejda von Meck, l'égérie en or massif de Tchaïkovski, qui livrera ce commentaire sur une composition de «ce petit Français mince, gai, remuant» : «Très joli mais vraiment trop court : rien n'est développé, et la forme est bâclée.» Il est encore trop tôt pour parler d'influence russe – Debussy ne découvrira Moussorgski qu'à Paris –, en revanche il retourne au Conservatoire avec une énergie de cosaque. Qu'on nous permette ici de mêler le témoignage de deux de ses camarades d'études.

«Une tête ébouriffée parut dans l'entrebâillement de la porte ; l'élève qui entra, et bientôt s'assit au piano, était déjà l'homme qu'il allait devenir.

– Foule d'ahuris ! Etes-vous

capables d'entendre des accords sans réclamer leur état civil et leur feuille de route ? D'où viennent-ils ? Où vont-ils ? Avez-vous besoin de le savoir ? Ecoutez : ça suffit ! Si vous n'y entendez goutte, allez dire à M. le Directeur que je gâche vos oreilles.

«Au piano nous entendîmes des grondements chromatiques imitant les omnibus qui descendaient le faubourg Poissonnière, des groupes de quintes et d'octaves consécutives, de septièmes qui, au lieu de se résoudre comme il fallait, menaient en fait à la note supérieure ou ne se résolvaient pas du tout ; des "faux rapports" éhontés ; des accords de neuvième à tous les échelons de la gamme ; des accords de onzième et de treizième ; toutes les notes de la gamme diatonique jouées à la fois dans des dispositions fantastiques ; de chatoyantes suites d'arpèges contrastaient avec des trilles joués sur les deux mains sur trois notes à la fois.

«Durant plus d'une heure, il nous tint sous le charme autour du piano, sa tignasse ébouriffée s'agitant constamment tandis qu'il jouait. Enfin le surveillant, Ternusse, alarmé par ces bruits étranges qui retentissaient à travers les corridors, fit irruption pour mettre un terme à notre "leçon". Debussy était un dangereux "fanatique" et l'on nous pria de vider les lieux.»

Permis de séjour pour Rome

En 1884, avec sa cantate *L'Enfant prodigue*, Debussy gagne sa carte de séjour pour Rome. Il s'y rend «malgré les tracas qu'apporte fatalement le moindre titre officiel». Rome, unique objet de son ressentiment, «idéalement laide... ville de marbre et de puces». Il se déclare «écrasé, annihilé» dans cette «prison» de la villa Médicis où «un accord dissonant provoquerait presque une révolution».

«Les seules heures où le monsieur à sensations musicales s'est réveillé en moi», Debussy les éprouve en écoutant de Lassus et Palestrina dans une église : «Je considère comme un véritable tour de force les effets qu'ils tirent simplement d'une science énorme du contrepoint. Vous ne vous doutez probablement pas que le contrepoint est la chose la plus rébarbative en musique. Or, avec eux, il devient admirable, soulignant le sentiment des mots avec une profondeur inouïe et, parfois, il y a des enroulements de dessins mélodiques qui vous font l'effet d'enluminures de très vieux missels.»

L'Académie de France à Rome : «M'y voilà dans cette abominable villa. Tout ce monde-là est parfaitement égoïste, chacun vit pour soi», se lamente un Debussy déprimé par «cette vie de sous-officier à solde entière». Il y restera encaserné ses deux ans réglementaires.

La lucidité de Debussy demeure d'une belle actualité : «Sans vouloir discréditer l'Institution de Rome, on peut au moins en affirmer l'imprévoyance... Je veux dire par là qu'on abandonne froidement de très jeunes gens aux tentations charmantes d'une entière liberté dont, au surplus, ils ne savent que faire... Or, en arrivant à Rome, on ne sait pas grand-chose – tout au plus sait-on son métier ! – et l'on voudrait que ces jeunes gens, déjà troublés par un complet changement de vie, se donnent à eux-mêmes les leçons d'énergie nécessaire à une âme d'artiste. C'est impossible !»

Poursuivre *Diane au bois* : un travail au-dessus de ses forces

Parce qu'il refuse de pantoufler, sous Achille Claude se débat déjà Debussy. *Zuleima* est en chantier, mais les vers de Georges Boyer sont écrits en festons armés. «Je crois que jamais je ne pourrais enfermer ma musique dans un moule trop correct. Je me dépêche de vous dire que je ne parle pas de la forme musicale, c'est simplement à un point de vue littéraire. J'aimerai toujours mieux une chose où, en quelque sorte, l'action sera sacrifiée à l'expression longuement poursuivie des sentiments de l'âme. Il me semble que, là, la musique peut se faire plus humaine, plus vécue, que l'on peut creuser et raffiner les moyens d'expressions.»

Plus loin, il insiste : «Il est certain que l'Institut ne sera pas de mon avis, trouvant évidemment que son chemin est le seul bon. Tant pis ! J'aime trop ma liberté et ce qui est à moi. Au moins, si elle me défend la liberté de milieu, je pourrai me venger sur celle de l'esprit. Mais cela n'est qu'une boutade, la seule chose vraie, c'est que je ne peux faire que cette musique-là. En tout cas, je ferai tout ce que je pourrai pour qu'il y en ait quelques-uns de contents, les autres, ça m'est égal.»

En luttant avec la composition du *Diane au bois* de Théodore de Banville, il pressent déjà qu'«il faut chercher après Wagner, et non pas d'après Wagner» : «J'ai entrepris un travail peut-être au-dessus de mes forces, cela n'ayant pas de précédent, je me trouve dans l'obligation d'inventer de nouvelles formes. [...] Je voudrais que l'accent reste lyrique sans être absorbé par l'orchestre.»

En 1893, sur l'invitation d'Ernest Chausson, il partage les joies des bords de Marne en compagnie de son ami, le compositeur Raymond Bonheur.

Marie-Blanche Vasnier, dite «bouche de fée», à qui il dédicace ses mélodies de jeunesse. Chanteuse et femme du monde, elle préfigure les passions de Debussy.

Décidément, Rome est bien le lieu où il éprouve «le malaise inexprimable des choses qui ne se sentent pas à leur place». En cherchant la faille on trouve aussi la femme, Mme Vasnier, dite «bouche de fée» dans la correspondance où il quémande son retour à Paris, auprès d'elle. En vain.

«Un dangereux ennemi de l'art»

La nostalgie est d'autant plus vive que le bouillant Achille ne déposa pas seulement des mélodies, dont *Fêtes galantes*, sur la gorge de l'aimable chanteuse amateur et sous le regard bienveillant de son mari. Le couple Vasnier représente aussi cet avant-Rome où l'apprenti compositeur apprécie un milieu raffiné et ouvert aux arts picturaux, goûte aux poètes : Paul Bourget et surtout Théodore de Banville, qui incita les plus audacieux à jeter leur gourme métrique et théorique pour se laisser gagner par des sensations personnelles, intimes, des images résonnant de leurs propres palpitations musicales, de rythmes libres de leur propre ivresse. Dès 1872, Théodore de Banville annonçait le symbolisme : «La musique doit inévitablement revenir à la fonction qu'elle avait en Grèce et dans les anciennes civilisations d'Orient où elle était sœur jumelle de la poésie.» Verlaine répond présent : «Prends l'éloquence et tords-lui le cou [...]. De la musique avant toute chose.» Et Mallarmé : «La poésie n'est pas faite avec des idées mais avec des mots.»

Anéanti par ses privilèges romains qu'il continue de traîner comme un boulet, le bagnard de la villa Médicis améliore son ordinaire d'un festin de publications littéraires, de livres, autant de colis bienveillants qui avivent ses regrets du Parnasse éloigné. Il va néanmoins jusqu'au bout de ses deux ans de peine et regagne Paris en 1887. Mais les geôliers du bon goût ont pris soin d'estamper son envoi d'une marque d'infamie que Debussy ne parviendra jamais à effacer. L'Académie parle de «son vague impressionnisme, l'un des plus dangereux ennemis de l'art».

Tout à la joie de son retour, il a déjà balisé son chemin. En 1890, il écrira à Raymond Bonheur : «Je n'ai nullement l'intention de déconcerter mes contemporains par d'insomnieuses harmonies. Je veux simplement l'assentiment de gens qui sont humainement désintéressés des programmes trop faciles et veulent bien croire à une musique sans alliage. Pourquoi chercher avant tout une étiquette, et par là se mettre à la hauteur des choses que l'on vend dans les bazars ? Faisons donc de la musique contenant toute notre vie, et non pas un petit coin que nous ne croyons rare que par montage de cou et par des conversations de ceux qui n'en font pas [de la musique]; ça n'empêchera ni toutes les littératures ni toutes les philosophies.»

A son retour, il doit subvenir aux besoins de son père, une fois de plus renvoyé de son emploi. «Il est évident que les châteaux en Espagne qu'on avait construits sur un rapport futur de ma gloire se sont bien tristement laissés tomber à l'eau !» Il ne croit guère à un *Rodrigue et Chimène*, vite abandonné.

Théodore de Banville invite les artistes à rejeter les théories qui asphyxient l'art.

«On peut se rendre à Bayreuth en train ou à cheval. Il faudrait y aller à genoux», recommande Albert Lavignac qui fut le professeur de solfège du petit Claude Debussy.

Parsifal rachète les débauches wagnériennes

Alors «wagnérien jusqu'à l'oubli des principes les plus simples de civilité», en 1888, Debussy entame son pèlerinage à Bayreuth, la «Mecque plus ultra», selon le mot de Willy. Enchanté par *Parsifal* au point d'y traquer à plusieurs reprises, pour ses propres œuvres, une couleur orchestrale comme éclairée par-derrière, il est durablement impressionné par «un des plus beaux monuments sonores que l'on ait élevés à la gloire imperturbable de la musique». On en perçoit des réminiscences dans *La Damoiselle élue*, les interludes de *Pelléas* ou *Le Martyre de saint Sébastien*, mais il ne peut s'empêcher d'ironiser sur les héros : Amfortas qui «se plaint comme une modiste» ou Kundry, cette «pierreuse sentimentale».

Sur la *Tétralogie*, il se déchaîne

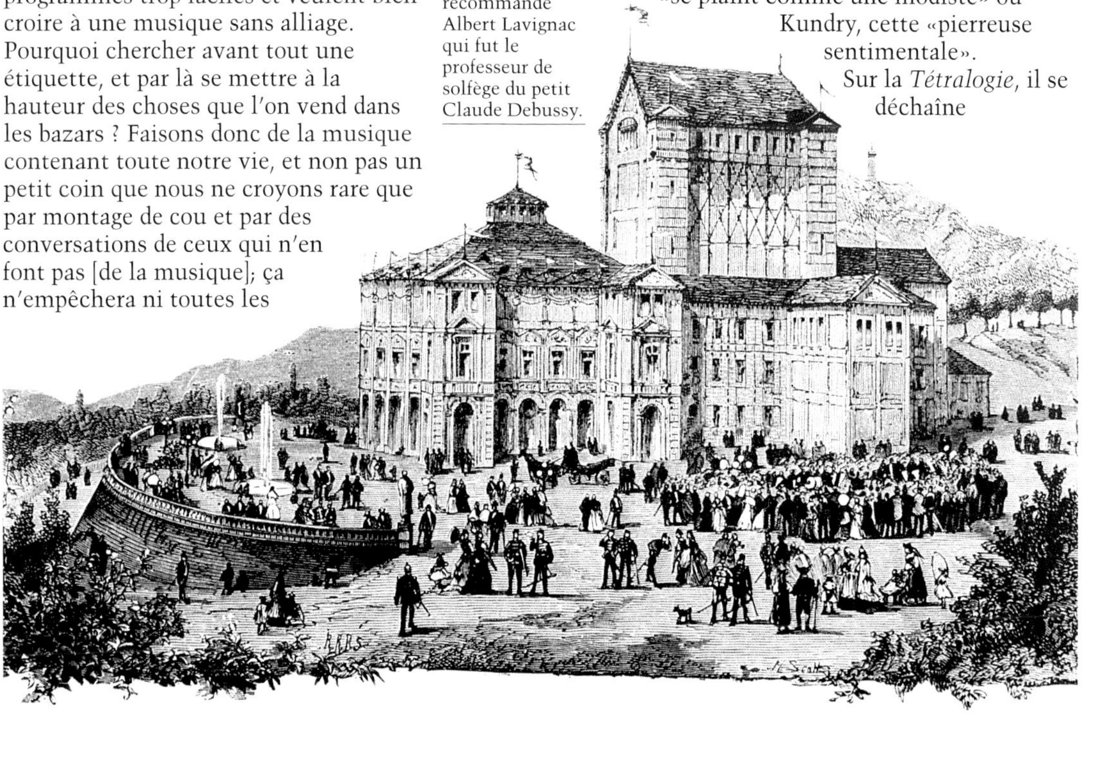

franchement : «Que ces gens à casques et à peaux de bêtes deviennent insupportables à la quatrième soirée... Songez qu'ils n'apparaissent jamais sans être accompagnés de leur damné "leitmotiv" : il y en a même qui le chantent ! Ce qui ressemble à la douce folie de quelqu'un qui, vous remettant sa carte de visite, en déclamerait lyriquement le contenu.» Sous la vacherie et l'appétit des phrases épicées, Debussy est d'une clairvoyance rare à son époque quand, au-delà des querelles esthétiques et nationalistes, il déclare : «Wagner fut un grand ramasseur de formules [...]. On peut dire qu'il avait mis le point final à la musique de son temps à peu près comme Victor Hugo engloba toute la poésie antérieure. [...] L'erreur fondamentale vient de ce qu'il fallait considérer Wagner comme la géniale conclusion d'une époque et non comme un chemin ouvert sur l'avenir !» La métaphysique de walhalla, la surcharge de sens, la moindre intention appuyée jusqu'à saturation excède celui qui voudrait composer une musique «sans alliage».

Debussy en appelle à son panthéon personnel, à l'arabesque de Bach, au vieux clavecin de Couperin, à la clarté de Rameau «qui sut découvrir de la sensibilité dans l'harmonie», et à noter «certaines couleurs, certaines nuances, dont avant lui les musiciens n'avaient qu'un sentiment confus». Haro sur son successeur, Gluck-le-suborneur, à qui il écrira une lettre ouverte : «Vous prosodiez fort mal; du moins, vous faites de la langue française une langue d'accentuation quand elle est au contraire une langue nuancée. [...] Malgré le côté luxe de votre art, il a eu beaucoup d'influence sur la musique française. [...] Vous contenez l'enfance des formules wagnériennes et c'est insupportable. [...] On vous doit d'avoir fait prédominer l'action du drame sur la musique.»

Dès lors qu'il s'écrie «Il n'y a pas d'école Debussy. Je n'ai pas de disciples. Je suis moi», il est normal que Debussy se définisse plus volontiers par ses oppositions que par des partis pris théoriques; même si, en Purgon, il veut «décongestionner» la musique.

Ainsi, à propos du vérisme, il écrit : «Les personnages se précipitent les uns sur les autres en s'arrachant les mélodies de la bouche, où, en un acte, on fait tenir toute une vie : naissance, mariage, assassinat compris... Ce qui permet d'écrire le minimum de musique, puisque, très logiquement, on n'a pas le temps de l'entendre.»

Fondé par le peintre Roldophe Salis, le cabaret montmartrois recueille autour d'un piano droit de l'arrière-salle les improvisations de Debussy et de Satie, sur les chansons de Paul Delmet. Lors de ses javas nocturnes, il rencontre la pulpeuse «Gaby aux yeux verts».

«J'abomine les doctrines et leur impertinence»

Quant aux compositeurs naturalistes, «avec leurs préoccupations sociales et leur prétention à mettre la vie en accord de septième, ce ne sont que de tristes moules, et si , en effet, ils ont une vision de la vie, ce n'est qu'à travers la dernière note de leur blanchisseuse». S'il se laisse conquérir par les séductions de Massenet, il lui reproche de méconnaître le silence.

Pour Debussy, toute écriture tournant autour du principe de thème et variations est un procédé mécanique, un éloge du remplissage. Son idéal est de pureté : «La musique n'admet guère tout ce qui ressemble à de la conversation et celui qui trouvera "l'interview en musique" sera digne des plus hautes

récompenses.» C'est pourquoi il apprécie chez Moussorgski cet «art de curieux sauvage qui découvrirait la musique à chaque pas tracé de son émotion»; cette incandescente fraîcheur qui réclame «la vérité à bout portant».

Que cherche le compositeur ? «J'abomine les doctrines et leur impertinence. Je veux écrire mon songe musical avec le plus complet détachement de moi-même. Je veux chanter mon paysage intérieur avec la candeur naïve de l'enfance.»

Riche de ces seules certitudes ruminées durant sa vie de bohème, Debussy va de son pas tranquille entre les cabarets du «Chat noir» et le «Reynold's», où il conduit des chœurs endiablés, et la fréquentation du salon bourgeois d'Ernest

Au piano chez les Chausson, avec la maîtresse de maison. L'ami Ernest, effrayé par les audaces harmoniques et amoureuses de Debussy, décline la dédicace du *Quatuor à cordes.*

Il envisage d'habiter avec l'écrivain Pierre Louys dans un grand appartement à Neuilly.

Chausson, installé dans sa gloire musicale comme un bienveillant notable. Il vit alors «dans une sorte de mansarde où, dans le plus grand désordre, se trouvaient une table boiteuse, trois chaises de paille, quelque chose qui ressemblait à un lit et, en location, un magnifique piano Pleyel».

En maître-tapeur, il apparaît plus wagnérien que nature. Envers son éditeur, Hartmann, ce ne sont que suppliques (habile pour émouvoir dans sa détresse, il ne sera toutefois jamais larmoyant dans sa musique). Envers Ernest Chausson, un soupçon de déférence emporte toujours une rallonge. Avec Pierre Louÿs, dont il mettra en musique les *Chansons de Bilitis*, les rapports sont plus francs. Ils se donnent du «vieux fou», s'envoient des petits cadeaux et des billets de couventines, ne cessent de se déclarer leur affection mutuelle et projettent même d'habiter ensemble. La pécuniaire fidélité de Louÿs ne manque pas de panache. Quand, en 1891, il hérite d'une grosse somme, il apprend sa tuberculose qui lui laisse trois ans à vivre. Sans tergiverser, il divise ladite somme en trois et la flambe dans le temps imparti. Hélas et tant mieux, il survit en pleine forme... mais ruiné.

«Dans la purée la plus noire», Debussy délaisse la pulpeuse Gabrielle Dupont, dont les scènes, dues au manque d'argent, lui pèsent. Là, comme après, avec l'abandonnée suivante, une tentative de suicide ne lui arrache pas une note d'apitoiement. En revanche, ses frasques amoureuses le brouilleront avec les plus attachés de ses amis. En 1899, il épouse Rosalie Texier, mannequin chez les sœurs Calot. Une anecdote, écrit-il à Pierre Louÿs. Quand il avoue avoir donné *in extremis* une leçon de piano pour gagner de quoi offrir un bien modeste repas de noce, on imagine que le salaire de Lilly n'est pas le moindre de ses avantages. Sinon, «elle n'aime pas la musique; sa chanson favorite est une ronde où il est question d'un petit grenadier à la mine vermeille qui porte comme un vieux troupier un chapeau sur l'oreille... C'est ineffable et d'une esthétique peu agressive». Voilà une déclaration d'amour chaleureusement tournée ! Sur le tard, la p'tite Lilly se vengera en suggérant que Debussy était «plus voluptueux que passionné»...

Pierre Louÿs marié, Debussy songe aussi enfin à se caser. Il épouse Lilly Tessier [ci-dessous], sans enthousiasme excessif.

Auditeur de *Pelléas* au théâtrophone (retransmission d'opéra par téléphone), Marcel Proust fut un pelléastre de la première heure, poussant le zèle asthmatique jusqu'à éternuer quand, au sortir des souterrains, le demi-frère de Golaud vante l'odeur des roses mouillées. Le romancier insomniaque convoqua le Quatuor Caplet qui, moyennant un royal pourboire, exécuta le *Quatuor* de Debussy, modèle du septuor de Vinteuil dans *La Recherche du temps perdu*.

Pelléas, le rêve d'un poète

Miné par une vie domestique qui toujours l'ennuiera mais où il aura constamment le souci de tenir son rang, poursuivi par les créanciers, Debussy est capable de la plus complète abstraction quotidienne lorsqu'il compose. Ailleurs, hors du monde. Les sens en alerte, tourné vers le «poète qui, disant les choses à demi, me permettra de greffer mon rêve sur le sien; qui concevra des personnages dont l'histoire et la demeure ne seront d'aucun temps, d'aucun lieu; qui ne m'imposera pas, despotiquement, la "scène à faire" et me laissera libre, ici ou là, d'avoir plus d'art que lui, et de parachever son ouvrage... Je rêve de poèmes... qui me fourniraient des scènes mobiles... où les personnages ne discutent pas, mais subissent la vie et le sort». Cette quête que traduit la mise en œuvre de *Pelléas et Mélisande* dès 1893, ces points de suspension étirent leurs promesses jusqu'à l'univers des mélodies.

Pour le compositeur Henri Sauguet, «sa musique ne court pas son chemin à côté, au-dessous, ou même au-dessus, du poème : la voici tout entière animée par le poème lui-même; il ne s'agit plus d'un accompagnement mais d'un jeu d'ombres et de lumières qui va, non pas se superposer, se juxtaposer au texte, mais créer autour de lui un état d'âme, un paysage, comme le reflet d'un paysage ou d'un état d'âme». C'est l'esprit des fameuses *Correspondances baudelairiennes*, dans lesquelles l'artiste scrute la nature, qui «est un temple où de vivants piliers laissent parfois sortir de confuses paroles; l'homme y passe à travers des forêts de symboles qui l'observent avec des regards familiers», et où l'on perçoit «comme de longs échos qui de loin se confondent, dans une ténébreuse et profonde unité». Debussy ne suggère pas autre chose en soulignant sa préférence pour le bruissement des feuilles d'arbres sur tous les savants traités de composition.

L'Après-midi d'un faune, «cet admirable poème cochon» (Verlaine)

Avec lui, le sens de l'amitié se fond dans d'exigeantes affinités. Comment n'éconduirait-il pas le compagnonnage proposé par Proust, dont le sens de l'observation quasi chirurgical dissèque le moindre état d'âme, dont la mémoire acérée engrange dans le monde salonard les éléments de sa future *Recherche*, en entomologiste d'un temps perdu ? Debussy ne devait pas apprécier cette froide précision. Comment ne lui préférerait-il pas l'infini espace du verbe mallarméen, mouvant, au seuil de la conscience; la richesse de doute du poète qui tâtonne et déclare : «J'ai trouvé une façon intime et singulière de peindre et de noter des impressions très fugitives. Pour plus de terreur, ces impressions se suivent comme dans une symphonie, et je suis souvent des journées entières à me demander si celle-ci peut accompagner celle-là, quelle est leur parenté et leur effet» ? Dans *Le Tombeau d'Edgar Poe*, Mallarmé écrit : «Donner un sens plus pur aux mots de la tribu.» Debussy est assidu aux mardis littéraires du poète, compose sur *Placet futile* et *Apparition*, courtise les nymphes de l'enchanteur en s'identifiant à *L'Après-midi d'un faune* (1894) – «cet admirable poème cochon», dit Verlaine.

«C'est un berger qui joue de la flûte le cul dans l'herbe», répond Debussy au chef Chevillard, le bien-nommé, qui le taraudait avec des demandes d'explication, manifestement dérouté par une musique à la fois si peu narrative et tellement imagée. La notice de l'édition originale aurait dû suffire : «Ce sont les décors successifs à travers lesquels se meuvent les désirs et les rêves du faune dans la chaleur de cet après-midi. Puis, las de poursuivre la fuite peureuse des nymphes et des naïades, il se laisse aller au sommeil enivrant, rempli de songes enfin réalisés, de possession totale dans l'universelle nature.»

Le ballet l'*Après-midi d'un faune* renforce l'aspect érotique du poème mallarméen, jusqu'au scandale : à la fin, le faune (interprété par Nijinsky et peint par Léon Bakst) a un geste équivoque avec le foulard de la nymphe enfuie. Mallarmé, lui, exulte et écrit à Debussy que son œuvre «ne présentait de dissonance avec le texte, sinon d'aller bien plus loin, vraiment, dans la nostalgie et dans la lumière, avec malaise, avec richesse».

Plus loin que son poème Mallarmé

Dix minutes éblouissantes comme le désir, entre incandescente torpeur, évanescente moiteur, brûlante fraîcheur et indolente ardeur. Un frisson continu tapi à la frontière de la forme lied et de

la forme sonate et qui s'envole en toute liberté. Le solo de flûte qui ouvre ce *Prélude* offre une nouvelle respiration à toute la musique. «Aimai-je un rêve ?», s'interroge le faune. En nous ébrouant difficilement au finale, nous nous posons la même question, car Debussy ne conclut pas. Le motif initial, repris, se meurt, évanoui, réduit à quatre notes, en suspens, perpétuellement inachevé. Mallarmé reconnaît que la musique «va plus loin, vraiment, dans la nostalgie et dans la lumière, avec finesse, avec malaise, avec richesse».

Pour comprendre comment Debussy tailla un linceul à cette douairière d'histoire de la musique et à ses muses outrageusement fardées de récits, il suffit de lire son introduction aux *Nocturnes* (1899) : «Le titre *Nocturnes* veut prendre ici un sens plus large et surtout plus décoratif. Il ne s'agit donc pas de la forme habituelle de Nocturne, mais de tout ce que ce mot contient d'impressions et de lumières spéciales. *Nuages* : c'est l'aspect immuable du ciel avec la marche lente et mélancolique des nuages, finissant dans une agonie grise, doucement teintée de blanc. *Fêtes* : c'est le mouvement, le rythme dansant de l'atmosphère avec des éclats de lumière brusques, c'est aussi l'épisode d'un cortège (vision éblouissante et chimérique) passant à travers la fête, se confondant en elle ; mais le fond reste, s'obstine, et c'est toujours la fête et son mélange de musique, de poussière lumineuse participant à un rythme total. *Sirènes* : c'est la mer et son rythme innombrable, puis, parmi les vagues argentées de lune, s'entend, rit, et passe le chant mystérieux des sirènes.» Debussy prévient : ne vous fiez ni à la forme ni au titre (décoratif) de l'œuvre pour y accrocher une histoire.

Mallarmé, peint ici par Manet, reçoit Debussy en hôte régulier de ses mardis de la rue de Rome. Le musicien entraîne le poète à écouter du grégorien à Saint-Gervais et à assister à la première parisienne de la *Walkyrie*. Ils applaudissent côte à côte à la création de *Pelléas et Mélisande* de Maeterlinck au théâtre de l'Œuvre. Enfin, Mallarmé se rend en voisin chez Debussy rue de Londres pour entendre au piano le *Prélude à l'après-midi d'un faune*, «l'air fatidique, orné d'un plaid écossais».

L'espressivo des fantômes

«J'aime la règle qui corrige l'émotion», disait le peintre Georges Braque. Debussy s'en inventa de nouvelles. Il parle souvent de chimie, joue des éléments réactifs entre eux. La musique vit sa vie à travers un jeu de facettes qui se répondent dans une ivresse retenue, d'une rigueur sans poids, d'une vigueur délicate. Libre mais d'une implacable architecture. Jamais son intensité ne s'accentue dans des hurlements d'effets. Jamais sa légèreté ne se délite dans une dégoulinante mièvrerie. Un traquenard pour ses interprètes. Voyez ces indications : «dans une brume doucement sonore» (*La Cathédrale engloutie*); «un peu plus mouvementé. Léger et fantasque» (*Rondes de printemps*); «ce rythme doit avoir la valeur sonore d'un fond de paysage triste et glacé» (*Des pas sur la neige*); «*animando* et *appassionato poco a poco*, *p* doux, p marqué, *p* expressif et pénétrant» (*Etude X*). Faites sonner l'orchestre léger «comme une main de femme [...] avec moins de pied et un peu plus d'ailes», et, au piano, «il faut apprendre à travailler avec des mains d'acier un velours profond», prévient l'ensorceleur. Dans *Jeux*, 557 mesures sur 709 oscillent entre le *piano* et le *pianissimo*.

En répétition, un chef d'orchestre s'impatientait devant Debussy : «Ecoutez... Vous avez marqué *pp espressivo*... mais qu'est ce que vous voulez, *pp* ou *espressivo* ? On ne peut pas les avoir tous les deux...
– On ne peut probablement pas, réplique Debussy, sauf à admettre que *pp espressivo* est l'*espressivo* des fantômes.»

L'illumination debussyenne a horreur du mouvement qui délace les signes. Le temps a suspendu son vol. Le statisme se déploie en ondes. Il flotte un souffle subtilement mélodique. D'étranges consonances irisent l'espace. Un rayonnement solaire embrase nos horizons et, en même temps, atomise nos sensations les plus cellulaires. L'univers est instable, composé de forces éparses aux miroitements sans fin. A la lisière du silence, une régénération permanente trouble notre perception d'un temps perpétuellement inachevé, d'un motif étranglé, poignant, qui ne trouvera sa respiration définitive que dans notre temps, notre vibration personnelle. La musique de Debussy est un phénix qui renaît de ses sens. Elle se respire.

«Où ai-je trouvé l'oubli des ennuis de ce monde pour écrire une musique à peu près joyeuse, rythmée de gestes falots ?... Il faut tout de même croire que la Nature, si absurdement marâtre, a quelquefois pitié de ses enfants !», s'écrie Debussy en 1913, lors de la composition du ballet *Jeux* [ici peint par Valentine Hugo]. Il avait fallu que Diaghilev double son cachet pour qu'il acceptât de travailler à un argument «idiot et non musical».

«Une musique qui écoute»

«La musique de Debussy est moins une musique qui parle qu'une musique qui écoute, suggère le pianiste Jean-Joël Barbier. Ce qui importe, dans la démarche par fragments, par touches, ce n'est pas le chatoiement, c'est le fait que l'air puisse circuler autour des fragments. Dans cette musique pleine d'air, il y a des silences dans la musique même. Ce sont des silences faits de sons, ces silences joués qui donnent toute leur dimension aux éléments musicaux qu'ils enchâssent. Ces silences joués sont une manière sensuelle de créer "le prolongement". La musique contient en elle-même le temps, meublé comme il faut, nécessaire à la délectation de chaque trouvaille. Chaque trouvaille a devant elle l'espace qui nous permet d'en jouir pleinement. Ici, la raréfaction et la sensualité vont de pair.»

Debussy est pair de Cézanne, plus que de Renoir ou de Monet. Le précurseur de la peinture moderne cherchait à «construire une harmonie parallèle à la nature [...]. Il n'y a pas de lignes, de modelés, il n'y a que des contrastes. Quand la couleur a sa richesse, la forme a sa plénitude.» Au cœur de ses pommes cernées de tons chauds juxtaposés, Cézanne laissait souvent un point blanc, celui situé le plus près de notre œil, aveuglant, intense, nu, sans autre valeur que celle de la toile, comme si ce vide résumait, serrait, intensifiait le vertige de la composition. Debussy propose le même «blanc» dans l'irrésolu des motifs, il refuse de colorier la forme si elle ne trouve pas sa plénitude par elle-même. La plus longue de ses œuvres instrumentales ne dépasse pas vingt-six minutes.

L'affaire Dreyfus de la musique

Avant le choc de *Pelléas et Mélisande* (1902, l'année de ses quarante ans), la gloire de Debussy fleurit dans un cercle assez restreint : avertis, musiciens, compositeurs, amis sincères... et critiques fielleux : «Une nouvelle forme d'amorphisme musical» salue son unique *Quatuor* (1893) dont l'audace harmonique déroute, déployée dans une charpente assez classique.

Debussy a poursuivi *Pelléas et Mélisande* durant près de dix ans, depuis ce soir de 1893 où, en compagnie de Mallarmé, il assiste à la pièce de Maeterlinck. Dix ans à déchirer des esquisses hantées par de vieux fantômes wagnériens. Dix ans à «chercher la musique derrière tous les voiles qu'elle accumule, même pour ses dévots les plus ardents». Des nuits de cauchemars «où tout à coup Golaud se transformait en huissier et adaptait les termes de son assignation aux formules musicales qui caractérisent le personnage». D'épuisantes querelles avec Maeterlinck, qui voulait y imposer sa maîtresse dans le rôle principal, contrarient son «pas de cheval d'omnibus».

«Si, dans un opéra, vous vous occupez de la musique, d'une part, du sentiment, d'autre part, le résultat sera nécessairement un échec. Je sais que mon *Pelléas et Mélisande* a soulevé beaucoup plus de critiques que tout autre opéra créé ces dernières années. J'ai été et je suis encore accusé d'avoir omis de placer dans mon opéra toute espèce de mélodie. Or, en fait, *Pelléas* n'est que mélodie. Seulement, cette mélodie n'est pas coupée, n'est pas divisée en tranches selon les règles anciennes – et absurdes – de l'opéra ! Ma mélodie est intentionnellement ininterrompue, sans nulle trêve, car elle vise à reproduire la vie même. Je sais bien que l'on ne peut fredonner ou siffler aucune phrase de mon opéra, et j'ai conscience qu'aucun fragment de ma musique n'aura jamais les honneurs de l'orgue de barbarie ni du piano mécanique. Inutile de vous préciser que j'en suis ravi. Il n'y a pas de chant dans la vie : il y a des rythmes, des atmosphères, des couleurs, mais ceux-ci, bien que variant sans cesse, se succèdent sans solution de continuité, pour l'éternité.»

L'écrivain belge Maurice Maeterlinck [ci-dessous]. Après avoir refusé à Debussy le texte de *La Princesse Maleine* [réservé à Vincent d'Indy qui n'en fit jamais rien], il lui accorde *Pelléas et Mélisande* : «Il m'a conseillé des coupures, et même de très utiles.»

Debussy à Pourville, en 1904: «La mer a été très bien pour moi, elle m'a montré toutes ses robes.»

La création de *Pelléas* est un scandale partisan. «Pélléastre» devient une insulte infamante. «La musique a maintenant son affaire Dreyfus», écrit Emile Vuillermoz. Debussy envisage de provoquer en duel le critique Jean Lorrain. Pierre Louÿs le retient, comme d'écrire un livre pour défendre ses opinions : «Réponds à une critique musicale si elle est signée Ernest Reyer ou Vincent d'Indy. Mais ne discute pas avec un journaliste. Pas un artiste ne fait cela.» Pourquoi en effet s'abaisser ? Sous le nom de M. Croche, Debussy tient une critique musicale dans *La Revue blanche* puis dans *SIM* ,et Gide le sollicitera, mais sans succès, pour collaborer à la *NRF*. Ses idées se diffusent d'elles-mêmes. Et à quoi bon insister : Pelléas devient son emblème, gagne le répertoire français et toute l'Europe à une vitesse inouïe.

Le faune métamorphosé en Neptune

En ville Debussy endosse la notoriété avec bonhomie, en amour il a enfin trouvé sa Mélisande. Se débarrasser de

Lilly reste une formalité que ne trouble pas une tentative de suicide. Emma Bardac, joli brin de voix, est une muse cultivée et attentive auprès de laquelle il éprouve sa musique. Le Faune se métamorphose en Neptune, emporté par la houle de sa vie amoureuse, il compose *La Mer* (1905). L'exaltation est à flot. Dans l'ivresse d'un hymne à la vie, loin des embruns pittoresques, ces «esquisses symphoniques» portent en elles la puissance de mouvements chahutés par un agrégat de rythmes, d'articulations amples comme une marée d'équinoxe, érodant encore un peu plus la falaise de la musique formelle.

«Il faut noyer le ton», poursuit ce capitaine Achab, debout dans la tempête de ses audaces. L'après-*Pelléas* est riche d'une floraison de chefs-d'œuvre. Pour le piano : *Estampes, Masques, L'Isle joyeuse, Images I*, que le soliste Ricardo Viñes défend avec le même talent que l'œuvre de Ravel – ce qui n'arrange probablement pas la rivalité entre les deux hommes. Pour la voix, Debussy compose *Fêtes galantes II*, dédicacé à Emma Bardac (le livre premier le fut à Mme Vasnier), et *Trois Chansons de France*.

L'homme n'est pas de nature à entonner des alléluias sur la reconnaissance qui le consacre : «En vérité, le jour lointain – il faut espérer que ce sera le plus tard possible – où je ne susciterai plus de querelles, je me le reprocherai amèrement. Dans ces œuvres dernières, dominera nécessairement la détestable hypocrisie qui m'aura permis de contenter tous les hommes.» Debussy continue de

«Aimez-vous ma poésie?... Je vous demande si vous voulez bien me voir et m'entendre parler de cette œuvre et de ce rêve...» écrit le poète Gabriele D'Annunzio pour convaincre Debussy de mettre en musique *Le Martyre de saint Sébastien*. En guise de rêve, ce sera un cauchemar: quatre heures et demie de verbe amphigourique. Lors de la création en 1911 (dans les costumes de Léon Bakst, ci-dessus), les flèches des critiques clouèrent ce pauvre saint Sébastien au pilori de l'oubli.

travailler comme un «casseur de pierres», terrassé par des crises de «mélancolie noire».

«La chose la plus fâcheuse est bien de se recommencer»

Il résiste aux modes : «Je trouve notre époque singulièrement désobligeante par son tumulte à propos de moins que rien. Nous nous moquons, bien à tort, du bluff américain, car nous cultivons une sorte de bluff artistique qui, un de ces jours, nous retombera sur le nez – bien désagréablement pour la vanité française.» Dans cette hantise des Disneyland culturels, ce grincheux englobe aussi les Ballets russes de Diaghilev pour lesquels, néanmoins, il écrit *Jeux* (1913), vaincu par d'économiques nécessités.

Il se refuse à délayer la sauce des lauriers de Pelléas : «Quant aux personnes qui me font l'amitié d'espérer que je ne pourrai jamais en sortir, elles se bouchent l'œil avec soin. Elles ne savent donc point que, si cela devait arriver, je me mettrais immédiatement à cultiver l'ananas en chambre; considérant que la chose la plus fâcheuse est bien de se recommencer.» Quand il se penche sur son œuvre, c'est afin de la retoucher inlassablement, en perpétuel insatisfait : «Dire que tout cela, c'est pour arriver à la "simplicité"!»

En 1911, pourtant, il ne fera pas léger avec *Le Martyre de saint Sébastien*. Cette fresque de quatre heures et demie divisée en mansions, «où le culte d'Adonis rejoint celui de Jésus», contient un plein carquois de flèches musicales pour le moins émoussées.

C'est Gabriele D'Annunzio, au dandysme aussi emphatique que le vers, qui contacte Debussy (il terminera entretenu par Mussolini qui eut ce mot : «Une mauvaise dent, on l'arrache ou on la remplit d'or»). D'Italie, le poète lui envoie du «O Claude roi !» et du «Claude de France». Debussy, qui «trime comme un tâcheron sans jamais regarder en arrière», lui renverrait bien cette «histoire qui ne lui dit rien qui vaille». Taraudé par la nécessité, il laisse le soin à André Caplet, fidèle parmi les fidèles, d'orchestrer des pans entiers du *Martyre*. Heureusement, un chambard ridicule rehaussa le flop de la création. Là où il n'y a pas de quoi fouetter un saint, l'archevêque de Paris voit Sodome et Gomorrhe : il menace d'excommunication tout chrétien qui se rendra aux représentations. La religion de Debussy est faite depuis longtemps.

Méphisto de clocher qui détraque les horloges et perturbe les carillons de Hollande, ce diable inspiré d'un conte d'Edgar Poe devait succéder aux personnages mystérieux de Maeterlinck. Mais Debussy ne viendra jamais à bout de cet acte satyrique.

«Je ne pratique pas selon les rites consacrés. Je me suis fait une religion de la mystérieuse nature. Je ne pense pas qu'un homme revêtu d'une robe abbatiale soit plus près de Dieu, ni qu'un lieu dans la ville soit plus favorable à la méditation. Devant un ciel mouvant, en contemplant, de longues heures, ses beautés magnifiques et incessamment renouvelées, une incomparable émotion m'étreint. La vaste nature se reflète en mon âme véridique et chétive. Et insensiblement, les mains prennent des poses d'adoration... Sentir à quels spectacles troublants et souverains la nature convie ses éphémères et tremblants passagers, voilà ce que j'appelle prier.»

La Maison Usher, ou le dialogue des pierres

Sur le piédestal de sa renommée, Debussy refuse de prendre des poses. Plus il vieillit, plus il s'adonne voluptueusement «au délicieux mal de l'idée à choisir entre toutes». Lui, ce prince de l'inachevé, se prétend rapide pour composer mais extrêmement lent pour se décider à le faire : «Je compose pour moi seul, et ne me soucie nullement de l'impatience d'autrui.»

Il ne supporte qu'un seul tyran : le monde onirique, fantastique et fantasmatique d'Edgar Poe. Une obsession qui le poursuit à travers la genèse de deux œuvres, *La Chute de la maison Usher*, et *Le Diable dans le beffroi* , dont il tient à rédiger lui-même les livrets, entre la sombre mélancolie de l'un et le ricanement de l'autre.

Debussy hallucine : «J'ai vécu ces derniers temps dans *La Maison Usher*, qui n'est pas précisément la maison où l'on peut soigner ses nerfs, bien au contraire... On y prend la singulière manie d'y écouter le dialogue des pierres; d'y attendre la chute des maisons comme un phénomène naturel, voire même obligatoire. D'ailleurs, si vous m'y poussez, j'avouerai aimer mieux ces gens-là... que beaucoup d'autres. Le type de l'homme moral et pondéré ne m'inspire aucune confiance.» A propos d'un monologue achevé : «C'est triste à faire pleurer les

pierres sur le moral des neurasthéniques. Ça sent le moisi d'une façon charmante et ça s'obtient en mélangeant les sons graves du hautbois aux sons harmoniques des violons (breveté sans garantie du gouvernement).»

Debussy, qui se prétend simple comme une herbe, aime à plonger ses racines en son champ intérieur : «Les gens quittent leur domicile pour échapper à eux-mêmes et à leur entourage. J'avoue ne vivre qu'avec mon entourage et en moi-même. Je ne peux concevoir de plus grand plaisir que d'être assis dans mon fauteuil, devant ce bureau, en regardant les murs qui sont autour de moi, jour après jour, nuit après nuit. Dans ces perspectives, je ne vois pas ce que vous voyez; dans les arbres de ma fenêtre, je ne vois ni n'entends comme vous. Je vis dans un monde imaginaire, mû par quelque chose que me suggère mon environnement intime, plutôt que par des influences extérieures qui me distraient sans rien m'apporter. Si quelque chose d'original doit sortir de moi, ce ne peut être que de cette manière.» L'Espagne d'*Ibéria* s'enracine dans un folklore imaginaire.

Miné par le cancer, Debussy ne rêve plus que de voyager entre ses quatre murs. Pourtant, il lui faut courir le contrat dans l'Europe entière. Dans ses lettres toute sa tendresse va à sa fille Chouchou, ici à Houlgate en 1911.

«Ces bêtes curieuses appelées musiciens d'orchestre»

Pourtant, il lui faut voyager, «pour combattre une mouise obstinée». Il trouve que «la position de compositeur de musique exige quelquefois les qualités de forte indifférence qui font la supériorité des commis-voyageurs». Debussy soupire après l'absence de sa fille Chouchou et contre l'Europe entière qui l'invite à diriger, tente de le cadrer dans une école quelconque, l'accapare de mondanités. «Les debussystes me tuent !», se plaint-il en touriste mordant. Vienne : «Vieille ville fardée où l'on abuse de la musique de Brahms, de Puccini, d'officiers aux poitrines de femmes et de femmes aux poitrines d'officiers.» Budapest : «Où le Danube se refuse à être aussi bleu que le prétend une valse célèbre. Les Hongrois sont menteurs et gentils.» La Suisse : «Qui n'est un pays charmant que dans de défunts opéras comiques. Je crois même que dans l'espèce il s'agit de la Chine.»

Dans ces tournées, Debussy défend brillamment ses œuvres au piano. En revanche, au pupitre de chef d'orchestre, il se révèle assez calamiteux, même quand on lui prépare les formations. «Ma candide inexpérience devrait désarmer ces bêtes curieuses appelées musiciens d'orchestre», écrit-il à Victor Segalen. Bien vu.

A Londres, il dirige *Nocturnes* : «Il perd soudain la tête et le tempo ! Se rendant compte de ce qu'il a fait, il estime évidemment que le mieux est de s'arrêter pour recommencer le mouvement. Il frappe le pupitre, frappe à nouveau. Alors, il se produit quelque chose d'extraordinaire. L'orchestre refuse de s'arrêter. De toute évidence, les musiciens n'entendent pas s'interrompre : ils savent que le public rejettera la faute sur eux.»

«Les miasmes austro-boches sur l'art»

A Turin, il ne parvient pas à décoller ses yeux de la partition dont il tourne les pages avec la main qui tient la baguette. A Budapest, pour *Ibéria*, il est le premier surpris : «C'est la première fois qu'un orchestre songe à me remercier de l'avoir conduit. [...] Du reste, je ne sais pas quel moyen je n'ai pas employé : j'ai chanté, fait des gestes de pantomime italienne. C'était à attendrir le cœur d'un buffle.» N'accablons pas le compositeur : Berlioz aussi se réjouissait quand il parvenait à équilibrer un orchestre sans erreur. Et Debussy est malade. Deux cancers le rongent. Un au physique, l'autre au moral : cette Première Guerre mondiale dont les

«Les morts, c'est discret, ça dort bien au frais», ironise encore un Debussy malade qui, en 1917, cite le poète Jules Laforgue.

Egérie de Gabriel Fauré qui lui dédie *La Bonne Chanson*, douée d'un joli soprano de femme du monde, Emma Bardac devint l'épouse de Debussy. A celle qu'il appelle sur ses partitions sa «chère petite mienne», il écrit de Vienne: «Songe bien que je ne fais ce voyage que pour nous, que pour combattre une mouise obstinée.»

Florilège

«Un libérateur est venu, écrit Jacques Rivière. Il retrouve les plus primitives et les plus simples sonorités.» L'ardeur des défenseurs de Debussy répond à l'intensité des éreintements dont il écopa. Pour Jean d'Udine, Debussy est «un accident à conséquences graves, puisqu'il perturbe tout l'organisme musical de son temps». Ce qui, somme toute, est plutôt un compliment. Alfred Mortier tire à vue : «Ce n'est plus de la composition, c'est de la décomposition. La musique de Debussy a la grâce d'une jolie poitrinaire, aux regards languissants, aux gestes anémiés et dont la perversité a le charme de ce qui est frappé de mort.»

Les œuvres non plus ne sont pas épargnées. Pour *La Mer*, *La Revue musicale* dénonce «la préciosité de facture qui ne sied pas aux grands sujets». Jean Chantavoine éreinte les *Préludes* : «Nous finirons par devenir des lilliputiens de la musique.» Et *Ibéria* est bardée de banderilles : «Ah ! ce n'est plus l'Espagne de Bizet ou de Chabrier ! Quelles brumes ! Quelles visions nostalgiques ! Peut-être y a-t-il une erreur d'impression sur le programme ? J'y suis ! La première lettre du titre est tombée et il faut lire Sibérie. Tout s'explique !»

déflagrations exacerbent les nationalismes musicaux.

La cocarde que Debussy brandit pour repousser «les miasmes austro-boches sur l'art» n'est pas digne d'un musicien qui a déclaré aimer toutes les musiques. Mais il se sent impuissant, «pauvre atome roulé par ce terrible cataclysme», qui «fait de l'héroïsme tranquillement, à l'abri des balles». Le piano le fuit. Le désespoir le rattrape. Il n'est plus «qu'un faiseur de tours morose qui, bientôt, se cassera les reins dans une ultime pirouette sans beauté». Il corrige une nouvelle édition de l'œuvre de Chopin. Puis, aussi sec, l'enthousiasme resurgit : «J'écris tout ce qui me vient de musique. Comme un enragé.»
Ce sera : *En blanc et noir*, *Douze Etudes*, deux sonates.

Debussy malade, qui se désespère d'avoir encore tant de choses à dire, se tourne étrangement vers la forme sonate, la plus classique qui soit. Peut-être, tendues de funestes inquiétudes, ces trois œuvres sont-elles les plus autobiographiques du compositeur. «Vous qui savez lire entre les portées, vous y verrez les traces de ce démon de la Perversité qui nous pousse justement à choisir l'idée qu'il fallait laisser. Cette sonate sera intéressante à un point de vue documentaire, et comme un exemple de ce qu'un homme malade peut écrire pendant une guerre.»

Le nationalisme n'est peut-être pas étranger à ce choix, de la part d'un artiste qui, désormais, rajoute «musicien français» pour signer ses partitions. Avec la sonate, il défie les Allemands sur leur propre terrain. C'est son Verdun à lui : ils ne passeront pas ! «Je veux donner une preuve, si petite soit-elle, qu'y eût-il trente millions de boches [sur le sol français], on ne détruit pas la pensée française.»
Quand il meurt en 1918, trente personnes seulement suivent son cercueil jusqu'au Père-Lachaise. Le vacarme de la guerre fut l'unique oraison du poète. Personne ne prononça cette phrase d'Arkel à propos de l'avenir enfantée par Mélisande : «Il faut qu'il vive, maintenant, à sa place.»

Lors de la Grande Guerre, Debussy ne se contente pas d'ajouter la mention «musicien français» sur ses partitions. Il défie les Allemands sur leur propre terrain: la musique de chambre.

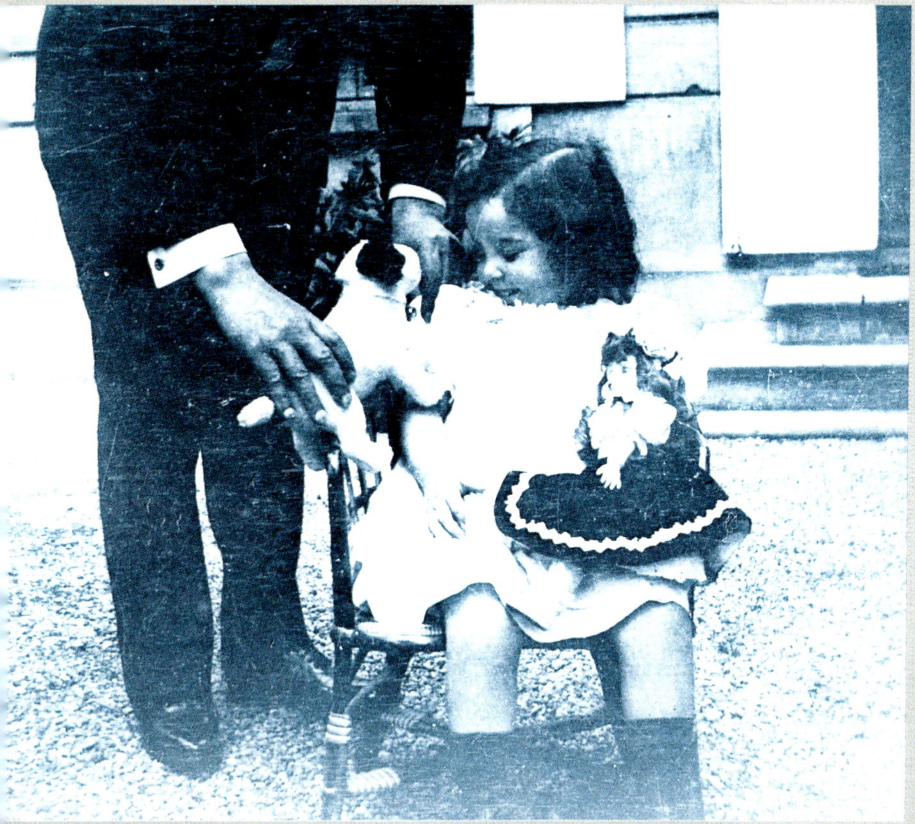

Enfant délaissé par ses parents, Debussy (ci-dessus, bébé) entoura sa fille Chouchou (de son vrai nom Emma-Cmaude, ci-contre) d'une tendresse assidue. Grâce à elle, il supporta une vie domestique à laquelle il se fit toujours difficilement (ci-dessous avec la fille d'Emma Bardac, sa seconde femme, à Jersey. Page de gauche : sur les bords de Marne.). Pour sa petite Chouchou, il composera des oeuvres parmi les plus alertes : *Children's Corner* et *La Boîte à joujoux*.

«Les debussystes me tuent !»

Rencontre imaginaire avec un homme qui n'aime que le silence, la paix et le travail mais dont les propos n'ont rien de contemplatif.

L'écrivain André Suarès m'avait averti : l'ironie naturelle, comme l'inclination au plaisir; la flèche au coin des lèvres; quelque nonchalance dans l'accent, quelque charme précieux dans les gestes; une ardeur désabusée et savante; une nature forte et sensible; toujours du goût et beaucoup de simplicité sous une apparence parfois contraignante. Debussy n'est pas plus homme du monde que bohème de Montmartre. Il a du chat et du solitaire. Tant de volupté visible sur cette figure n'y était pas brutale, si même elle pouvait avoir de la violence...

En me rendant chez l'auteur de Pelléas, ces croquis se brouillaient dans ma tête. Je trouvai Debussy à sa table de travail. Dans l'angle d'un mur tapissé de livres, *La Mer* d'Hokusai surmontait une estampe que j'attribuai à Utamaro. Il ouvrait son courrier. Beaucoup d'admirateurs. «Les debussystes me tuent !», riait-il dans un mélange de lassitude et de joie secrète en pianotant nonchalamment sur la tête d'Arkel, le crapaud en bois poli auquel il avait donné le nom du vieux roi de *Pelléas et Mélisande*. Puis, songeur, il marmonna : «Ce vieux crapaud de bois contemple mon inutile souffrance... Il a l'air de me dire : si tu crois que c'est amusant d'être en bois depuis des siècles ! Pourtant, il a sur moi l'avantage d'être une œuvre d'art, et moi un pauvre invalide sans patience.» J'allais engager l'entretien. Debussy s'ébroua, ne me laissant pas formuler ma question.

Le crapaud en bois, surnommé Arkel, en souvenir du vieux roi d'Allemonde, dans *Pelléas et Mélisande*. Trônant sur le bureau du compositeur, sous le panneau en laque chinoise des Poissons d'or, ce batracien pansu observe en témoin silencieux «l'envers des destinées, l'envers même de la nôtre».

«Si la musique se trouve mal chez moi, qu'elle s'adresse autre part»

Taisez-vous ! Vous êtes sur le point de m'interroger sur mes goûts, mes habitudes, mes auteurs favoris, mes peintres préférés ?

– ...

Mes prosateurs préférés ? Flaubert, Edgar Poe. Mes poètes préférés ? Baudelaire. Mes peintres et compositeurs préférés ? Botticelli, Gustave Moreau, Palestrina, Bach, Wagner. Vous me tendez ma photographie ? Vous ne l'aurez pas. Il y a trop de gens qui vous donnent la leur ! Vous projetez d'avoir un autographe ? Rien à faire.

– *Sur quelles œuvres trav...*

Ne soyez pas fâché si je ne vous parle plus de mes projets d'ici à quelque temps... La musique m'a complètement abandonné. S'il n'y a pas de quoi pleurer, c'est du moins un peu ridicule, mais je n'y puis rien, et je n'ai jamais forcé personne à m'aimer. Si la musique se trouve mal chez moi, qu'elle s'adresse autre part – au besoin je lui donnerai des adresses inutiles, sinon agréables ! Le côté rude dans cette crise, c'est qu'il faut continuer à en écrire : c'est bien la pire peine.

– *Mais...*

Taisez-vous! Vous êtes sur le point de me demander un tas d'autres choses que j'ignore. Inventez-les. Vous écrirez que je vous les ai dites. Ça fera tout aussi bien. Une manie : je tiens à Debussy et non à de Bussy.

– Etes-vous à ce point sensible à la façon dont votre nom passera à la postérité?

Je travaille à des choses qui ne seront comprises que par les petits enfants du vingtième siècle; eux seuls verront que l'«habit ne fait pas le musicien», ils arracheront les voiles des idoles, sous lesquels il n'y avait qu'un triste squelette.

Se formuler?... Finir des œuvres?... Autant de points d'interrogation posés par une enfantine vanité, par le besoin de se débarrasser à tout prix d'une idée avec laquelle on a trop vécu; tout cela cache assez mal la sotte manie de se montrer supérieur aux autres. Etre supérieur aux autres n'a jamais représenté un grand effort si l'on n'y joint pas le beau désir d'être supérieur à soi-même.

Toutefois, il faut avouer que ce genre de musique réclame une alchimie particulière à laquelle il faut offrir sa chère petite tranquillité en holocauste... C'est dur à soutenir et absolument improductif. Adieu les bons droits d'auteur, la si flatteuse poignée de main directoriale! On n'est plus qu'une espèce de savant particulier et vos confrères vous regardent avec cette condescendance que le succès rend méprisante...

Debussy rendra hommage à Baudelaire en composant sur cinq de ses poèmes.

Des envieux rampants

– Même sans rogner vos exigences, votre situation matérielle doit s'être améliorée depuis Pelléas*?*

On n'écrit pas de la musique pour gagner des millions; il faut voir un peu plus loin que le bout de sa partition. J'ai écrit *Pelléas* pour servir la musique plus que mes intérêts personnels. Mes meilleures choses sont peut-être dues à l'existence noire que j'ai menée jusqu'ici, et peut-être même ma vie médiocre quant au métal est-elle plus propre à l'invention que l'amollissement des jours sans soucis et l'endormante soie que tisse autour du cerveau la pensée d'une vie assurée.

– La gloire n'est-elle pas tout aussi émolliente?

Accusez plutôt les artistes qui accomplissent la triste besogne de servir et d'entretenir le public dans une nonchalance voulue... A ce méfait, ajoutez que ces mêmes artistes surent combattre pendant un instant, juste ce qu'il fallait pour conquérir leur place sur le marché; mais une fois la vente de leur produit assurée, vivement ils rétrogradent, semblent demander pardon au public de la peine que celui-ci avait eue à les admettre.

Tournant résolument le dos à leur jeunesse, ils croupissent dans le succès sans plus jamais pouvoir s'élever jusqu'à cette gloire heureusement réservée à ceux dont la vie, consacrée à la recherche d'un monde de formes renouvelées, s'est terminée dans la croyance joyeuse d'avoir accompli la vraie tâche.

Ceux-là ont eu ce qu'on pourrait appeler un «succès de dernière», si le mot succès ne devenait pas vil à côté du mot gloire.

Savez-vous une émotion plus belle qu'un homme resté inconnu le long des siècles, dont on déchiffre par hasard le secret?... Avoir été un de ces hommes, voilà la seule forme valable de gloire.

– Pourtant, vous n'avez pas toujours fui les salons du Tout-Paris?

Mais si j'en ai fait partie, c'est, si vous voulez, avec un insurmontable orgueil qui me faisait trouver, malgré ma réelle misère, tous ces gens-là plus malheureux que moi. Et si vous saviez combien vaniteuses sont leurs discussions, ce ne sont même pas des vaincus, ce sont des envieux rampants!

N'écouter que les conseils du vent

– Vous appartenez tout de même à un milieu, à un courant artistique?

Les hommes ont cherché, les uns dans la poésie, les autres dans la peinture (à grand-peine, j'y ajoute quelques musiciens), à secouer la vieille poussière des traditions, et cela n'a eu d'autre résultat que de les faire traiter de symbolistes ou d'impressionnistes – termes commodes pour mépriser son semblable.

Ce sont des journalistes, des gens de métier qui les traitent ainsi. Une idée très belle, en formation, contient du ridicule pour les imbéciles... Soyez sûr qu'il y a une espérance de beauté plus certaine dans ces hommes ridiculisés que dans cette espèce de troupeau de moutons qui, docilement, s'en va vers les abattoirs qu'une fatalité clairvoyante leur prépare.

Rester unique... sans tares... L'enthousiasme du milieu gâte un artiste, tant j'ai peur qu'il ne devienne par la suite que l'expression de son milieu. Il faut chercher la discipline dans la liberté et non dans les formules d'une philosophie devenue caduque et bonne pour les faibles. N'écoutez les conseils de personne, sinon du vent qui passe et nous raconte l'histoire du monde.

– A vouloir rester unique, on risque de se retrouver bien seul.

Je hais les foules, le suffrage universel et les phrases tricolores! Tenez, voilà

Amateur de Flaubert, Debussy ne va pas jusqu'à préciser s'il profita des enseignements de *L'Education sentimentale* [ci-dessous].

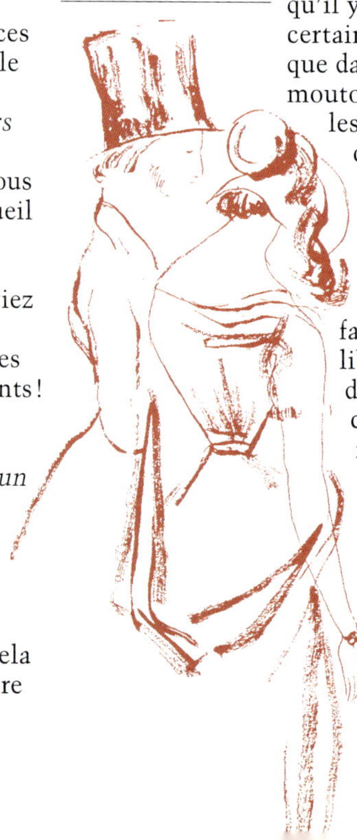

Au delà du thème de *L'Enfant prodigue* [ci-contre] les affinités entre Gustave Moreau et Debussy étaient nombreuses. «Mon but consiste à exprimer la pensée par la ligne et l'arabesque», dit le peintre.

Hartmann, mon éditeur, qui est certainement un représentant d'une bonne moyenne d'intelligence. Eh bien, la mort de Mélisande, telle qu'elle est faite, ne l'émotionne pas plus qu'un petit banc! Pour lui, cela ne fait pas d'effet.

Du reste, en France, toutes les fois qu'une femme meurt au théâtre, il faut que ce soit comme *La Dame aux camélias*, il suffit de remplacer les camélias par d'autres fleurs et la dame par une princesse de bazar. Les gens ne peuvent pas admettre que l'on parte discrètement, comme quelqu'un qui en a assez de cette planète la Terre et s'en va là où poussent les fleurs de tranquillité!

Je voudrais pouvoir, une fois pour toutes, me débarrasser de tous ces gens-là! Pouvoir satisfaire ma grande ambition de faire du théâtre à moi tout seul, et détruire ce que ces dernières années de musique ont implanté d'imbécillités dans les façons de comprendre de mes chers contemporains.

D'implacables blagueurs

– *Ce n'est pas ainsi que vous ferez taire vos détracteurs.*

En vérité, le jour lointain – il faut espérer que ce sera le plus tard possible – où je ne susciterai plus de querelles, je me le reprocherai amèrement. Dans ces œuvres dernières dominera nécessairement la détestable hypocrisie qui m'aura permis de contenter tous les hommes. Alors, ce jour-là, je reposerai la plume pour toujours; je ne me plaindrai pas, mais je m'en irai, tranquillement, sans faire de bruit, accorder les pianos...

Claude Debussy accordeur.

Où l'on voit Debussy [ci-dessous] traîner les savates derrière les badernes enseignant au Conservatoire. Féroce envers eux, il ne dédaigna pourtant pas de faire partie du jury.

La Symphonie, illustrée par Valloton : un genre musical dans lequel Debussy ne lisait que l'art du remplissage, l'éloge du vide.

On n'ose vraiment pas assez en musique. Mon ambition est d'amener celle-ci à représenter d'aussi près que possible la vie même.

– *Mais, dans votre œuvre, vous refusez toute référence autobiographique?*

Je n'ai jamais pu faire quoi que ce soit toutes les fois qu'il s'est passé quelque chose dans ma vie. C'est, je crois, ce qui fait la supériorité du souvenir : de cela, on peut retirer des émotions valables, mais les gens qui pleurent en écrivant des chefs-d'œuvre sont d'implacables blagueurs.

– *Vous n'êtes jamais rattrapé par les contingences de tous les jours?*

Je n'ai d'énergie qu'intellectuellement. Dans le quotidien, je trébuche à la moindre pierre qu'un autre enverrait promener d'un facile coup de pied. Je nourris la pensée secrète que tout cela s'arrangera comme dans les contes de fées.

«L'art est le plus beau des mensonges»

– *Comment vous ressaisissez-vous?*

Tout, chez moi, est instinctif, irraisonné. Je ne suis pas maître de tout. On s'obstine, autour de moi, à ne pas comprendre que je n'ai jamais pu vivre dans la réalité des choses et des gens, d'où ce besoin indicible d'échapper à moi-même dans des aventures qui paraissent inexplicables parce que s'y montre un homme que l'on ne connaît pas. C'est peut-être ce qu'il y a de mieux en moi ! D'ailleurs, un artiste est, par définition, un homme habitué au rêve et qui vit parmi des fantômes. L'art est le plus beau des mensonges.

Il m'apparaît dans les œuvres – qu'elles soient anciennes ou modernes, ce qui n'est qu'une question de dates – une pauvreté extrême, une incapacité notoire à s'évader de la table de travail. C'est toujours éclairé par la lampe triste, jamais par le soleil, puis, planant sur tout, le désir d'épater son semblable avec des harmonies contradictoires, le plus souvent parasites.

Il suffirait que la musique force les gens à ECOUTER, malgré eux, malgré leurs petits tracas quotidiens, et qu'ils soient incapables de formuler n'importe quoi ressemblant à une opinion. Il faudrait qu'ils ne soient plus libres de reconnaître leurs faces grises et fades, qu'ils pensent avoir rêvé, un moment, d'un pays chimérique et par conséquent introuvable. Le sourire même de la Joconde n'a probablement jamais existé matériellement, pourtant son charme est éternel.

– *Vous semblez également refuser d'associer tout sentiment à la musique?*

La musique n'est pas même l'expression d'un sentiment, c'est le sentiment lui-même. Et l'on voudrait qu'elle serve à raconter de basses anecdotes, quand les journaux s'acquittent à merveille de ce soin ! Ah ! je vous jure qu'il est dur d'assister à de pareilles choses. C'est comme si, ayant à votre bras une femme très belle et très aimée, vous voyiez prendre son bras par un voyou ! Vraiment, cela devient presque une insulte personnelle !

– Aucune narration, donc.
Cherchons à obtenir une musique plus nue. Gardons-nous de laisser étouffer l'émotion sous l'amoncellement des motifs et des dessins superposés : comment en rendrions-nous la fleur ou la force en conservant la préoccupation de tous ces détails d'écriture, en maintenant une impossible discipline dans la meute grouillante des petits thèmes qui se bousculent et se chevauchent pour mordre aux jambes le pauvre sentiment qui cherche bientôt son salut dans la fuite... En règle générale, toutes les fois qu'en art on pense à compliquer une forme ou un sentiment, c'est qu'on ne sait pas ce qu'on veut dire.
– L'auditeur n'est-il pas alors un peu dérouté?
On rencontre souvent cette phrase : «J'ai besoin d'entendre cela plusieurs fois...» Rien n'est plus faux. Quand on entend bien la musique, on entend tout de suite ce qu'il faut entendre. Le reste n'est qu'une affaire de milieu, ou d'influences extérieures.

«Oubliez la musique, de temps en temps»

– Bien que vous haïssiez les écoles, quel conseil prodigueriez-vous aux jeunes compositeurs?
Ramassez les impressions. Ne vous dépêchez pas de les noter. Parce que la musique a cela de supérieur à la peinture, qu'elle peut centraliser les variations de couleur et de lumière d'un même aspect. C'est une vérité bien mal observée, malgré sa simplicité du reste... Oubliez même toute la musique, de temps en temps... C'est une opinion de pion que celle qui décréta qu'il fallait beaucoup écrire pour savoir écrire...
– On va vous traiter de révolutionnaire!
Je n'ai rien inventé. J'ai tout au plus présenté des choses anciennes d'une nouvelle manière. Il n'y a rien de nouveau en art. Mes enchaînements musicaux, dont on parle si diversement, ne sont pas des inventions. Je les ai déjà tous entendus. Pas dans les églises. En moi-même. La musique est partout.

Encore une fois, je ne suis pas l'homme de ma légende. Je n'aime que le silence, la paix, le travail, l'isolement, et tout ce que l'on peut dire de ma musique m'est complètement égal. Je ne prétends point qu'on l'imite, ni qu'elle exerce une influence quelconque sur qui que ce soit. Je tiens à rester indépendant.
– Alors, comment devient-on debussyste?
Je ne vois pas la nécessité de se mettre les méninges en révolution. Je crois qu'il s'agit seulement d'avoir un peu de goût!

Le désir de ramasser des impressions rapproche Debussy de Monet [ci-dessus *La Cathédrale de Rouen*], mais le compositeur sent intuitivement une différence majeure : les variations picturales ne sont qu'une suite de moments arrêtés, la musique, elle, n'est que mouvement, dynamique pure.

NOTE : Tous les propos tenus par Debussy sont rigoureusement authentiques. Seuls, parfois, ont été modifiées la ponctuation ou les concordances de temps.......

Sa critique égratigne

L'agressivité joyeuse des chroniques musicales que tient le compositeur est un régal. Lorsqu'il a besoin d'un interlocuteur à sa hauteur, il s'invente un double : M. Croche.

«A notre époque, quand on ne sait plus quoi faire, ni surtout quoi dire, on s'improvise critique d'art», persifle un Debussy qui ne méprisa pourtant pas l'argent que rapportaient ses chroniques musicales. Il s'y adonne par périodes, huit mois à *La Revue blanche* en 1901, six mois en 1903 dans *Gil Blas* et, après une éclipse de neuf ans, une petite resucée dans *La Revue musicale SIM* en 1912.

Bien qu'il exécrât tout prosélytisme tapageur, Debussy ne dut pas répugner à l'exercice public, tant il se révèle fine plume dans le privé de sa correspondance. «Sa musique murmure et sa critique égratigne», constate un P. L. Robert de ses confrères. Pourtant, Debussy se veut mesuré : «Il faut loyalement essayer de remettre les choses à leur place : tâcher de retrouver les valeurs que des jugements arbitraires, des interprétations capricieuses ont faussées, à ne plus savoir distinguer une fugue de Bach de *La Marche lorraine* [...]. On trouvera donc à cette place des impressions sincères et loyalement ressenties, beaucoup plus que de la critique; celle-ci ressemblant trop souvent à des variations brillantes sur l'air de : Vous vous êtes trompé parce que vous ne faites pas comme moi.[...] J'essaierai de voir à travers les œuvres les mouvements multiples qui les ont fait naître et ce qu'elles comprennent de vie intérieure; n'est-ce pas autrement intéressant que le jeu qui consiste à les démonter comme de curieuses montres ? Les hommes se souviennent mal qu'on leur a défendu, étant enfants, d'ouvrir le ventre des pantins... (c'est déjà un crime de lèse-mystère) : ils continuent à vouloir fourrer leur esthétique nez là où il n'a que faire.»

L'âme damnée du compositeur

Mais ce patelin Raminagrobis connaît la vigueur de ses coups de griffe. Aussi, histoire de tempérer ses ardeurs les plus assassines (surtout envers Saint-Saëns), invite-t-il un interlocuteur imaginaire à débattre avec lui, quitte à lui laisser proférer ses reparties les plus sarcastiques ou désabusées – Debussy et son double Croche. Inspiré du M. Teste de Paul Valéry, ce M. Croche apparaît comme l'âme damnée du compositeur avec «une tête sèche et brève, des gestes visiblement entraînés à soutenir des

La revue de la Société Indépendante de Musique accueille Debussy en 1912: ses articles prennent la défense des opéras de Rameau, de la musique espagnole.

Habitué des mardis de Mallarmé, rue de Rome, Paul Valéry fait paraître en 1896 sa *Soirée avec M. Teste*, qui inspire à Debussy son "M. Croche : «J'ai la consolation de relire mes ex-œuvres sous la forme de critique musicale. C'est très curieux.»

discussions métaphysiques [...]. Il parlait très bas, ne riait jamais, parfois il soulignait sa conversation par un muet sourire qui commençait par le nez et ridait toute sa figure comme une eau calme dans laquelle on jette un caillou.» On ne peut décrire frère physiquement plus contraire à Debussy, mais moralement plus proche quand M. Croche déclare : «J'essaie d'oublier la musique, parce qu'elle me gêne pour entendre celle que je ne connais pas ou connaîtrai "demain"...»

L'astuce est plaisante, mais, à la même époque, n'atteint pas la saveur de *L'Ouvreuse* inventée par Willy, le mari de Colette, qui, par sa fonction d'observatrice privilégiée dans les allées de la musique, dégoise à l'envi sur tout et n'importe quoi (en fait, ses propos étaient nourris par un bataillon de nègres travaillant pour Willy, jusqu'à soixante-dix, dont, il n'est pas interdit de le penser, Debussy lui-même). La disparition rapide de M. Croche des chroniques de Debussy n'est pas vraiment une perte. Le compositeur prononcera son oraison : «M. Croche antidilettante, justement écœuré des mœurs musicales de ce temps, s'est éteint doucement dans l'indifférence générale. On est prié de n'envoyer ni fleurs ni couronnes, et surtout de ne faire aucune musique.»

«Une époque un peu blette»

Adieu triste comparse ! Debussy n'est jamais meilleur que seul, livré à son style direct, parlé et chatoyant, soumis à ses humeurs, à son agressivité joyeuse, à sa mauvaise foi qui lui fait préférer Vincent d'Indy à Wagner. Son manque de piété aux iconostases, ses blasphèmes agacent la préciosité d'un Joseph Péladan, gourou symboliste aux poses affectées. Nous, le punch Debussy continue de nous enchanter, s'adressait-il à une «époque un peu blette et par trop surchauffée». On peut toujours méditer cet aphorisme : «Le mouvement qui fait avancer le génie en faisant reculer le public est un réflexe», ou continuer à être éclairé par sa lucidité : «Depuis des siècles, nous nous servons des mêmes sons pour traduire nos rêves, comme, à peu de différences près, nous nous servons des mêmes mots pour écrire. Qu'il y ait diverses façons d'écrire ou de faire de la musique, ce sont là des questions multiples qui en soulèvent d'autres. En tout cas, elles nous paraissent diminuer l'importance que l'on attache à la profession de précurseur ! Plus simplement, n'est-il qu'un homme qui profite de la faiblesse de son époque ?»

Jean-Philippe Rameau, dont la Schola Cantorum ressuscite les opéras.

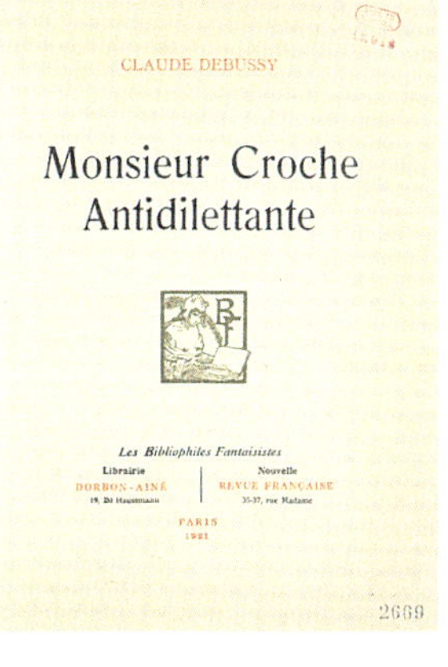

CLAUDE DEBUSSY

Monsieur Croche Antidilettante

Les Bibliophiles Fantaisistes

Librairie DORBON-AINÉ 19, Bd Haussmann | Nouvelle REVUE FRANÇAISE 35-37, rue Madame

PARIS 1921

2669

Première édition des articles de Debussy, parue en 1921. *M. Croche antidilettante.*

La Pastorale échenillée

La lettre de Debussy à ce boursouflé de Gluck, sa déclaration d'amour à Rameau, le sabbat incohérent des divinités wagnériennes, l'éloge de la musique en plein air sont des pages d'anthologie. Parfois un paragraphe

Le virtuose Raoul Pugno [ci-contre] tenait le second piano aux côtés de Debussy, lors de la lecture parisienne de *L'Or du Rhin*, ridiculisé par la prétention du poète Catulle Mendès.

suffit : «Chez les Annamites, on représente une sorte d'embryon de drame lyrique, d'influence chinoise, où se reconnaît la formule tétralogique; il y a seulement plus de dieux et moins de décors... Une petite clarinette rageuse conduit l'émotion; un tam-tam organise la terreur... et c'est tout ! Plus de théâtre spécial, plus d'orchestre caché. Rien qu'un instinctif besoin d'art, ingénieux à se satisfaire; aucune trace de mauvais goût ! Dire que ces gens-là n'ont jamais eu l'idée d'aller chercher leurs formules à l'école de Munich : à quoi pensent-ils ?»

Le compositeur le moins narratif de ce début de siècle se révèle un observateur truculent, impitoyable dans la description. Lui qui fut si piètre chef éreinte les plus fameux. Weingartner : «Il a dirigé la *Symphonie pastorale* avec le soin d'un jardinier méticuleux. C'était si proprement échenillé qu'on avait l'illusion d'un paysage verni au pinceau, où la douceur vallonnée des collines était figurée par de la peluche à dix francs le mètre et les arbres frisés au petit fer.» Cortot : «Il avance sur l'orchestre et pointe un menaçant bâton, ainsi que font les "banderilleros" lorsqu'ils veulent déconcerter le taureau... (les musiciens d'orchestre ont un sang-froid de Groenlandais, ils en ont vu bien d'autres). Il se penche sur les premiers violons en leur murmurant d'intimes confidences; se retourne vers les trombones, les objurgue d'un geste dont l'éloquence peut se traduire ainsi : "Allons mes enfants, du nerf ! Tâchez d'être plus trombones que nature", et les trombones dociles avalent consciencieusement leurs cylindres.» Sur l'interprète virtuose : «L'attrait qu'il exerce sur le public paraît assez semblable à celui qui attire les foules vers les jeux du cirque. On espère toujours qu'il va se passer quelque chose de dangereux : M. Ysaïe va jouer du violon en prenant M. Colonne sur ses épaules, ou bien M. Pugno terminera

son morceau en saisissant le piano entre ses dents...»

«Des trompettes à jamais bouchées»

Et quel critique, aujourd'hui, nous enchanterait avec pareil compte rendu de concert – en l'occurrence *Till Eulenspiegel*, de Strauss : «Ce morceau ressemble à "une heure de musique nouvelle chez les fous": des clarinettes y décrivent des trajectoires éperdues, des trompettes y sont à jamais bouchées, et les cors, prévenant un éternuement latent, se dépêchent de leur répondre poliment : "A vos souhaits"; une grosse caisse fait des "boum-boum" qui semblent souligner le coup de pied des clowns; on a envie de rire aux éclats ou de hurler à la mort, et l'on s'étonne de retrouver les choses à leur place habituelle; car si les contrebasses soufflaient à travers leur archet, si les trombones frottaient leur cylindre d'un archet imaginaire et si l'on retrouvait M. Nikisch [le chef] assis sur les genoux d'une ouvreuse, il n'y aurait là rien d'extraordinaire. Cela n'empêche nullement que ce morceau soit génial par certains côtés, et d'abord par sa prodigieuse sûreté orchestrale et de mouvement frénétique qui nous emporte du commencement à la fin et nous oblige à passer par toutes les équipées du héros.»

Ce passe-temps alimentaire aurait pu servir à assaisonner certains confrères, à prendre de fielleuses revanches sur les périodes noires de son existence, Debussy ne s'y abaisse pas. Son éloquence, fût-elle féroce, atteint rarement la rosserie de sa correspondance. Une humeur légère et voluptueuse plane sur sa cinquantaine de chroniques.

Arthur Nikisch dirige l'Orchestre philharmonique de Berlin, qui se produit à Paris en 1897 [ci-dessous]. Debussy ne résiste pas aux effets de mèches de cet avocat plaidant si ardemment la cause de la musique germanique.

Successeur de Gustav Malher à la tête de l'Orchestre philarmonique de Vienne, Felix Weingartner dirige en 1913 le *Benvenuto Cellini* de Berlioz, pour l'inauguration du théâtre des Champs-Elysées.

La dent aussi dure que la plume

Vus par Debussy, les pairs qu'il côtoya ressemblent à une bande de pique-ariettes sauçant leurs partitions dans les arrière-cuisines de la musique.

Faisons les présentations. Fauré : «le porte-musique d'un groupe de snobs et d'imbéciles». Bizet : «le Maupassant de la musique, qui en a la célébrité de maison de passe». Mais le plus exposé à son ire est Gustave Charpentier, «un sale prix de Rome aux cantilènes chlorotiques» qui fait couronner ses muses avec l'approbation du conseil municipal. «Depuis *Louise*, remarque Debussy, les marchands d'habits ne poussent plus leur cri habituel; ils ont peur que Charpentier ne leur fasse payer des droits d'auteur.» Tourné vers l'avenir, Ferruccio Busoni patauge dans «une musique bourbeuse».

Se partageant le bout de gras d'une gloire officielle, «l'entrepreneur de la Schola» (Vincent d'Indy) voisine avec Saint-Saëns qui «pratique l'intransigeance à rebours... Il est, par définition, le musicien de tradition. Il en a accepté les conditions de sécheresse et de soumission forcée. Quand d'autres s'en servent pour tout démolir, lui n'y voit qu'une raison de tout conserver». Fine oreille, Debussy est plus partagé sur Saint-Saëns. Il est sincère quand il ajoute : «Je ne vois pas en quoi on pourrait lui en vouloir.» L'offensé fut un des rares à réagir, mais en privé : «Ce qui touche le plus dans Debussy, c'est la blague et la naïveté avec laquelle le public s'y laisse prendre. [...] Il n'a pas créé un style; il a cultivé l'absence de style, de logique et de sens commun. [...] Mais il avait un nom harmonieux; s'il s'était appelé Martin, on n'en aurait jamais parlé.»

Stravinski, lui, dépasse la polémique. Avec recul, il s'interroge : «En relisant les lettres amicales et élogieuses que Debussy m'a adressées [...], je suis assez déconcerté de constater des sentiments très différents à l'égard de ma musique dans certaines lettres écrites à des amis musiciens de la même époque.

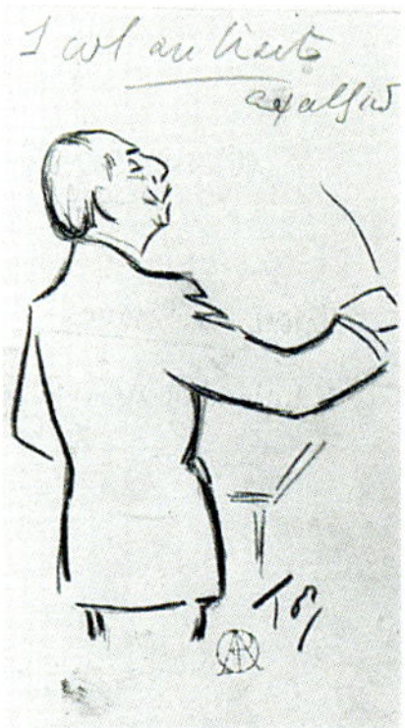

André Messager, directeur musical de l'Opéra-Comique et de Covent Garden, l'auteur des *P'tites Michu*, dirigea la création de *Pelléas et Mélisande*.

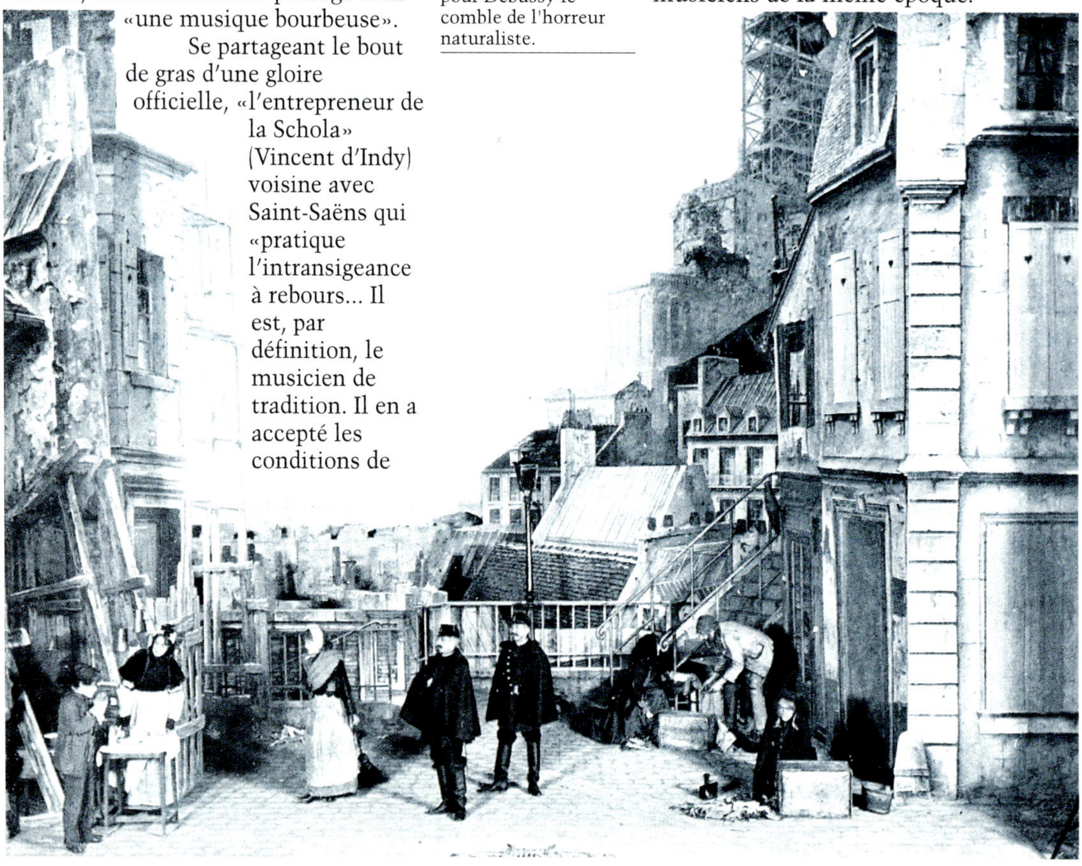

La pièce de Gustave Charpentier, *Louise*, représentait pour Debussy le comble de l'horreur naturaliste.

Tout séparait Vincent d'Indy et Debussy ; quand bien même ils partageaient la chronique musicale de la revue *SIM.*, et une certaine jeunesse commune dans les cabarets. «Vincent d'Indy s'amusait avec timidité, improvisait une valse pour orgue de Barbarie qu'il interrompait comme si la honte l'eût brûlé sur la banquette à crémaillère», raconte Colette.

Etait-ce duplicité ?»

Ses formules les plus vachardes, Debussy les réservait à sa correspondance. Ainsi, avec André Messager, qui dirigea la création de *Pelléas*, est-il des plus aimables, allant jusqu'à oublier (?) ce qu'il écrivait à Ernest Chausson dix ans plus tôt : «Messager m'a parlé de musique bien bizarrement ; il disait : "Allons, encore quelques années de travail et je me retire à la campagne et change mon habit contre un gilet de flanelle immuable." Vous remarquez que cette version ne dépasse pas beaucoup celle de quelqu'un qui aurait passé sa vie à vendre des chaussettes et qui, justement las de cet exercice, ferait le rêve de cultiver des potirons.»

Dommage que Massenet méconnut la valeur du silence

Debussy ne rejetait pas en bloc tous les échos de la tradition, pourvu qu'ils fussent sincères et non pas enturbannés dans des légions d'honneur. Déodat de Séverac «fait de la musique qui sent bon, on y respire à plein cœur [sic]». César Franck «est un homme sans malice auquel d'avoir trouvé une belle harmonie suffisait à sa joie d'un jour». Il ressent une faiblesse de vieux garçon pour Offenbach : «Les paroles ne sont pas absolument une excitation à rire aux larmes ; ce n'est donc que la musique seule qui en fournit le déclenchement.»

Sa tendresse va à Massenet : «Il paraît avoir été la victime du jeu d'éventail de ses belles écouteuses, dont les battements palpitèrent si longtemps pour sa gloire. Il voulut à toute force retenir au-dessus de son nom ces palpitations d'ailes parfumées ; malheureusement, c'est vouloir domestiquer une troupe de papillons... Peut-être ne manqua-t-il que de patience et méconnut-il la valeur du "silence".... Son influence sur la musique contemporaine est manifeste et mal avouée chez certains, qui lui doivent beaucoup ; ils s'en défendent avec de l'hypocrisie... C'est vilain !»

Evidemment, avec ses piques – des hallebardes –, Debussy n'apparaît pas des plus sympathiques. Devant tant de hargne, on éprouve l'envie d'entonner cette phrase du *Faust* de Gounod («d'une mysticité hystérique», dit Debussy en passant) : «Dans sa gloire dérisoâ-â-â-â-â-re, le monstre abject insulte aux cieux !» Oui, il était intransigeant, probablement hargneux, sûrement teigneux, mais il a composé la musique la plus impalpable, inclassable qui soit. Libre Debussy. Y compris d'apprécier l'audace des plus

«Tout le monde ne peut pas être Shakespeare, mais on peut chercher, sans se diminuer, à être Marivaux», écrit Debussy à propos de Jules Massenet.

novateurs de ses confrères... avec un certain nombre de restrictions dès lors qu'ils notaient dans la même catégorie.

Ravel, un fakir charmeur

Ainsi Ravel et lui avaient-ils un peu tendance à se marcher sur les claviers. Fait étrange : entre ces deux géants de l'orée du vingtième siècle, il n'existe aucune correspondance. D'après le critique Louis Laloy, leur amitié ne résista pas à l'insistance des journalistes à comparer les mérites de leurs deux quatuors à cordes. Debussy réplique : «Je suis d'accord pour reconnaître que Ravel est on ne peut plus doué, mais ce qui m'agace, c'est son attitude de "faiseur de tour", ou mieux de fakir charmeur, qui fait pousser des fleurs autour d'une chaise. [...] Malheureusement, un tour, c'est toujours préparé et ça ne peut étonner qu'une fois !»

Ravel aurait dit : «C'est en entendant pour la première fois l'*Après-midi d'un faune*, que je compris ce qu'était la musique.» Les deux compères s'évitèrent poliment après s'être accusés perfidement de plagiats. Pourtant, à l'orée du XXe siècle, ils demeurent indissociables.

Ravel n'est pas en reste. Accusé de plagiat,il écrit dans une lettre à Pierre Lalo, autre critique : «Vous traitez longuement d'un genre assez particulier d'écriture pianistique, dont vous attribuez l'invention à Debussy. Mais *Jeux d'eau* [composé par Ravel] parut au début de 1902, alors que les seules œuvres connues de Debussy étaient les trois œuvres formant la suite *Pour le piano* que j'admire profondément mais qui, d'un point de vue purement pianistique, n'apportaient rien de vraiment neuf.» Le divorce s'épaissit dans de vaniteuses questions de priorité et de parenté entre *Habanera* (Ravel) et la deuxième des *Estampes* (Debussy).

Selon Romain Rolland, Ravel est «plus debussyste que Debussy», ce qui n'empêche pas l'auteur du *Boléro* d'affirmer : «Debussy est un musicien admirable, mais comme il est fâcheux qu'il orchestre si mal.» A tel point qu'il se chargera lui-même d'orchestrer dans *Sarabande* un extrait de *Pour le piano*, de Debussy, et, dans une version pour deux pianos, *Nocturnes* et *Prélude à l'après-midi d'un faune*. Ravel sait aussi majestueusement s'acquitter de ses dettes : le prélude du *Tombeau de Couperin* évoque la première des *Douze Etudes* de Debussy.

«L'histoire de cette liaison Mallarmé-Ravel n'est pas drôle !»

Debussy, lui, veille. Un pied sur le podium de la postérité, il goûte modérément le succès de Ravel et de ses *Histoires naturelles* (1907) : «C'est excessivement curieux ! Artificiel et plein d'imagination, un peu comme la maison d'un sorcier.» Et c'est probablement en prenant cet «air de vieille demoiselle timidement gracieuse et polie à l'anglaise» noté par Gide, que Debussy s'étrangle en s'apercevant que Ravel approche «son» Mallarmé, et dans des poèmes qu'il a déjà mis en musique lui-même : «L'histoire de cette liaison Mallarmé-Ravel n'est pas drôle. N'est-il pas étrange que Ravel ait choisi les mêmes poèmes que moi ?»

Certes, Debussy est aiguillonné et contrarié par le talent d'un rival

Erik Satie s'affichait comme le précurseur de Debussy et se vantait de lui avoir suggéré *Pelléas*. Il n'en fallut pas plus pour les brouiller.

moissonnant les territoires défrichés par Liszt (un piano anabolisé par la puissante empreinte des doigts), quand lui, traquant l'indicible, ne rêve que de gommer les marteaux du piano. Mais, dans l'ascension rapide de Ravel, Debussy ne lit-il pas cette vacherie proférée par Satie : «Ravel refuse la légion d'honneur, mais toute sa musique l'accepte.»

Satie, «un musicien médiéval et doux, égaré dans son siècle»

Ah ! Satie, le «mage d'Argenteuil», auteur du fameux «Dieubussy» auquel, toute sa vie, il voua une fervente admiration. Il se sont rencontrés à l'époque du Conservatoire. Séduit par le talent original de ce «musicien médiéval et doux, égaré dans son siècle», Debussy convainc son professeur Emile Guiraud de l'accepter dans sa classe de contrepoint. L'un excentrique, l'autre plus intériorisé, ils ont en commun une sorte de fraîcheur d'enfant... et la bêtise aussi de se disputer en s'accusant mutuellement de se piquer leurs billes. D'après Ravel, l'idée de *Pelléas* serait née à la suite d'une controverse entre les deux hommes sur une nouvelle esthétique théâtrale. Satie s'en serait vanté, Debussy ne le reconnut jamais. De même pour des trouvailles harmoniques dont, tous les deux, revendiquent la paternité.

Parfois, on a l'impression qu'ils se chamaillaient, s'amusaient à s'humilier comme de sales gosses : à sa table, Debussy reçoit bien volontiers son ami Satie, éternel bohème, à qui il sert du vin médiocre, quand lui, ostensiblement, déguste de bons crus. Doit-on y voir une métaphore de leurs talents respectifs ? Ces paroles de Debussy pourraient aussi illustrer ce qui les sépare : «Plus je vais, plus j'ai horreur de ce désordre voulu qui n'est qu'un trompe-oreille. Comme aussi ces harmonies bizarres ou amusantes qui ne sont que des jeux de société.»

Debussy n'est pas le dernier à reconnaître la sincérité d'un explorateur. A propos d'Albeniz, il écrit : «Jamais la musique n'a atteint à des impressions aussi diverses, aussi colorées, les yeux se ferment comme éblouis d'avoir contemplé trop d'images.» Il encourage Paul Dukas : «Il est maître de son émotion et sait lui éviter des clameurs

Hommage de Debussy à Stravinski pour *Le Sacre du printemps* : «Pour moi qui descends l'autre versant de la colline, en gardant toutefois une ardente passion pour la musique, il y a une satisfaction spéciale à constater combien vous avez reculé les bornes permises de l'empire des sons.»

inutiles ; il ne se permet jamais par conséquent de ces développements parasites.» Il se démène pour tenter d'obtenir un poste à Bordeaux pour Varèse.

«Le Sacre, c'est de la musique sauvage avec tout le confort moderne !»

La grande affaire, ce sont les relations entre *L'Oiseau de feu* et *Le Faune*. C'est Diaghilev, le patron des Ballets russes, qui amène Debussy et Stravinski à se rencontrer. Le maître reconnu est immédiatement séduit par ce jeune homme qui «a le génie instinctif de la couleur et du rythme», et dont il chante les louanges à ses amis. Debussy ira jusqu'à se languir d'un Stravinski réfugié en Suisse : «Quand venez-vous à Paris que l'on fasse enfin de la vraie musique ?», implore-t-il.

Mais avec Debussy, rien n'est simple. Cette fameuse duplicité sur laquelle Stravinski s'interroge. A propos de *L'Oiseau de feu*, Debussy écrit à son ami Jacques Godet : «Stravinski ne fait pas le malin... C'est fait en pleine pâte orchestrale, sans intermédiaire, sur un dessin qui ne s'inquiète que de l'aventure de son émotion. Il n'y a ni précaution ni prétention. C'est enfantin et sauvage. Pourtant la mise en place est extrêmement délicate. Si vous avez l'occasion de la connaître, n'hésitez pas.» Mais, lorsqu'il rencontre Stravinski inquiet de son avis, il laisse tomber, faussement désabusé : «Que voulez-vous, il fallait bien commencer par quelque chose...»

Même dédoublement pour *Le Sacre*,

Avec *Le Sacre du printemps* [ci-dessous, dessins de Nikinsky], Debussy sent que Stravinski va loin, très loin. Lui ne pourra pas suivre. Alors il dégaine son ironie.

qu'ensemble ils ont interprété en privé dans une version pour deux pianos. Hommage : «Pour moi qui descends l'autre versant de la colline, en gardant toutefois une ardente passion pour la musique, il y a une satisfaction spéciale à constater combien vous avez reculé les bornes permises de l'empire des sons.» Dégommage : «*Le Sacre* est une chose extrêmement farouche [...]. Si vous voulez : c'est de la musique sauvage avec tout le confort moderne ! Il me semble que Stravinski est en train d'essayer de faire de la musique avec des moyens non musicaux, de la même façon que les Allemands prétendent maintenant faire du bifteck avec de la sciure de bois.» Pour peu, Stravinski se ferait traiter d'ersatz !

«Des grenades qui n'explosent pas toutes»

Mais il y a cette phrase : «Vous avez reculé les bornes permises de l'empire des sons.» Le jeune Stravinski jouit d'une assurance et d'un souffle hors du commun, Debussy n'arrive pas à suivre avec la même facilité ; il est dépassé, agacé, tente de récupérer des bribes de mérite.

«J'ai vu récemment Stravinski. Il dit : mon *Oiseau de feu*, mon *Sacre*, comme un enfant dit : ma toupie, mon cerceau. Et c'est exactement un enfant gâté qui parfois met les doigts dans le nez de la musique. C'est aussi un jeune sauvage qui porte des cravates tumultueuses, baise la main des femmes en leur marchant sur les pieds.

Stravinski proposait qu'en musique on garde «seulement la lumière [plus variée que jusqu'à présent et suivant les modulations des sons], les gestes et les rythmes».

«Vieux, il sera insupportable, c'est-à-dire qu'il ne supportera aucune musique ; mais, pour le moment, il est inouï ! Il fait profession d'amitié pour moi parce que je l'ai aidé à gravir un échelon de cette échelle du haut de laquelle il lance des grenades qui n'explosent pas toutes.»

Stravinski est malin, il sait qu'un vieux faune ne se repaît que de jeunesse : «En art, comme en toute chose, il n'aime que le printemps, la vie nouvelle. La maturité lui déplaît, car elle est le commencement du déclin.»

LA FLAMME DANS L'OMBRE

Richard Strauss, «ce Wagner exaspéré», a tout pour déranger Debussy. Lors d'un dîner, face au petit Français dans la dèche, l'Allemand pérore comme le Krupp de la musique qui engrange des profits industriels. Debussy le renvoie donc à ses (hauts) fourneaux mitonner ses recettes à l'ancienne : «Dans la cuisinière bourgeoise, à l'article civet de lièvre, on peut lire cette prudente recommandation : prenez un lièvre [...]. Richard Strauss procède différemment. Pour faire un poème symphonique, il prend n'importe quelle idée !»

Debussy dit qu'il «offrirait bien les neufs symphonies de Beethoven reliées avec la peau de R...S...», certes, mais n'oublions pas le nationalisme aigu bombardé de part et d'autre de la frontière. En France, Gide s'écrie devant les déhanchements de Salomé : «Cet art-là, c'est vraiment l'ennemi !» On ne pactise donc pas. Pourtant, Debussy est partagé.

Critique de *La Vie d'un héros* : «On peut ne pas aimer certains départs d'idée qui frisent la banalité ou l'italianisme, mais, au bout d'un instant, on est pris d'abord par sa prodigieuse variété orchestrale, puis par un mouvement frénétique qui vous emporte là et aussi longtemps qu'il le veut. On n'a plus la force de contrôler son émotion, on ne s'aperçoit même pas que ce poème symphonique dépasse la mesure d'une patience habituelle à ce genre d'œuvre. C'est un livre d'images, c'est même de la cinématographie...

Mais il faut dire que l'homme qui construisit une pareille œuvre avec une telle continuité dans l'effort est bien près d'avoir du génie.»

Un jour qu'il déjeunait avec un Debussy sans le sou, Richard Strauss [ci-dessous son héroïne, Salomé] pérora sur sa fortune. «Il a l'imagination si curieusement organisée pour le romantisme», persifla-t-il.

CES GENS À CASQUES ET À PEAUX DE BÊTES

«Nous avons été mis dedans par Richard Wagner», s'indigne un Debussy hanté par les fantômes du vieil enchanteur de Bayreuth.

Debussy éprouve trop de respect envers le génie de Wagner pour, dans ses critiques, se laisser aller à son jeu de massacre favori en prenant pour cible les marionnettes du Walhalla. Dans une lettre de 1893, il regrette même d'avoir participé à une sinistre conférence-audition sur *L'Or du Rhin* où la pédagogie racoleuse de Catulle Mendès insultait l'œuvre. Mais il ajoute aussitôt : «Wagner sera une de ces forteresses que le public aime à opposer à toute esthétique nouvelle. Et comme, en toute sincérité, nous ne pourrons pas trouver cela mauvais, nous n'aurons plus qu'à nous tenir tranquille! Je crois décidément qu'en musique j'aimerais à être mon petit-fils !»

Le 12 mai 1893, *La Walkyrie* monte la première à l'assaut du Palais-Garnier. La Chevauchée est le clou de cette soirée : huit écuyères caracolent sur des montures en carton-pâte, dévalant des montagnes russes suspendues à 9 mètres du sol. Cette fête foraine mythologique ébahit le grincheux Claude. *Siegfried* et *Le Crépuscule des dieux* devront néanmoins attendre 1902 et 1908 pour être intronisés dans le sanctuaire lyrique parisien.

Debussy a vingt et un ans, le plus bel âge de l'avis : lucide dans la vision, clair dans sa formulation. En mûrissant, fût-il poursuivi par les fantômes de ce vieil enchanteur de Wagner, jamais il ne se laisse aller à l'analyse esthético-philosophico-mystico-fumeuse ; ce n'est pas son hanap d'hydromel. «Wagner se prononce pour la loi de l'harmonie, je suis pour la liberté.» Et dans sa quête d'une musique nue, il dénonce «cette école néo-wagnérienne où le génie français sombra dans des contrefaçons de Wotan en demi-botte et de Tristan en veston de velours».

Il court, il court le furet

«Je hais le leitmotiv, n'en eût-il point abusé mais seulement usé avec goût et discrètement. Pensez-vous que dans une composition une même émotion puisse être exprimée deux fois ? Il faut qu'on n'y ait pas réfléchi, ou c'est un effet de la paresse. Ne vous laissez pas duper au changement du rythme et du ton : c'est renchérir tout uniment sur la tromperie.

«Ces gens à casques et à peaux de

Le 4 juin 1914, la création de *Parsifal* à l'Opéra de Paris réunit l'une des ultimes messes mondaines de la Belle Epoque: Jean Jaurès y côtoie Serge de Diaghilev. Les journaux dépêchent leurs grands reporters. Dans *Le Figaro*, Fauré encense cette musique «de paix et de mansuétude». Dans *L'Echo de Paris*, Reynaldo Hahn bénit les décors. L'auteur de *Ciboulette* vante la cuisine de Klingsor: «un laboratoire d'une nudité insolite sinistre, avec des tons d'azur sulfureux».

bêtes deviennent insupportables à la quatrième soirée... Songez qu'ils n'apparaissent jamais sans être accompagnés de leur damné «leitmotiv»; il y en a même qui le chantent ! Ce qui ressemble à la douce folie de quelqu'un qui, vous remettant sa carte de visite, en déclamerait lyriquement le contenu ! Puis c'est un double emploi du plus fâcheux effet; et qu'en devient le rôle psychologique dévolu à l'orchestre qui nous impose pendant ces quatre soirées d'innombrables commentaires sur cette histoire d'anneau perdu, puis retrouvé, et qui passe de main en main comme dans le "jeu du furet".»

«Et vous arrivez au *Crépuscule des dieux*, qui est encore un résumé de tout ce que vous venez d'entendre ! Tout cela est inadmissible pour ceux qui aiment la clarté et la concision.»

Le maître-phraseur

«On cherche trop à écrire, on fait de la musique pour le papier, alors qu'elle est faite pour les oreilles. On attache trop d'importance à la formule et au métier ! On cherche ses idées en soi, alors qu'on devrait les chercher autour de soi. On combine, on construit, on imagine des thèmes qui veulent exprimer des idées; on les développe, on les modifie à la rencontre d'autres thèmes qui représentent d'autres idées, on fait de la métaphysique, mais on ne fait pas de musique.

«Nous avons été mis dedans par Richard Wagner. Trop souvent, nous songeons au cadre avant d'avoir le tableau, et quelquefois la richesse de celui-ci nous fait passer sur l'indigence de l'idée.»

«Sapristi ! Soyez dieux... Soyez féeriques, mais ne donnez pas des leçons d'humanité aussi conventionnelles qu'improfitables.»

Parsiflage

«L'art wagnérien a exigé de ses fidèles des pèlerinages coûteux, accompagnés de pratiques mystérieuses. Je sais bien que l'"Art-Religion" était une des idées favorites de Wagner et qu'il avait raison, cette formule étant la meilleure pour aliéner et retenir l'imagination d'un public, mais cela a mal tourné en devenant une sorte de Religion-Luxe qui, forcément, en excluait beaucoup de gens plus riches en bonne volonté qu'en métal...»

Le ridicule des dieux

«Dans *Le Crépuscule des dieux*, Hagen supprime Siegfried pour venger son nain de père, sans qu'aucune des "peaux de bêtes" qui assistent à ce geste lâche trouve le moyen simple de supprimer Hagen à son tour... Dieu sait pourtant que

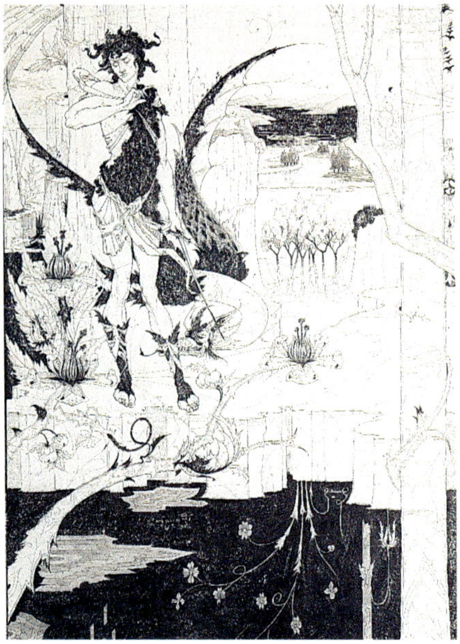

A gauche, Siegfried idéalisé par Beardsley, en Dorian Gray tétralogique. A droite, Richard Wagner brossé par Auguste Renoir. En villégiature à Palerme, où il achève *Parsifal*, le compositeur n'accorda que trois quarts d'heure de pose. Le résultat se ressentit du dialogue à pinceaux tirés entre le peintre et son modèle. «Les Français n'aiment que la musique des Juifs allemands», se plaint Wagner, face à Renoir qui vante Offenbach. Le maître de Bayreuth se trouva, sur cette rapide effigie à l'huile, un air «d'huître rose».

ce sont des brutes accomplies... Dans ce même drame, Brunehilde, la vierge forte, se laisse monter le coup par Hagen et Gunther comme une innocente petite communiante. Ce n'est vraiment pas la peine d'être fille de Dieu !»

«Regardez Amfortas [dans *Parsifal*], triste chevalier du Graal qui se plaint comme une modiste et geint comme un enfant... Sapristi !... quand on est chevalier du Graal, fils de roi, on se passe la lance à travers le corps, on ne promène pas une coupable blessure à travers de mélancoliques cantilènes, cela pendant trois actes. [...] Dans ce drame chrétien, personne ne veut se sacrifier ! (le sacrifice est pourtant une des plus belles vertus chrétiennes).»

La symphonie maléfique

«Ce qui est grave, c'est que Wagner nous a habitués à rendre la musique servilement responsable des personnages. Ce cas me paraît la cause principale du trouble de la musique à notre époque. La musique a un rythme dont la force secrète dirige le développement ; les mouvements de l'âme en sont un autre, plus instinctivement général et soumis à de multiples événements. De la juxtaposition de ces deux rythmes naît un perpétuel conflit. Cela ne s'accomplit pas en même temps : ou la musique s'essouffle à courir après un personnage, ou le personnage s'assoit sur une note pour permettre au personnage de la rattraper.

«Il y a de miraculeuses rencontres de ces deux forces, et Wagner peut s'honorer d'en avoir provoqué quelques-unes : mais cela est dû à un hasard, qui beaucoup plus souvent n'est que maladroit ou décevant. Ainsi donc, l'application de la forme symphonique à une action dramatique pourrait bien servir à tuer la musique dramatique, au lieu de la servir comme on l'a triomphalement proclamé au jour où Wagner régna décidément sur la musique.»

«Il a une façon de déclamer qui n'est ni le récitatif à l'italienne ni l'air lyrique. Il surajoute les paroles à une symphonie continue, tout en subordonnant cette symphonie aux paroles. Pas assez toutefois. Ses œuvres ne réalisent qu'en partie les principes, qu'il a déclarés, de cette subordination nécessaire. Il manque d'audace pour les appliquer. Il a trop de précision et de minutie ; il ne laisse place à aucun sous-entendu [...] Et ça chante trop souvent. Il faut "chanter" seulement par endroits.»

Les vains efforts des Prométhées modernes

«On ne critique pas une œuvre aussi considérable que la *Tétralogie*... C'est un monument dont les lignes architecturales se perdent dans l'infini. Sa trop somptueuse grandeur rend impuissant le légitime désir d'en saisir les proportions, et, malgré soi, on a le sentiment qu'en déplaçant une toute petite pierre de l'énorme édifice il pourrait bien s'écrouler, à l'exemple de la catastrophe finale du *Crépuscule des dieux*, engloutissant toute l'humanité, tandis que, là-haut, dans l'Olympe, les dieux sourient immuablement aux vains efforts des Prométhées modernes. (Je n'aime pas beaucoup cette dernière phrase... Mais en appliquant le sens à Wagner, elle peut devenir admirable.)»

Les ballets ? Parce qu'il faut bien déjeuner

Le poète Gabriele D'Annunzio, les Ballets russes de Diaghilev : lors de son pas de deux avec l'univers de la danse, Debussy trébuche, râle, et se relève pour des chefs-d'œuvre comme Jeux.

Vers 1900, dix ans avant que la troupe de Diaghilev ne conquière Paris, Debussy aurait eu un projet de ballet sur le mythe d'Orphée, avec Paul Valéry. «La fable même de la mobilité et de l'arrangement», suggère l'écrivain.

La traversée des enfers se concrétisera sous les traits de Maud Allan. En 1911, cette «girl anglaise» lui soumet *Khamma,* une égyptiennerie sur fond de danse sacrificielle pour laquelle elle a des exigences bien précises. Elle agace donc rapidement Debussy : «Il est inadmissible qu'elle puisse formuler des jugements que rien n'autorise et qu'elle emploie pour les formuler un style à peine convenable pour un bottier qui aurait mal compris sa commande.» La collaboration part d'un mauvais pied. Debussy envisage un pas de deux en appelant Charles Kœchlin à la rescousse : «Composez *Khamma* vous-même et je le signerai.» Il achèvera pourtant lui-même «ce curieux ballet, avec ses sonneries de trompettes qui sentent l'émeute, l'incendie et vous donnent froid dans le dos», mais *Khamma* ne sera pas joué de son vivant. C'est l'ébauche de *Jeux*, dans un climat proche du *Martyre de saint Sébastien.*

L'art de la danseuse Maud Allan [ci-dessous] «s'inspire en partie de la musique, en partie du théâtre, en partie de l'art pictural», écrit le *Daily Telegraph.* En 1911, elle commande *Khamma* à Debussy, et se permet de tripatouiller la partition. Le compositeur fulmine: «Il est inadmissible que vous puissiez arranger cette musique à votre goût.»

Pour l'*Après-midi d'un faune,* le chorégraphe et danseur Nijinski [ci-contre] hante le Louvre afin de s'inspirer de la gestuelle peinte sur les vases grecs, histoire de ne pas avoir l'air d'une potiche.

Un Martyre gothique et tarabiscoté

Commandé en 1911 par Gabriele D'Annunzio, qui le harcèle de télégrammes extatiques et flagorneurs, ce *Martyre* s'enlumine dans un univers médiéval qui ne dut pas laisser insensible le compositeur des *Trois chansons de Charles d'Orléans* et des *Trois ballades de François Villon,* ni le troubadour voyageant dans les modes musicaux du Moyen Age. Cette fresque qui mêle le culte d'Adonis à celui de Jésus reflète la vogue paganiste d'alors. C'est l'époque du *Sacre du printemps* de Stravinski, du *Daphnis et Chloé* de Ravel. Le texte de ce mystère, d'un gothique tarabiscoté, d'une élévation amphigourique, parvient à mobiliser

Debussy, qui en reçut la fin – plus de quatre heures et demie ! – seulement deux mois avant la date prévue de la création. Accoutumé à plus de lenteur, «il trime comme un tâcheron, sans jamais regarder en arrière» et sollicite le coup de main d'André Caplet pour certaines orchestrations.

«Il ne faut donc pas songer une minute à choisir. Dans le rendement d'une mine, il y a un charbon que l'on nomme le tout-venant... c'est mon cas très exactement. J'ai accepté tout de même parce que, d'abord, cela vaut la peine que l'on s'y casse quelque chose ; puis, ensuite, j'ai peut-être encore le temps de faire une folie, voire de... me tromper.» Une réflexion prémonitoire. Ce mélange de rhétorique déclamatoire, de chœurs commentateurs et de danse réduite à des poses d'Ida Rubinstein, tout concourt à la catastrophe ; bien plus que l'excommunication dont l'archevêque de Paris menaçait les spectateurs ou que l'obstination du décorateur Léon Bakst à organiser les chœurs en fonction, non pas de la partition, mais des masses colorées.

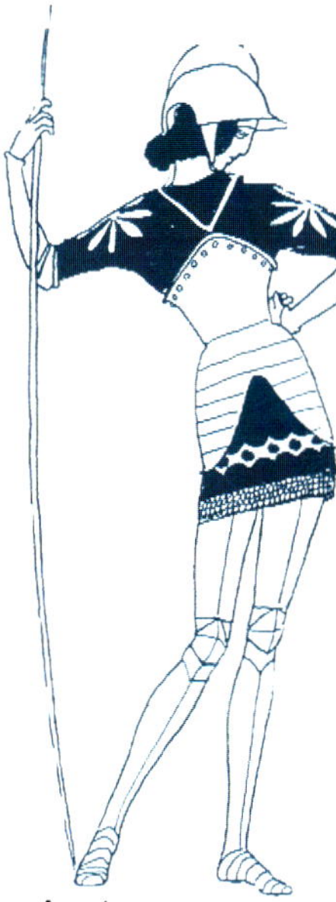

Assistant à la création du *Martyre de saint Sébastien*, Marcel Proust parle de pets musicaux, mais s'enthousiasme pour les jambes d'Ida Rubinstein [ci-dessus].

Restent de très belles pages de musique que Debussy songea à retravailler pour un éventuel opéra. La France aurait pu tenir là son *Parsifal*, pense Emile Vuillermoz...

Les Ballets russes : «un mauvais goût plus féroce que le nôtre»

Du Moyen Age, Debussy passe au contemporain le plus débridé. En 1910, il avait déjà rencontré Serge de Diaghilev, l'imprésario fantasque et brillant des Ballets russes avec lequel il ne devait pas s'entendre, fût-il le premier compositeur français auquel Serge le magnifique avait songé pour la commande d'un divertissement, *Masques et Bergamasques*, où il «ne demanderait pas au jambes de Nijinski de décrire des symboles, ni au sourire de Karsavina d'expliquer la doctrine de Kant», s'amusa Debussy lors de cette tentative.

Après cet échec, il faut de l'acharnement à Diaghilev et Nijinski pour, en 1911, arracher la partition de l'*Après-midi d'un faune* à Debussy. Comment ne se méfierait-il pas en

voyant ces deux oiseaux de proie dépecer la pièce symphonique qui lui ouvrit les sentiers de la gloire ? Ses craintes se nourrissent aussi de l'incompréhension qu'il manifeste sans relâche à l'égard de la révolution conduite par les Ballets russes : «Ces gens, non contents d'écorcher le français, importent des esthétiques qu'ils croient nouvelles et qui sentent déjà la mort : un mauvais goût plus féroce que le nôtre.»

Pour «architecturer» la musique de Debussy dont il déplore le manque d'aspérités, Nijinski tente une nouvelle utilisation du corps, attaque le sol du talon et non plus de la pointe. «Vous êtes laid. Allez-vous-en !», lui jette Debussy lors des répétitions.

A la création de l'*Après-midi d'un faune* (1912), il poursuit : «Pouvez-vous imaginer le rapport entre une musique ondoyante, berceuse, où abondent les lignes courbes, et une action scénique où les personnages se meuvent, pareils à ceux de certains vases antiques, grecs ou étrusques, sans grâce ni souplesse, comme si leurs gestes schématiques étaient réglés par des lois de géométrie pure ?... Une "dissonance" atroce, sans résolution possible.» C'est bien la dissonance qui choque Debussy, et non pas le scandale autour de l'érotisme capiteux de la chorégraphie (le faune a un spasme équivoque avec le voile de la nymphe enfuie...) – «rien qui puisse alarmer le bourgeois».

Partie de tennis et crash d'aéroplane

Pourquoi l'année suivante récidive-t-il avec ce diable de Diaghilev, «homme terrible et charmant qui ferait danser les pierres» ? «Parce qu'il faut bien déjeuner», justifie-t-il bien prosaïquement. Debussy n'est pas non plus à une contradiction près : «Les spectacles de Russes m'ont si souvent ravi par ce qu'ils ont de sans cesse inattendu, la spontanéité naturelle ou acquise de Nijinski m'a si souvent touché, que j'attends, comme un enfant bien sage à qui on a promis le théâtre, la représentation de *Jeux.*»

Avant d'en arriver là, il dut avaler une sacrée couleuvre : le scénario de Nijinski, griffonné sur une nappe de restaurant avec des allures de grand jeté. «Il n'y aurait ni corps de ballet, ni ensemble, ni pas de deux, seulement des garçons et des filles vêtus de flanelle et des mouvements rythmiques. A un certain moment, un groupe figurerait une fontaine, et une partie de tennis devrait être interrompue par l'écrasement d'un aéroplane.» (Le crash était même censé symboliser la lassitude de Nijinski dans sa relation avec Diaghilev.) «Non, c'est idiot et non musical. Pour un empire je n'écrirais la partition d'une telle œuvre», commence par coincer Debussy. On lui supprime l'aéroplane. Diaghilev double son cachet. Et le compositeur, bien que très malade, se prend au *Jeux* : «Où ai-je trouvé l'oubli des ennuis de ce monde pour écrire une musique à peu près joyeuse, rythmes de gestes falots ?»

Son enthousiasme dure jusqu'à la création, en 1913. Après, c'est un jeu féroce : «Nijinski additionne les triples croches avec ses pieds, fait la preuve avec ses bras, puis, subitement frappé d'hémiplégie, il regarde passer la musique d'un œil mauvais. Il paraît que cela s'appelle la stylisation du geste... C'est vilain !»

Debussy n'a peut-être pas toujours tort. Les théories rythmiques de Jacques Dalcroze, chorégraphiées assez artificiellement sur la musique, faisaient alors des ravages... Mais enfin, de là à adhérer aux propres théories de Debussy sur la danse... «Un drame cosmogonique, sans paroles ni actions, où les chanteurs, invisibles, chœurs et soli, proféreraient des onomatopées, tandis que des effets de lumière animeraient la scène. Les exécutants, dissimulés derrière les décors, incarneraient, en les symbolisant, les nuages, les vents, la mer.» Rideau !

Lors d'une répétition, excédé par les audaces de Nijinski, Debussy le chasse: «Allez-vous-en, vous êtes laid!»

Nijinski dans *Jeux* [à droite]. A la recherche d'une balle perdue ou comment évoquer le ping-pong amoureux sous couvert d'une partie de tennis. Debussy tente de dire d'une façon convenable «les horreurs qui se passent entre les trois personnages».

Il se défendait farouchement d'imiter quiconque. Mais quand bien même cède-t-il à la fascination des mélopées orientales ou à la tentation de composer des cartes postales sur des pays qu'il imagine, l'inspiration de Debussy résonne au diapason de fameuses pages musicales qui l'ont précédé ou suivi. «En vérité, on n'y peut rien, on a l'âme que vous ont léguée un tas de gens parfaitement inconnus», disait-il à propos de sa famille.

CHAPITRE II

VARIATIONS SUR UN THÈME DE DEBUSSY

«Un tableau est essentiellement une surface plane, recouverte de couleurs en un certain ordre assemblé», défend Maurice Denis (à gauche, *Bateau-lavoir à Port Marly*). Cette même exigence de beauté torturait un Debussy complexé au physique et qui déchira cette photographie de lui (ci-contre à droite) prise par Pierre Louÿs.

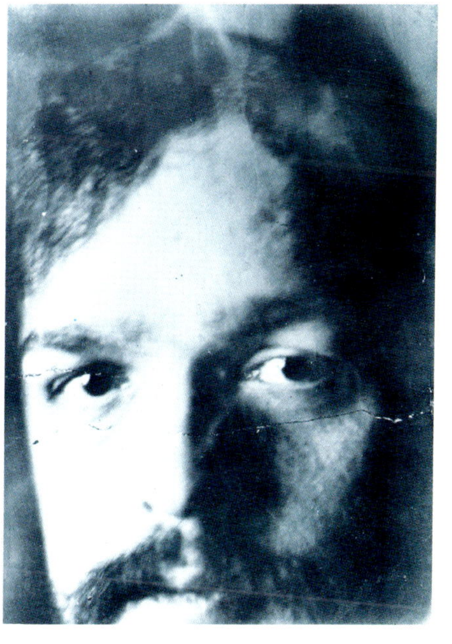

AU-DELÀ DU RÉEL

Monet travaillait sur le motif, on n'y rencontra jamais Debussy. Plus proche des poètes symbolistes que des peintres impressionnistes, il souhaitait que la musique eût l'air de sortir de l'ombre et que, par instants, elle y rentrât.

De sa prison de la villa Médicis sise à Rome, Debussy, en 1887, en appelle à ses professeurs de l'Académie. Il s'agit de *Printemps*. Leur verdict tombe comme un couperet : «Il serait fort à désirer qu'il se mît en garde contre cet "impressionnisme" vague, qui est un des plus dangereux ennemis de la vérité dans les œuvres d'art.» Comment ne pas entendre simultanément la panique de Vincent d'Indy, directeur de la Schola Cantorum, qui, en 1901, à propos des *Nocturnes*, s'écriera : «Elles existent, donc elles doivent être classées par nous. Où ?» Vite, un repère pour cerner ce compositeur rebelle ! Aussi, dès *Printemps*, d'une appellation, on entoilait Debussy dans le cadre où miroitaient alors toutes les incompréhensions : l'impressionnisme.

La palette sonore

Le trouble gagna les plus perspicaces, tel Schönberg qui, en 1941, évoque en conférence les harmonies impressionnistes de Debussy : «Dépourvues de significations constructives, elles servent souvent un but "coloriste", cherchent à exprimer une atmosphère et des images.» L'utilisation du son pur comme autant de touches de couleurs primaires «juxtaposées» en un nouvel ordre de perception; le «ton noyé» revendiqué par Debussy, interprété comme une absence de perspective; les reflets des images sous le rayon de lumineuses harmonies, toute une palette d'équivalences, entretient la confusion.

Tout le monde n'est pas Kandinsky, qui écrit dès 1910 : «Malgré ses affinités avec les impressionnistes, il est si fortement tourné vers le contenu intérieur qu'on retrouve dans ses œuvres l'âme torturée de notre temps, vibrante de passions et de secousses nerveuses. Debussy, par ailleurs, même dans ses images impressionnistes, ne s'en tient jamais à la note entendue par l'oreille, qui est la caractéristique de la musique pragmatique; il vise, au-delà de la note, à l'utilisation intégrale de la valeur intérieure de son impression.»

«La profondeur de sentiment provient de la capacité des lignes et des couleurs à s'expliquer», revendique le peintre Maurice Denis [ici, *Taches de soleil sur la terrasse*].

Les fluctuants échos de la réalité

Monet travaillait sur le motif, on n'y rencontra jamais Debussy. Le peintre voyait, le compositeur savait. L'un cherchait à appréhender le visible à l'aide d'une nouvelle technique; l'autre jardinait en lui son Giverny et laissait ses impressions guider sa technique. La perception contre la sensation. Le pinceau traduit la réalité, la musique de Debussy n'en capte que les fluctuants échos. Le tableau cerne la vibration dans un moment représenté, la musique de Debussy s'élève dans un jeu de dynamiques qui dessinent de perpétuels contours. Bien sûr, Debussy recommande la contemplation d'un

véritable coucher de soleil plutôt que l'audition de la *Symphonie pastorale* de Beethoven, non pas pour tenter d'y saisir de rougeoyants effets, mais afin que les rayons atteignent votre paysage intérieur.

Ainsi ce fameux *Printemps* qui vit éclore l'étiquette «impressionniste» sur l'œuvre de Debussy est-il ressenti tout autrement par le compositeur : «Donner le plus de sensations possible [...]. Non plus le printemps pris dans son sens descriptif, mais le côté humain. Je voudrais expliquer la genèse lente et souffreteuse des êtres et des choses dans la nature, dans l'épanouissement ascendant, et se terminant par une éclatante joie de renaître à une vie nouvelle. [...] Vous devez comprendre combien la musique doit avoir de puissance évocatrice.» Il ajoutera : «La musique n'est pas bornée à une représentation de la nature, mais aux correspondances entre la nature et l'imagination.»

Au-delà de l'impression, la musique doit s'élever jusqu'au symbole, revêtir l'apparence de cette Eve future : «Vers toi, l'envoyée de ces régions sans bornes dont l'homme ne peut entrevoir les pâles frontières qu'entre certains songes et certains sommeils» (Villiers de L'Isle-Adam).

Debussy n'emprunte pas seulement le thème de *La Damoiselle élue* au peintre Dante Gabriele Rossetti, il partage le goût des préraphaélites pour les courbes décoratives.

Le symbolisme, une clef pour le rêve

Debussy n'a jamais perdu de vue la nébuleuse symboliste, même lors de sa réclusion romaine. Ses amis lui expédient livres et revues. Il lit le poète Jean Moréas, peut-être même son manifeste de 1886, dans lequel il revendique en sabir symbolique : «Un style archétype et complexe : d'impollués vocables, la période qui s'arc-boute alternant avec la période aux défaillances ondulées, les pléonasmes

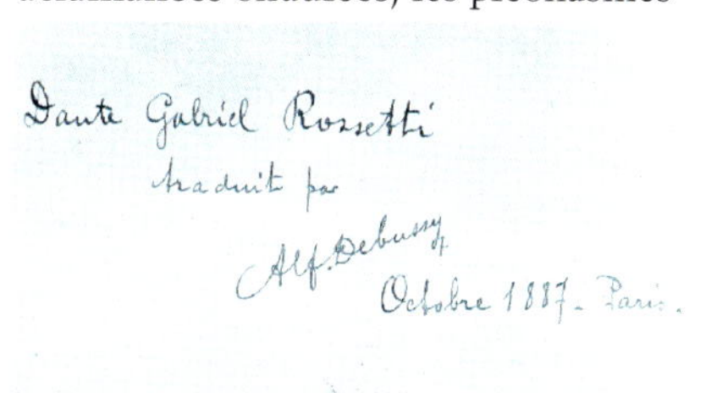

significatifs, les mystérieuses ellipses, l'anacoluthe en suspens, tout trope hardi et multiforme.» Ce qui unit cette galaxie floue, où d'éphémères météorites côtoient des astres ? «L'intention commune à plusieurs familles de poètes (d'ailleurs ennemies entre elles) de reprendre à la musique leur bien», propose Paul Valéry.

Dans ses choix, Debussy rejoint Baudelaire scandalisé par la fonction descriptive de la poésie, vécue comme une leçon de choses. Le poète se vit comme «une âme collective qui interroge, et qui devine quelquefois». Il faut chercher «une magie suggestive contenant à la fois l'objet et le sujet, le monde extérieur à l'artiste et l'artiste lui-même». Mallarmé est sans appel : «Nommer un objet c'est supprimer les trois quarts de la jouissance du poème.» En peinture, il est proche d'Odilon Redon («L'avenir est au monde subjectif»), de Gauguin («Ne peignez pas trop d'après nature. L'art est une abstraction, tirez-la de la nature en rêvant»), de Maurice Denis («Un tableau est essentiellement une surface plane recouverte de couleurs en un certain ordre assemblées»).

Tout imprégné de signes mystérieux, en équilibre instable aux frontières de la conscience, là ou le Moi fait loi, le symbolisme préfère convoquer les âmes mortes en faisant tourner les tables plutôt que de bâtir un homme nouveau. Sans harangues contraires à sa volupté, il oppose ses paradis artificiels à l'emprise de la science, au culte du progrès, au matérialisme didactique, à la couleur «jus de tabac» de l'académisme, au naturalisme militant d'un Zola, au réalisme figé d'un Courbet : «Un objet abstrait, non visible, non existant n'est pas du domaine de la peinture.»

Quand la musique officielle plastronne

La musique officielle est à l'unisson de cette pesanteur fin de siècle, à l'optimisme bedonnant. Elle étale son savoir-faire à l'ombre des étendards Gounod, Saint-Saëns, Massenet, repliés dans le bastion de la Société nationale de musique, fondée en 1871... pour combattre la défaite de Sedan. Alors Debussy monte au front du véritable ennemi : «A notre époque, la musique tend de plus en plus à servir d'accompagnement à des anecdotes sentimentales ou tragiques et assume le rôle un peu louche de faiseur de boniments à la porte d'une baraque où s'efforce le sinistre Rien du Tout.» Il est lassé «des accords dont la sonorité s'est banalisée dans des musiques d'exportation».

Dans son combat, Debussy doit résister à l'hypnose exercée par Wagner qui, par volonté de redonner un sens aux sons, en hypertrophie l'Idée et multiplie les fiches anthropométriques de ses personnages (le mot est de Debussy). Pour Stefan Jarocinski, «c'est par malaise envers Wagner, et le refus de le décliner dans de pâles imitations, que Debussy se serait senti plus à l'aise dans le milieu poético-pictural».

Le compositeur voulait une musique faite pour l'inexprimable, «qu'elle eût l'air de sortir de l'ombre et que, par instants, elle y rentrât». La logique suprême eût commandé qu'il ne baptise ses œuvres d'aucuns titres, fussent-ils anecdotiques, pour bien marquer son refus de la narration. Ou qu'il systématise le rejet du titre

Femmes fleurs de Walter Crane (1897). « Cet intérêt pour le bouton et la jeune fille donne à penser que l'artiste de l'Art nouveau semblait préférer l'expression d'une mélancolie nostalgique à la joie et à la gaieté débridées », déclare-t-il.

à la fin de l'œuvre, comme dans ses *Préludes*, afin qu'aucune intention affichée ne guide, ne parasite la perception de l'auditeur. Car la musique de Debussy, par son ondoyante mouvance, par l'arabesque qui jamais «ne condescend à s'adapter à des besoins de sensiblerie», par «ses masses sonores se déplaçant à l'horizontale, lieu de polarisation, de mouvements qui permet d'appréhender, le temps d'un éclair, le sens des transformations en cours» (Vladimir Jankélévitch), par son dynamisme clair qui aiguillonne notre plaisir, par son énergie, cette musique sans attache est parfois plus symboliste que les symbolistes.

Une alchimie de phrases personnelles

Souvent, mieux que le poète, elle retient sa respiration, fait chanter le silence dans de capiteuses tensions. Mieux que la peinture, elle échappe à l'allégorie figée dans une interrogation hiératique, Salomé ou femme lys, angéliques sinuosités ou nuits inquiétantes, toutes ces images qui ne renvoient qu'à elles-mêmes, et à leurs limites. Le véritable symbole ne se dissimule pas dans la représentation du mystère, il est mouvement éternellement fuyant, ombre énigmatique, envoûtante intelligence, vampire jamais rassasié de sens pour des idées toujours vierges.

Debussy ne cesse d'évoquer une «mise en place sonore», la «beauté du son», une «alchimie de phrases personnelles». Quand il veut suggérer une idée du visible, il le cerne par son écho sans résolution, ainsi le son du cor dans *Pelléas* arraché aux transports des romantiques, ou le thème de la fontaine, au début du second acte : il ne dégouline pas, ne ruisselle d'aucun effet, il est simplement fluide.

Et cette réflexion de Jankélévitch pour *Pelléas* rend hommage à toute une œuvre, gourmande de sonorités : «Aucune musique n'a su comme celle-là capter en voltige une correspondance insaisissable, intercepter les messages télépathiques ou sympathiques, surprendre la communication des âmes dans l'éther, suggérer enfin la sensation équivoque de ce qui est à la fois ici et là, proche et lointain, être et non-être. Ce sont des tressaillements imperceptibles de la mélodie, et bien moins encore que des "thèmes", des réminiscences elliptiques, fugitives comme la pensée.»

En 1901, Debussy écrit dans *La Revue blanche* : « Cette arabesque musicale ou plutôt le principe de l'ornement est la base de tous les modes d'art. Les primitifs Palestrina, Vittoria, Orlando di Lasso, se servaient de cette divine arabesque. Ils en trouvèrent le principe dans le chant grégorien et en étayèrent les frêles entrelacs par de résistants contrepoints.»

BATAILLES NAVALES

Avec La Mer, *Debussy n'est pas le premier nautonier à vouloir déchaîner les flots symphoniques. Quelques téméraires ont risqué avant lui leurs pas sur des tibériades orchestrales.*

Lully se dresse en figure de proue de ce genre maritime. Alceste, première régate d'importance avec son coéquipier Quinault, déploie à la fin du premier acte ses fastes naumachiques. Le roi Licomède, faisant mine de renoncer à Alceste, invite celle-ci à une fête navale sur son bateau. Au moment où Admète, en compagnie d'Hercule, s'apprête à rejoindre sa femme à bord, le ponton s'enfonce dans les flots et Thétis déclenche de perfides remous pour seconder les hypocrites desseins de Licomède.

En fils de meunier florentin, plus familier des bords de l'Arno que des rivages de la Grande Bleue, Lully n'a guère l'expérience de l'océan. Sa fureur des flots prête à sourire, tout comme les naïfs appels «Au secours, au secours» répétés par un chœur de tritons, matelotes et autres naïades. Les fameux vingt-quatre violons ont beau déverser leur pluie battante de doubles croches, sous le sifflement enroué de la machine à vent (une roue à aubes de toile), difficile de trembler devant cet enfantillage de l'art !

Elève du redouté Baptiste, Marin Marais est mieux versé dans la chose aquatique – sans doute le nom qui veut ça. La tempête d'*Alcyone* n'usurpe pas sa renommée. L'orchestre exulte : rafales de gammes descendantes aux cordes, coups de vent fraîchissant aux bois, grondements et claquements secs aux timbales. Les annales de la météo marine pourraient en témoigner : en 1706, les zones Tyne, Dogger German et Cromarty essuient un furieux grain.

Tempête sur la mer et sous un crâne

La réussite de Marin Marais est des plus subtiles. Sa tragédie lyrique combine en effet l'épisode naval avec la scène traditionnelle des songes funestes. *Alcyone* fait un mauvais rêve et voit son mari Céix se noyer au cours d'une tempête. Le cataclysme naturel se double d'un cauchemar psychologique. Le compositeur et son librettiste font

Lully appliquait à la tragédie lyrique les fastes hydrauliques qui éclaboussèrent les jardins de Le Nôtre, à Versailles. Cet art spectaculaire de la parade navale triomphe dans *Alceste* [ici, le bassin de Neptune interprété dans la mise en scène de Jean-Louis Martinoty].

d'une pierre deux coups (de théâtre) : tempête sur la mer et tempête sous un crâne. Dans le creux des vagues orchestrales, Marin Marais encastre les lamentations échevelées de son héroïne : cette imbrication de violence aveugle et de désespoir éperdu est d'un effet imparable.

Pirate consommé, le chevalier Gluck arraisonne en 1779 cette leçon d'efficacité dramatique pour l'ouverture de son *Iphigénie en Tauride*. La Tauride, comme chacun l'ignore, est baignée par la mer Noire. Sans anticiper sur *Le Cuirassé Potemkine*, cet exotisme est en soi incitateur. Après vingt-huit mesures d'un charme élyséen, d'une paix bucolique, le prologue change brutalement d'atmosphère : une fanfare de cuivre lancée en trombe, et les menaces météo s'accumulent, sur des trémolos de timbales.

De sinistres tourbillons de doubles croches s'élèvent aux cordes ; l'embellie harmonique se gâte : après un *ré* majeur lumineux et pastoral, de sombres remous en *la* mineur, puis en *si* mineur, sapent les basses. Le déluge de grêle fait rage, tandis que sur le rivage, au sec, Iphigénie et un chœur de prêtresses appellent les dieux à plus de clémence climatique. Leurs implorations se déploient pendant les accalmies de l'orchestre : la tension dramatique ne fléchit donc jamais, passant seulement de l'agressivité au pathétisme, des bourrasques aux supplications. Les deux Richard, Wagner et Strauss, ont salué, béret à pompon bien bas, ce noble chambard d'expert maritime.

Les machinistes des théâtres baroques se recrutaient parmi d'anciens marins, rompus au maniement des voiles et des cordages.

Détresse stéréophonique

Auditeur attentif des tragédies du chevalier (solidarité entre médaillés pontificaux de l'Eperon d'or), le divin Wolfgang a su en méditer les meilleurs effets. En particulier dans le chef-d'œuvre de ses vingt-cinq ans : *Idoménée*. Ecoutez comme il amène la tempête qui jette sur la plage de Sidon le vieux roi crétois qu'on croit mort. La musique s'enchaîne sans interruption à l'air tourmenté d'Electra, ivre de dépit amoureux. Comme si la violence des éléments résultait de la colère d'une âme outragée. Mozart recouvre l'agitation orchestrale d'un double chœur de marins malmenés par les flots, les uns rejetés au loin en coulisse, les

autres échoués sur scène. Cette détresse stéréophonique, qui se répond en écho à quelques mesures d'intervalle, creuse l'espace de manière saisissante.

Pour donner la pleine mesure de son génie, Wolfgang s'offre le luxe d'évoquer un acte plus tard la Méditerranée clémente. La même princesse grecque se prépare à rejoindre son Argolide natale avec Idamante, le prince de son cœur. Anticipant sur le trio de *Cosi fan tutte* «Soave sia il vento», un andantino séraphique, dominé par la cantilène extasiée d'Electra, célèbre cet embarquement pour Cythère. Mais Neptune veille au drame et relance la tempête d'un coup de trident, aiguisé par les soins de Mozart.

La mer léthargique et maternelle du bouillant Hector

Hector Berlioz, le plus turbulent des compositeurs romantiques, excelle paradoxalement dans l'évocation d'une mer apaisée.

Debussy écume la production du peintre japonais Hokusaï pour trouver cette *Vague* avec laquelle son éditeur illustre la couverture de *La Mer.*

Un envoûtant tableau de sérénité nocturne occupe la fin du quatrième acte des *Troyens* : le drame se relâche un instant dans un faux moment de bonheur, dans l'illusion d'un répit durable.

Ce septuor se balance dans l'œil du cyclone, avant les déchirements et les catastrophes inéluctables. Didon, Enée et leur suite chantent sur la grève carthaginoise la douceur voluptueuse de la nuit d'Afrique, avec le hululement lointain de la petite flûte et les coups sourds de la grosse caisse, sur des tenues de cors, pour figurer le ressac. Tout baigne. La musique dégage rarement une aussi pénétrante sensation de paix cosmique, d'euphorie interstellaire.

Le bouillant Hector prolonge ce calme stagnant au début du dernier acte, avec la chanson du marin Hylas, bercé par la houle et s'endormant en proie à la nostalgie de la terre ferme.

Cette mer léthargique et maternelle, porteuse immobile d'infini, de rêves illimités et déçus, est la vraie mer romantique, celle de Baudelaire, des désirs inassouvis, des chimériques invitations au voyage, du spleen destructeur.

Bien plus romantique que le spectaculaire vacarme maritime déclenché par Wagner dans le *Vaisseau fantôme.* Cet ouragan orchestral est cyclopéen : les cuivres résonnent comme des cornes de brume, les crescendos et decrescendos des cordes se télescopent en gerbes d'écume. Du typhon symphonique qui en jette, avant de s'épuiser en une curieuse bourrée baltique pour chalutiers festifs.

Quand Wagner, dans sa maturité, évoquera à nouveau la mer, ce sera avec plus de gravité, au

troisième acte de *Tristan*, avant le solo dépressif du cor anglais.
L'espace est alors désespérément plat, et le regard du fidèle Kurvenal, guettant en vain un horizon vide, se perd sur une douloureuse montée chromatique des violons dans le suraigu. Le pessimisme de Schopenhauer a désenchanté la magie grondeuse des flots.

Un clip symphonique

La très classique tempête qui ouvre l'*Otello* de Giuseppe Verdi n'appellerait pas de commentaire particulier si, composée après la formidable messe de *Requiem*, elle n'était un avatar du *Jugement dernier*. Cette apocalypse post-biblique brasse frénétiquement la terre et les eaux, les ténèbres et la lumière : l'«Esultate» du More sonne comme le Fiat Lux de la Genèse. Il sauve le monde du chaos et le remet d'aplomb.

Sans vouloir baliser les flots de bouées uniquement tricolores, il faut bien reconnaître que l'évocation maritime de Debussy, aquarellée parmi les coteaux bourguignons, domine de haut le XXe siècle. Au point qu'on en décèle l'influence chez un autre amoureux des jeux de vagues, l'anglais Benjamin Britten. Les *Quatre interludes* de son opéra *Peter Grimes* (qui se déroule dans un port de pêche de la côte est du Suffolk) rappellent le programme horaire des trois esquisses du Français : *A l'aube, Dimanche midi, Clair de lune et tempête*.

Debussy n'a pas seulement réussi son triptyque symphonique. Dans *Pelléas*, il a brossé une mini-marine, un médaillon, un clip océanique d'une rare puissance suggestive. Pelléas, qui vient «du côté de la mer», annonce à Geneviève et à Mélisande qu'il y aura «une tempête cette nuit». Pendant cinq mesures, presque à découvert, la timbale confirme cette inquiétude, en tenant un trémolo qui s'enfle à deux reprises, sans quitter la nuance *pianississimo*, puis s'éteint *morendo*. Les cors avec sourdine étouffent cette menace diffuse, qui se tapit parmi les contrebasses divisées et ne se précise qu'à la dernière remarque de Pelléas : «On s'embarquerait sans le savoir et on ne reviendrait plus.» Le rythme bien distinct du premier cor énonce alors clairement le danger : le pas lourd de Golaud. En six mesures, Debussy résume toutes les catastrophes qui couvent : le calme trompeur des eaux, l'espionnage sournois du mari jaloux, l'imprudence des deux jeunes amoureux. L'emblème du drame, ses armoiries tragiques, ses insignes essentiels. Debussy a inventé la navigation musicale la plus directe, le cabotage dramatique le plus économe.

«J'ai toujours eu une grande passion pour la mer», confiait Debussy qui n'en commence pas moins à composer son hommage maritime en Bourgogne. Peintes de mémoire, les trois *Esquisses symphoniques* évoquent les séries de Monet échelonnées à différentes heures du jour [ici, *Grosse mer à Etretat*, vers 1873].

L'ENFANCE ET SES SORTILÈGES

Il faut attendre le XXe siècle pour que l'enfant dans la musique cesse d'être un angelot mutin ou mièvre. Il joue enfin un rôle dramatique. Témoin des turpitudes adultes, le petit Yniold de Pelléas et Mélisande *ouvre la farandole.*

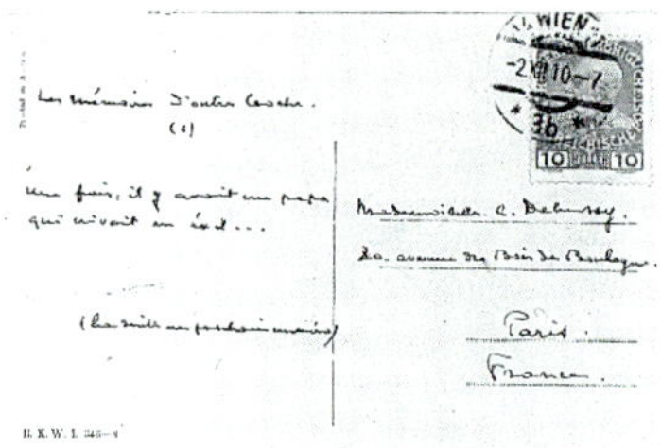

Carte postale de Debussy à sa fille Claude-Emma, surnommée Chouchou. Elle ne survivra que quelques mois à la mort de son père, en 1918.

En pensant à sa fille Bel Gazou, Colette rédigea le livret de *L'Enfant et les Sortilèges* de Maurice Ravel.

«Petit guignol» par-ci, «petit ignoble» par-là... C'est par une salve de quolibets que fut accueilli, à la création de *Pelléas*, le rôle du petit Yniold. Voilà comment on récompense les musiciens qui s'intéressent aux enfants !... Le pauvre Debussy avait-il mérité cela ? La petite créature imaginée par Maeterlinck, avec ses naïves jérémiades, n'est certes pas un modèle d'épaisseur psychologique. Mais la question n'est pas là. De tout temps, les compositeurs semblent avoir eu quelque mal à accorder aux enfants une véritable dignité. Bien rares en définitive – et d'autant plus méritants – sont ceux qui ont su déjouer les pièges du ridicule.

«Ils arrivent, les petits moutons !», minaude Yniold au quatrième acte. Consciemment ou non, l'audacieux Debussy est en train de faire allégeance à la plus rebattue des traditions : celle de la pastorale. Son Yniold n'échappe pas au ton gentillet et rustique qui fut longtemps associé aux enfants. Le XVIIIe siècle les cantonne dans ce rôle de pâtres gracieux, s'ébattant dans une nature à leur image. On peut faire remonter cette vision rousseauiste à... Rousseau lui-même (*Le Devin du village*), bientôt imité par le jeune Mozart (*Bastien et Bastienne*). Qu'importe, au fond, que les rôles en soient plutôt destinés aux chanteurs professionnels de l'opéra-comique : ce sont bien des jouvenceaux que le public

est censé voir. Ainsi défile une kyrielle d'aimables bergeries, tendres et édifiantes comme un tableau de Greuze ; ainsi applaudit-on sans réserve ces historiettes, peuplées de pastoureaux et de blancs moutons (qu'il faut rentrer, comme chacun sait). Kreutzer puis Le Sueur y céderont à leur tour avec *Paul et Virginie*, d'après le roman en vogue de Bernardin de Saint-Pierre.

Copiste de *Parsifal*, le wagnérien Humperdinck mitonne un *Hansel et Gretel* pur sucre.

Coupés du monde adulte

De cette imagerie, Debussy ne sera pas le seul héritier. Elle continuera d'affleurer au hasard de quelques ouvrages contemporains. La *Mireille* de Gounod, par exemple, met en scène l'un de ces petits frères d'Yniold : Andreloun, le jeune berger provençal. Au plus noir de *La Tosca*, Puccini se plaît à glisser un intermède bucolique, qui mêle aux cloches de Rome le chant lumineux d'un petit Pastor. Pour une fois, on ne sourit pas. On frissonne. Dans un registre différent, on peut voir perdurer le genre jusqu'au *Hänsel und Gretel* d'Engelbert Humperdinck. Cet opéra en sucre, véritable viennoiserie musicale, propose en effet une vision similaire, transposée pour la bonne cause dans l'univers du conte de fées.

Cet abondant répertoire donne littéralement aux enfant un statut à part : celui de chérubins à l'état pur, coupés du monde des adultes (à l'exception d'Yniold, plongé bien malgré lui dans ce monde cruel), vivant dans une félicité autarcique. On nage évidemment en pleine utopie, mais qu'importe : de Mozart à Puccini, ce phénomène a le mérite d'exister et de reposer sur une indéfectible bienveillance à l'égard de ces chers bambins. Pauvres bambins ! Ils devront sans tarder quitter leur vert paradis... Le XVIIIe siècle les voulait libres, graciles, sentimentaux. Le XIXe siècle les voudra intégrés, dociles (à quelques exceptions près, on l'a vu, mais il ne s'agit au fond que de convoquer un paradis perdu). Rompant l'enchantement, ce siècle inclément et industriel ne semble plus guère considérer ses enfants que comme des potiches plus ou moins décoratives, soumises à l'ordre familial et bourgeois.

Paul et Virginie, les enfants pris dans la tourmente révolutionnaire.

On exagère ? Faites le compte des enfants dans la musique romantique. Ils apparaissent soit inexistants, soit légèrement débiles, soit les deux à la fois. Et en tout cas soigneusement dépourvus de toute individualité. Troupe de petits soldats occupés à faire gentiment diversion (*Carmen*). Grappes de gamins qui, de même, jouent à monter la garde (*La Dame de pique*) ou, pis, insolents braillards qui gâchent les derniers instants de Werther (*Werther*, de Massenet).

Chouchou vaut mieux qu'une mignardise

Ce n'est plus *Le Devin du village*, c'est l'idiot du village ! Au mieux, nos

Elevée par une nurse anglaise, Chouchou se pique de baragouiner l'anglais. Le titre des six pièces de *Children's Corner* [ci-contre] y fait allusion.

garnements sont les destinataires invisibles d'une vaste littérature : *Scènes d'enfants* (Schumann), *Jeux d'enfants* (Bizet), *Ma mère l'oye* (Ravel), *Dolly* (Fauré), *Enfantines* (Moussorgski)... Debussy, là encore, se plie à l'usage (*Children's Corner*, *La Boîte à joujoux*), même si la tendre promiscuité de sa fille Chouchou lui permet de s'élever au-dessus des mignardises. On s'abstiendra de citer les innombrables recueils pédagogiques, musiques pour enfants sages, quatre mains infantiles qui fleurissent dans les chaumières de la Troisième République... Tout cela sent sa «civilité puérile et honnête».

On l'aura compris, les musiciens du XIXe siècle se font des enfants une image passablement conformiste. Doit-on les accabler ? N'est-ce pas plutôt l'enfance elle-même qui, pour les compositeurs de tout temps, a constitué une manière d'énigme, et d'embarras ? Cet âge tendre et pur est rétif aux grandes envolées dramatiques. Aux adolescents, les premiers feux, les troubles émois du désir (dont Mozart et Strauss sauront si génialement tirer parti : voir Chérubin et Oktavian). Mais quid de leurs petits frères et sœurs ? Les compositeurs se perdent en conjectures. A cela s'ajoute le simple handicap lié à la fragilité vocale de ces êtres immatures. Il y avait eu, certes, Mozart, et les trois adorables garçons de *La Flûte enchantée* : petits messagers d'espoir, traités – cas vraiment unique – avec autant de chaleur, d'humanité et d'attention musicale que les autres protagonistes. Mais ce coup de génie resta, malheureusement, sans suite... Sinon au XXe siècle.

Entrée en force de la mort

Ce n'est pas sans trembler d'effroi qu'on se présente au seuil du siècle en question. Certes, le temps des images d'Epinal est révolu. Pour la première fois, sans doute, l'enfant cesse d'être uniformément vu sous un angle éthéré ou mièvre. Mais les compositeurs ne se contentent pas de le dépouiller de ses stéréotypes : ils s'avisent aussi de lui faire jouer un vrai rôle dramatique. On frémit en songeant aux vicissitudes auxquelles se retrouve soudain mêlé celui qu'à Vienne on n'appelle plus que le «pervers polymorphe». Patientant dans l'antichambre tandis que sa mère se fait hara-kiri (*Madame Butterfly*, de

Puccini, rôle muet). Jouet désemparé d'un fait divers sordide (*Wozzeck*, de Berg). Moussaillon victime d'on ne sait quelles turpitudes (*Peter Grimes*, de Britten). Frère et sœur possédés par un esprit malin (*Le Tour d'écrou*, de Britten). Il suffit de regarder du côté de Berg et Mahler pour voir à quel point la mort fait une entrée en force dans l'univers enfantin : Berg aiguise sa muse au souvenir de Manon Gropius, disparue en pleine jeunesse (*Concerto à la mémoire d'un ange*), et Mahler destine de poignantes élégies à des «enfants morts», dont il ne sait pas encore qu'ils seront les siens (*Kindertotenlieder*). Temps cruels. Par son innocence, sa vulnérabilité, l'enfant devient un protagoniste à part entière des drames qui l'entourent – sans que les compositeurs sus-cités mettent à cela la moindre complaisance.

Restent quelques parcelles d'intimité, d'heures rayonnantes ; restent aussi quelques-unes des plus belles contributions à cet inventaire. Richard Strauss, qui ne fonde pas de grands desseins dramatiques sur les moins de quinze ans, ne met en scène qu'un seul enfant : le sien. Dans la très autobiographique *Symphonia domestica*, il se penche avec tendresse sur le berceau de son fils. On voudrait citer aussi Gabriel Pierné, dont l'apport apparaît aussi conséquent en quantité (deux oratorios : *La Croisade des enfants* et *Les Enfants à Bethléem*) qu'en qualité. Certes, au rayon des pastorales, c'est un florilège : «Berger, rassemble tes moutons !», «Courons, Nicolas, Jeannette», les «petits pastoureaux», tout y est. Mais *Les Enfants à Bethléem* enveloppent ces clichés dans une musique suave, angélique, souvent troublante. Un homme semble s'en être souvenu : Maurice Ravel. Avec *L'Enfant et les Sortilèges*, l'enfance trouvera en lui son peintre le plus juste, le plus attentionné, mêlant avec bonheur les teintes pastel et les couleurs fauves. Il revient à un musicien qui n'eut jamais d'enfants de s'être montré plus proche d'eux que quiconque.

A propos de *La Boîte à joujoux*, «ballet de marionnettes» composé en 1913, et illustré par André Hellé [ci-dessous], Debussy précise : « J'ai essayé d'apprivoiser les vieilles poupées de Chouchou [ci-contre] pour qu'elles me fassent leurs confidences... »

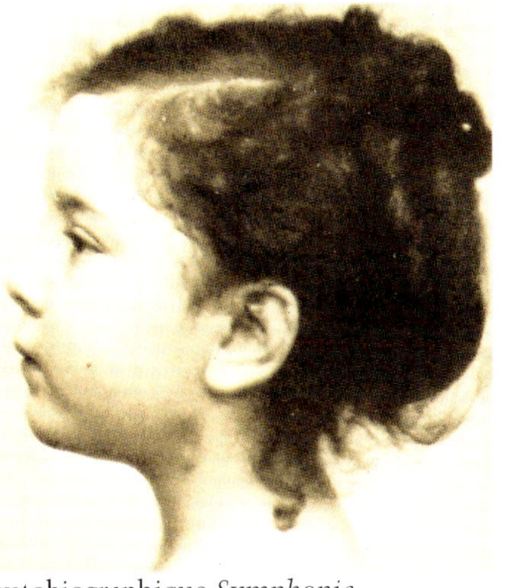

La tentation de l'Orient

Debussy découvre la Cochinchine à l'Exposition universelle de 1889. Des sultans de Mozart aux rythmes hindous de Messiaen, les musiciens ont beaucoup cherché leur Eden à l'est.

Les carnets de Delacroix, si hauts en couleur soient-ils, reflètent plus d'authenticité que les outrances pompières d'un Félicien David commettant à la même époque *Le Désert* (1844) et *Les Brises d'Orient* (1845).

Tout prédisposait Debussy à succomber aux charmes de l'Orient. Sa passion pour l'ailleurs, d'abord, qui le porte aussi naturellement vers un Orient mythique (voir *La Terrasse des audiences au clair de lune*) que vers une Espagne de rêve. Sa curiosité artistique, ensuite, qu'il apaise en se frottant à toutes sortes de manifestations culturelles. Luxueuses vitrines des civilisations lointaines, les expositions universelles (1889 et 1900) le mettent en contact avec le théâtre ambulant de Cochinchine, le gamelan balinais, la peinture japonaise et les arts décoratifs de Java. Son propre langage musical, encore, où peuvent s'intégrer sans heurts la gamme pentatonique (*Pagodes*) ou les ambiguïtés modales orientales. «Rappelle-toi la musique orientale, écrit Pierre Louÿs, où la tonique et la dominante n'étaient plus que de vains fantômes»... Enfin, la pression irrésistible de plusieurs siècles d'histoire musicale. Car la fascination de l'Orient ne prend pas naissance avec l'engouement de quelques cénacles parisiens. Elle se manifeste avec une telle persistance qu'on se demande si elle n'est pas constitutive de la musique elle-même. De Mozart à Messiaen, de Lully à Jean-Claude Eloy, les compositeurs ont nourri une inlassable passion pour cette région du globe considérée, au demeurant, comme l'un des berceaux de la musique – dans sa composante tant extrême-orientale (Chine, Inde, Bali) qu'arabe.

Mozart ? Lully ? Il est vrai que cette histoire d'amour peut parfois prendre un tour très anecdotique. On aura reconnu ici l'une des expressions les plus pittoresques de l'orientalisme : la turquerie. Cette spectaculaire mascarade, qui vit les scènes d'opéra au XVIIIe siècle se parer de turbans et de babouches, fut favorisée par au moins deux facteurs : d'une part, le vieux contentieux entre Vienne et les Turcs (qui avaient assiégé la ville en 1683), qui

L'*Enlèvement au sérail* de Mozart, mis en scène par Giorgio Strehler. Pour des visions hautes en couleur, sonnailles et tambourins accompagnent les turqueries du XVIIIe siècle.

Le Coq d'or de Rimski-Korsakov, mis en scène en 1984 par Ennosuke Ichikawa. Les trois ans de croisière autour du monde de l'aspirant compositeur ont certainement dû nourrir son imagination de sonorités exotiques.

donne aux ouvrages afférents un je-ne-sais-quoi d'humour rosse; d'autre part, l'esprit des Lumières, qui éveille chez les Européens un intérêt nouveau pour l'Orient et ses fastes.

Le janissaire est bon enfant

On sait ce que les musiciens conçurent de ce mélange de raillerie et de tolérance; on connaît la théorie d'œuvres alertes, badines, toutes cliquetantes de fifres et de triangles. On connaît ces intrigues, ces marivaudages de sérail, qui donnent de l'opposant une image plutôt courtelinesque. Les sultans sont bonne pâte, le janissaire est bon enfant. On parle le mamamouchi dans le texte et l'on repeint l'orchestre aux couleurs locales. Gluck, grand pourvoyeur du genre (*Le Cadi dupé*, *Les Pèlerins de La Mecque*, *Les Chinoises*), n'hésite pas à truffer l'orchestre de cymbalums, triangles, pifferos et autre tambouros turcos.

Cette flambée d'orientalisme crépite allégrement de Lully (*Le Bourgeois gentilhomme*) à Beethoven (*Les Ruines d'Athènes*), de Mozart (*Zaïde*, *L'Enlèvement au sérail*) à Gluck et Weber (*Abu Hassan*) et envahit même la musique instrumentale... Son apparente extinction ne doit pas abuser sur la pérennité du phénomène. A partir du XIXe siècle, les compositeurs ne cesseront de promener un regard indulgent, narquois ou admiratif sur cet Extrême-Orient dont, en règle générale, ils ignorent tout. L'Asie, voire les pays arabes, deviennent les principaux lieux communs du répertoire lyrique, sources d'émotions exotiques et de saveurs capiteuses. Car l'Orient a une immense vertu : il fait rutiler, onduler la moindre musique – du moins lorsqu'il revit sous la plume experte d'un Rimski-Korsakov (*Le Coq d'or*), d'un Florent Schmitt (*Salammbô*) ou d'un Busoni (*Turandot*). Le reste n'est que folklore plus ou moins clinquant, et l'on ne s'appesantira pas sur ces *Djamileh* (Bizet) et ces *Roi de Lahore* (Massenet) qui prétendirent mettre l'Inde ou l'Egypte à deux pas du boulevard des Italiens.

Des incendies pompiers

«A l'époque de Louis XIV, les gens étaient hellénistes. Aujourd'hui, ils sont orientalistes» , pouvait noter Victor Hugo en 1829. C'est que, au-delà des clichés, l'Orient est aussi devenu une réalité. Après Vienne, la France, à son tour, a maille à partir avec les pays islamiques. Sur fond de campagne d'Egypte et de conquête de l'Algérie se développe un véritable courant orientaliste parmi l'intelligentsia, dont les fruits littéraires (Nerval, Gautier...) et picturaux (Ingres, Chassériau, Delacroix) sont restés plus illustres que leurs équivalents musicaux. Non sans raison. Il paraît difficile aujourd'hui de partager l'enthousiasme de Berlioz pour *Le Désert* (1844) ou *Les Brises d'Orient* (1845) de Félicien David, même si le personnage (qui s'enrôla dans une vaste expédition aux fins de découvrir le messie féminin !) est éminemment haut en couleur. De même l'œuvre de son successeur Ernest Reyer (*Le Sélam*, 1850) évoque-t-elle plus les outrances du pompiérisme que les carnets de croquis de Delacroix saisis sur le vif.

Revêtir quelques oripeaux exotiques n'a jamais été un moyen de comprendre une civilisation. Voilà sans doute ce qui distingue Reyer ou Bizet de leurs successeurs, Debussy en tête. Ces derniers sont moins férus d'orientalisme que d'Orient. Ils tentent moins d'appliquer quelques signes extérieurs, plus ou moins décoratifs, à un langage foncièrement occidental, que d'opérer une véritable fusion stylistique. L'exemple de Debussy, laissant dériver son imagination à la vue d'un paravent japonais aux poissons de nacre (*Poissons d'or*), est particulièrement révélateur. Mais il n'est pas unique.

L'Orient et l'Occident enfin réunis

A ses côtés, quelques géniales personnalités portent l'influence de l'Orient à un degré de raffinement et de liberté jusqu'alors inconnu. Le Polonais Karol Szymanowski tire de ses lointains périples un univers sonore luxuriant, d'une sensualité extatique – jalonné par le *1er Concerto pour violon*, la *3e Symphonie* «Chant de la nuit»(sur un texte du poète persan Djalal al-Dîn al-Rumi) et les incroyables *Chants du muezzin passionné*, dont la modernité continue de surprendre.

Albert Roussel déploie lui aussi tout son raffinement orchestral pour exalter les splendeurs de l'Inde (*Evocations pour orchestre*, l'opéra-ballet *Padmavâti*). L'auteur du *Festin de l'araignée* ne se contente pas de puiser dans le répertoire des clichés habituels (tels que l'inusable mélopée de hautbois) mais incorpore des timbres, rythmes ou mélodies rapportés de ses voyages. Plus sédentaires, Mahler (*Le Chant de la terre*) et Webern (*Lieder opus 12 et 13*) préfèrent se frotter aux arcanes de la poésie chinoise.

Autant de démarches qui ouvrent la voie aux explorateurs du XXe siècle. Les collectes sonores de Roussel annoncent les travaux d'un Messiaen sur les modes et les rythmes hindous. Les conceptions temporelles de Szymanowski préfigurent, en un sens, celles d'Eloy ou Cage. Le dialogue entre l'Orient et l'Occident cesse d'être à sens unique. Ainsi voit-on le Japonais Takemitsu citer, au détour de la musique du film *Ran*, le début du dernier mouvement du *Chant de la terre* – une mélodie de hautbois directement inspirée de l'Orient. Juste retour des choses.

Debussy s'enthousiasme pour le théâtre annamite de l'Exposition universelle de 1889, et enfonce une fois de plus Wagner : «Une petite clarinette rageuse conduit l'émotion, un tam-tam organise la terreur; c'est tout... Plus de théâtre spécial, plus d'orchestre caché, ingénieux à se satisfaire...»

Couleurs locales

Entre quatre murs, Debussy était capable d'un tour du monde en quatre-vingts mesures. Il voyageait en imaginaire, laissant aux autres compositeurs le soin de colorier des cartes postales sur le motif.

D'*Ibéria* aux *Collines d'Anacapri*, de *Soirée dans Grenade* au *Souvenir du Louvre*, le profane qui feuilletterait le catalogue de Debussy pourrait croire avoir affaire à un album de cartes postales. L'idée seule eût pourtant fait frémir d'effroi le musicien. «Ce n'est pas une photo de plage, une carte postale pour le 15 août», s'insurge-t-il à propos de *Voiles pour piano*. Sous leurs titres faussement pittoresques, toutes ces pièces cachent en réalité de bien fantasmagoriques paysages. La couleur locale ? Debussy en joue, certes, en orfèvre, faisant crépiter les castagnettes (*Ibéria*) ou chanter les cornemuses (*Marche écossaise*). Mais ce qui pourrait n'être que cliché touristique se transforme sous sa plume en vision scintillante, aux perspectives mouvantes, baignée dans une lumière équivoque. Prudent, Debussy prend d'ailleurs soin de ne visiter aucun des pays qui l'inspirent. Préférant rêvasser entre quatre murs, lire des récits de voyage ou hanter les expositions universelles.

Les chevalets au grand air

Le raffiné Debussy pouvait difficilement se commettre dans le style «Visions et merveilles du monde». Ce n'est pourtant pas faute d'avoir vécu à une époque friande de tels chromos. Dès la deuxième moitié du XIXe siècle, l'esthétique de la carte postale va bon train. Rien ne saurait refréner les ardeurs descriptives des musiciens, dans une société que n'ont pas encore envahi les images. L'art peut jouer, à sa façon, un rôle documentaire... Pourquoi les compositeurs ne se mêleraient-ils pas de refléter le réel, en un temps où Stendhal promène son miroir le long des routes, et où les peintres ont sorti leurs chevalets au grand air ?

Le XVIIIe siècle s'écharpait sur la théorie de l'«imitation» (peut-on imiter la nature ?). Le XIXe siècle l'a fait. Bravement, généreusement. Parfois naïvement. De partout, on a entendu s'élever des *Chants d'Auvergne*, des *Souvenirs d'Egypte*, des *Impressions de Sicile* aussi hauts en couleur que les illustrations d'un manuel de géographie. Le développement du poème symphonique, les nouvelles ressources du piano favorisent chez les musiciens

cette nouvelle vocation.

En la matière, l'école française se montre particulièrement prolixe. La génération prédebussyste tout entière apparaît saisie par le démon du cliché pittoresque. C'est d'Indy qui relate ses expéditions outre-Rhin dans *Tableaux de voyage*; c'est Pierné qui brosse, avec le soin d'un aquarelliste, une série de *Paysages franciscains*; c'est une légion de pensionnaires de la villa Médicis qui livrent, à tour de rôle, leurs *Impressions d'Italie*. Heureux temps où l'on savait croquer, d'une main experte, les reliefs, les charmes du moindre paysage !

Saint-Saëns s'est spécialisé dans les tableaux de genre recueillis lors de ses périples [ici l'Egypte]. « Il est l'homme qui sait le mieux la musique du monde entier », reconnait Debussy.

Un zeste de mélodies folkloriques

Nul sans doute ne porta l'exercice à un tel degré d'application et de pacotille que Jules Massenet. Dans les années 1870-1880, l'auteur de *Werther* donne au genre des *Scènes napolitaines*, des *Scènes hongroises* et des *Scènes alsaciennes*, dont il faut bien reconnaître qu'elles ne font pas plus honneur à Naples, la Hongrie et l'Alsace qu'à la musique symphonique. De son côté, Saint-Saëns rapporte de ses innombrables voyages (Chine, Amérique, mais surtout Algérie et Egypte) une kyrielle de tableautins aux titres évocateurs : *Africa*, *Souvenir d'Ismaïlia*, *Suite algérienne*, *Une nuit à Lisbonne*... Des cartes postales recto-verso : d'un côté, Saint-Saëns emprunte au folklore local; de l'autre, il rédige selon son style propre, à la française, sans jamais se départir d'un sérieux imperturbable. Cette combinaison touche particulièrement la *Suite algérienne* où, après nous avoir délectés d'une *Rhapsodie mauresque* et d'une *Rêverie du Soir*, Saint-Saëns introduit brusquement une *Marche militaire*, histoire de voir et de complimenter l'armée française !

Tout ce répertoire repose sur une formule à peu près immuable : une série de scènes de genre (avec, si possible, un beau coucher de soleil), un zeste de couleur locale (une ou deux mélodies tirées du folklore feront l'affaire); le tout soigneusement calibré pour la salle de concert parisienne. La recette trouvera encore, au XXe siècle, les faveurs d'un Jacques Ibert, auteur des très touristiques *Escales*, où se perpétue un certain pittoresque, façon prix de Rome. En guise d'évocations de Rome, Tunis et Valencia, on a plutôt droit aux rivages observés à la longue-vue depuis le bastingage ! On voit ici l'abîme qui sépare Ibert de Debussy : l'un voyage, l'autre pas ; l'un nous vante, un peu lourdement, d'alléchantes destinations ; l'autre les fait génialement miroiter.

Il va de soi que le chromo n'est pas la seule spécialité des Français. Les ressources picturales de l'orchestre inspirent aussi bien à nos voisins des œuvres semblables. On risquerait le vertige à les recenser tous. Contentons-nous de Frederick Delius, voyageur émérite, authentique amoureux de la nature et, en conséquence, maître de la carte postale sonore. Quand il ne décrit pas les vertes étendues de son Yorkshire natal dans un style moutonneux à souhait (*Over the Hills and Far Away*), Delius se souvient avec un certain bonheur de ses séjours à Paris (*Paris*), ou en Floride, où il fut planteur d'oranges dans les années 1884-1886 (*Florida*). Derrière leur parfum suranné, ces pièces dénotent un vrai sens de l'observation, de l'instantané.

Difficile, aussi, de passer sous silence Ottorino Respighi, qui semble avoir passé sa vie à mitrailler Rome sous toutes les coutures. En 1916, il se lance dans un gigantesque diaporama touristique sur la Ville éternelle.

Salomé, Schéhérazade, almées de harem ou autres odalisques de charme ont toujours envoûté les compositeurs.

D'un simple cliché de l'Alhambra

Dès *Les Fontaines de Rome*, le ton est donné : Respighi asperge ses auditeurs de gerbes orchestrales, de couleurs éclatantes. Rien n'est trop fort, non plus, pour décrire *Les Pins de Rome* : sons d'oiseaux préenregistrés (*Pins du Janicule*), clique d'instruments extravagants (les six buccins de la *Via Appia*), sonorités sépulcrales (*Pins de la villa Borghèse*). Tout cela n'est encore rien auprès des lourdes ripailles des *Fêtes romaines*, qui mettent un terme aussi définitif que malencontreux à cette saga.

En déduira-t-on que la carte postale est, par nature, une inspiration néfaste pour les musiciens ? Au contraire. Prise au sens propre (et non plus comme la figure de style), elle peut donner lieu à de dignes compositions. Témoin Debussy, encore, qui, d'un simple cliché de l'Alhambra expédié par Manuel de Falla, saura faire jaillir *La Puerta del Sol*. Et l'histoire de la musique abonde de ces pages inspirées, sinon de photos de vacances, du moins d'innocentes vignettes, de tableaux miniatures, d'images à quatre sous. Moussorgski s'emploie, par exemple, à retranscrire les saynètes de Viktor Hartmann dans les célébrissimes *Tableaux d'une exposition*. Dans un style moins visionnaire, les *Sports et Divertissements* d'Erik Satie se veulent la reproduction musicale fidèle (jusqu'au graphisme de la partition) des gravures Art déco de Charles Martin. Dans tous les cas, l'image est, pour le musicien, une leçon de concision, de mise en page. A moins qu'il ne préfère, tel Alban Berg (*Altenberg Lieder*), mettre en musique une partie négligée de la carte postale : son texte.

Quand Debussy fait crépiter les castagnettes dans *Ibéria*, ou qu'il goûte l'air de *Soirée dans Grenade*, il réinvente ses propres cartes postales de l'Espagne [ci-contre].

AND
PORTUGAL
Santander
Burgos
Saragossa
Oporto
MADRID
LISBON
Seville
Gibraltar
MEDITERRANEAN
SEA
OCEAN

AU SON DES COULEURS

Olivier Messiaen fut probablement le seul à composer en technicolor avec autant de naturel, réalisant là une vieille utopie à laquelle Debussy ne fut pas insensible.

Champs sous un ciel orageux de Van Gogh (1890). Des tempêtes de couleurs, des bourrasques de touches que le peintre «entendait» résonner.

«La musique peint tout, elle semble mettre l'œil dans l'oreille»... et Jean-Jacques Rousseau peut-être le doigt dans l'œil. Il n'est pas le seul. Par impuissance à évoquer la musique à l'aide de mots concrets, accessibles, «imagés», nous avons pillé la palette de la peinture, plus «chantante» que les composants de la phrase musicale. Pâte orchestrale, clair-obscur, perspective, transparence d'aquarelle, symphonie de couleurs, fresque, l'imagination s'exalte à dépasser l'acceptation courante : mélodie = ligne et harmonie = couleur.

Au-delà des mots, ces correspondances n'ont pas laissé sourds les peintres contemporains de Debussy. Gauguin : «Pensez à la part musicale que prendra désormais la couleur dans la peinture moderne.» Van Gogh : «En renforçant toutes les couleurs, on obtient quelque chose de pareil à la musique de Wagner.» Même Monet, parmi les premiers pèlerins français sur la colline sacrée de Bayreuth, parle des «impressionnistes en musique».

«Je voudrais ça plus flou»

Debussy n'échappe pas à ce ping-pong joyeux et confus quand, dans ses écrits, il emploie des expressions telles que «la musique est couleur» ou «une fois la couleur admise». A plusieurs reprises, il traque cet effet entrevu dans *Parsifal*, l'orchestre éclairé comme par-derrière. Pour *Nuages*, il évoque des «tons de gris légèrement rehaussés de blanc». Est-ce cette couleur qu'il recherchait dans son altercation avec le chef Camille Chevillard, lors de la dernière répétition des *Nocturnes* (1901), auxquels *Nuages* appartient ?
«Je voudrais ça plus flou !» crie avec entêtement Debussy du fond de la salle..

« Plus vite ? demande Chevillard.
– Non, plus flou.
– Plus lent ?
– Plus flou» s'obstine Debussy. Et le chef de lui tourner les talons.
– Je ne sais pas ce que vous voulez dire !

Oui, Debussy est bien empêtré pour exprimer ce qu'il recherche à travers sa musique sans alliage, pour laquelle les mots n'existent pas. Ainsi, à propos de l'usage de la pédale au piano : «Théoriquement, il faudrait trouver un moyen graphique d'indiquer cette respiration.» Sa fréquentation des peintres, l'emprunt fréquent de leur langage, sa quête d'une musique pure au moment où l'art moderne balbutie vers l'abstraction pourraient entretenir la vision d'un Debussy peintre musical. Mais il rectifie lui-même la confusion : «Malgré leurs prétentions de traducteurs assermentés, les peintres et les sculpteurs ne peuvent nous donner de la beauté de l'univers qu'une interprétation assez libre et toujours fragmentaire. Ils ne saisissent et ne fixent qu'un seul de ses aspects, un seul de ses instants : seuls les musiciens ont le privilège de capter toute la poésie de la nuit et du jour, de la terre et du ciel, d'en reconstituer l'atmosphère et d'en rythmer l'immense palpitation.»

Do rouge et *la* vert

La série des cathédrales de Monet offre une suite de variations statiques ; juxtaposées, elle donnent l'illusion de la marche du temps, sans jamais atteindre la dynamique de la musique, son irrépressible continuité. Pierre Boulez ne dit pas autre chose en affirmant qu'en peinture l'espace est multidirectionnel (l'œil embrasse tous les éléments d'une œuvre et les recompose à «son rythme») quand «la notion de temps, en musique, est à sens unique» (elle vous embarque sans vous laisser le temps de baguenauder, d'en isoler un fragment à votre guise, le savourer, avant de le réintégrer au développement... qui, dans sa course, ne vous a pas attendu). «Seule la répétition, surtout la répétition fragmentaire, peut soulager de cette menace du temps, la répétition fragmentaire s'assimilant tout à fait à la lecture d'une partition, une lecture en va-et-vient.»

Il y a des musiques colorées, affirme Olivier Messiaen [ci-dessus]. Afin de les illustrer, Scriabine [ci-dessous] inventa une machine infernale qui ne fonctionna pas.

Divorçant dans leur appréhension du temps, musique et peinture ont bien failli s'épouser sous les auspices du grand prêtre Scriabine. *Prométhée* (1910) devait marquer la fusion des arts et des sens. Au gros orchestre flanqué d'un orgue, d'un piano et d'un chœur aurait répondu un clavier de lumières projetant sur un écran des couleurs censées correspondre aux coloris harmoniques : *do* = rouge, *sol* = orange, *ré* = jaune brillant, *la* = vert, *mi* = blanc. On imputa à la défaillance de la machine l'échec de la tentative.

Debussy et Messiaen, compositeurs colorés

En revanche, transposer l'audition et composer en couleurs est un don naturel d'Olivier Messiaen : «Lorsque j'entends de la musique, je vois

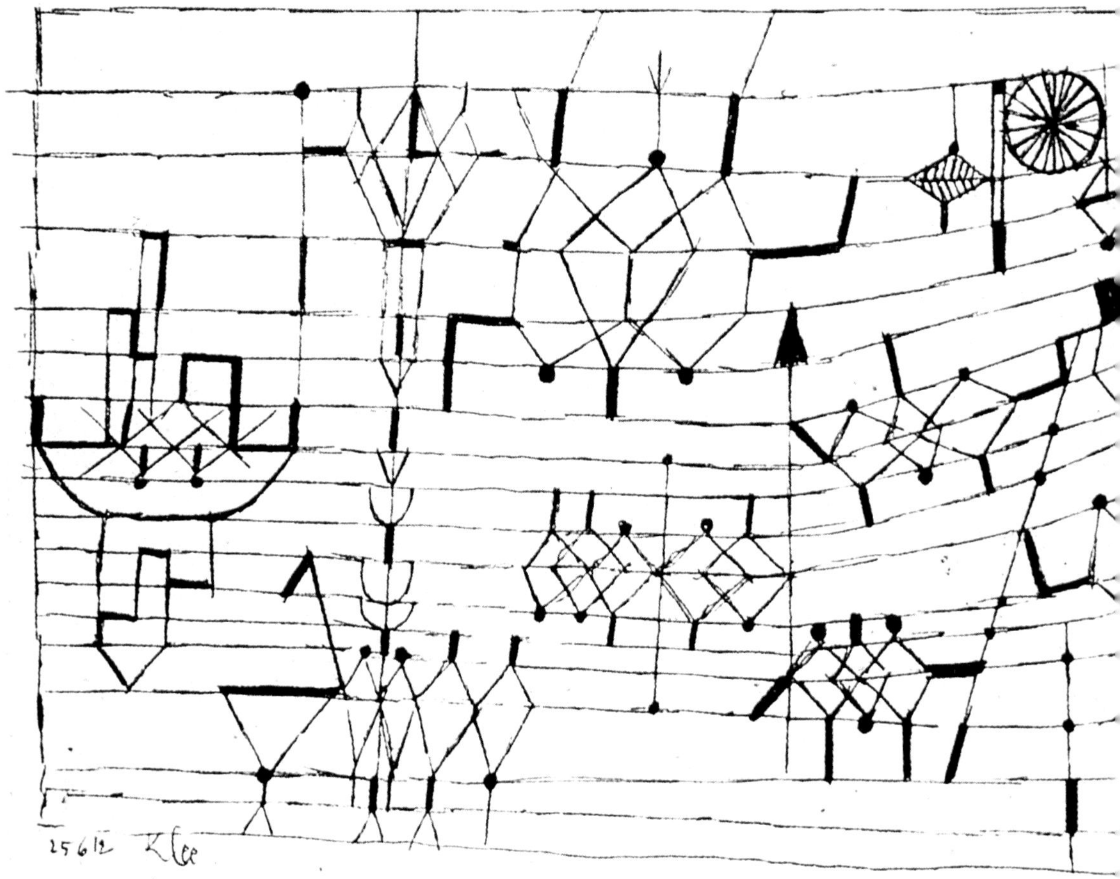

intérieurement des complexes de couleurs correspondant aux complexes de sons [...]. Il n'y a pas de musicien modal, de musicien tonal, de musicien sériel. Il y a seulement des musiques colorées et des musiques qui ne le sont pas.» Olivier Messiaen rangeait Debussy parmi les compositeurs colorés, au côté de Monteverdi, Mozart, Moussorgski, Wagner et Stravinski. Il partageait la même passion pour le violet et s'indignait que, lors d'une représentation d'un *Pelléas et Mélisande* dirigé par Boulez, Pelléas fût en costume rouge : «Quelle erreur ! Un décorateur doit écouter la musique !»

Olivier Messiaen fut probablement le seul à composer «en technicolor» avec tant de naturel, indiquant sur ses partitions la teinte désirée, qui s'assombrit ou s'éclaircit selon la lumière de l'harmonie : «Les accords classiques supposaient des attractions et des résolutions. Mes accords sont des couleurs. Ils engendrent des couleurs intellectuelles qui évoluent avec eux.» Il entend et voit un mode musical : «Bandes horizontales étagées : de bas en haut, gris foncé, mauve, gris clair, et blanc à reflets mauves et jaune pâle – avec des lettres d'or flamboyantes, d'une écriture inconnue, et une quantité de petits arcs rouges ou bleus, très minces, très fins, à peine visibles. Dominante : gris mauve.» Je me borne à dire ce que je ressens, concluait-il, se méfiant de toute théorisation du phénomène.

Figuren Schrift (1925) de Paul Klee : « Les parallèles entre musique et art plastique s'imposent de plus en plus fortement à mon esprit. Mais aucune analyse n'aboutit.» Le musicien et peintre Schönberg [*Autoportrait*, à droite], lui, dissocia rigoureusement les deux genres.

Le violon de Klee, le pinceau de Schönberg

Le peintre Schönberg, qui vendait bien en galerie, ne s'emmêla jamais les pinceaux avec le musicien Schönberg. Faut-il lire dans son silence l'aveu de

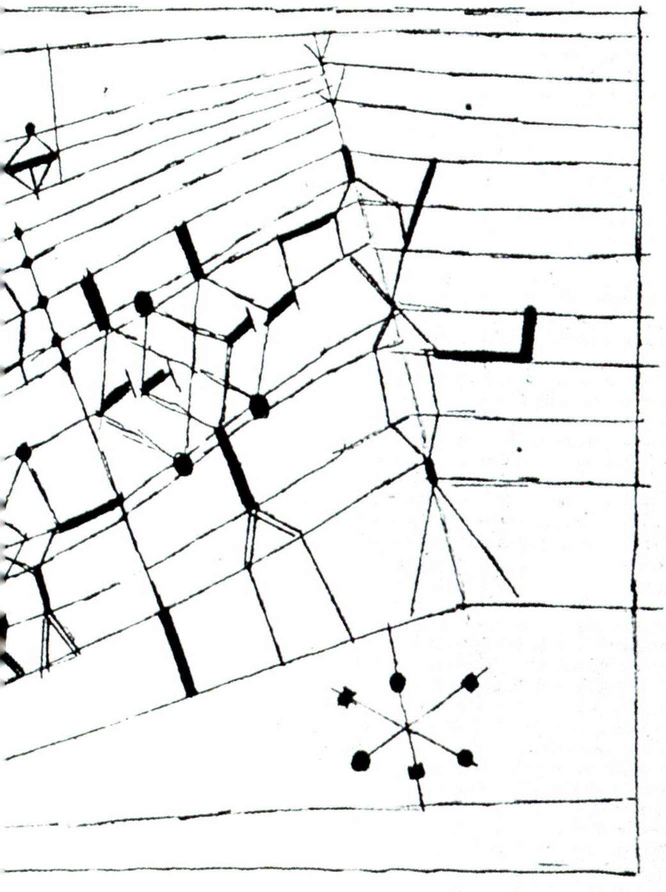

l'impossible mélange des genres ? Contrairement aux tentatives de Paul Klee.

Bon violoniste, Klee employait volontiers un langage musical pour ses cours au Bauhaus : syncope, fugue, variation, contrepoint, non comme métaphore, mais pour leur sens littéral. Dans ses œuvres, la transposition est moins aisée. A travers deux mesures d'un mouvement de Bach, il a tenté de «donner une figuration plastique à une construction thématique musicale comportant une ou plusieurs voix», remarque Pierre Boulez, qui nous met en garde contre certains titres d'œuvres. *Fugue en rouge* ne répond pas aux lois de la fugue : «Dans toutes les œuvres où Klee s'inspire de l'écriture musicale, il ne fait rien d'autre que de donner une transcription purement visuelle de l'apparence de cette écriture. Il lui emprunte ses signes et les utilise, un peu comme on pourrait le faire de caractères chinois, pour leur qualité esthétique, non pour la réalité de leur signification.»

Toutefois le peintre arrive parfois à rentrer dans une vibration musicale : «Lorsque Klee souligne des surfaces par des textures de petits points plus ou moins denses qui en font apparaître les divers types, Webern fait la même chose en musique. Pour signifier qu'une note remplit une certaine durée, il va non point la tenir mais la faire apparaître au moyen de notes staccato plus ou moins rapprochées, c'est-à-dire plus ou moins rapides, plus ou moins lentes.

«Dans des univers tout à fait différents, l'un pour occuper l'espace, l'autre pour occuper le temps, ils ont tous les deux trouvé dans cette même solution de petites impulsions, colorées dans la peinture, rythmiques dans la musique.»

La résonance entre peinture et musique surgit de l'inattendu, suggère encore Pierre Boulez : «Ainsi, on peut rencontrer chez Debussy des dessins sur une harmonie qui se déroulent avec une vitesse donnée, avec des doubles croches pour être précis, d'autres avec des triolets, c'est-à-dire à une vitesse légèrement supérieure. Ces deux dessins, qui sont spatio-temporels, vont se superposer. Sans que le musicien ait voulu jouer de manière expresse sur une perspective musicale, celle-ci a été créée.»

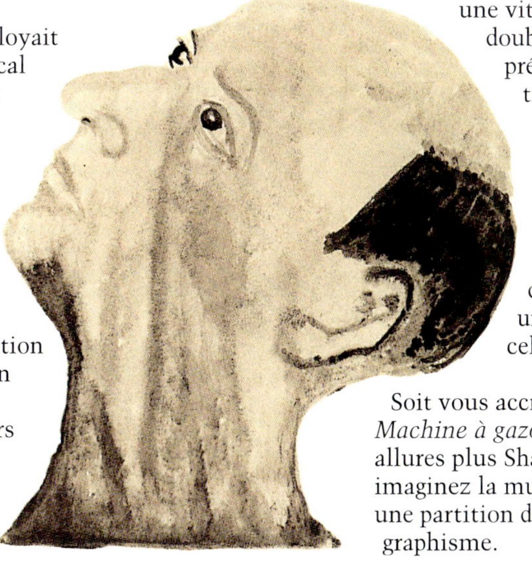

Reste une alternative. Soit vous accrochez au mur *La Machine à gazouiller* d'un Paul Klee aux allures plus Shadock que nature et en imaginez la musique. Soit vous encadrez une partition dont vous apprécierez le graphisme.

LES SUPPLICES CHRONIQUES DES COMPOSITEURS

Soumis aux attaques des critiques dilettantes, plusieurs compositeurs montent à l'assaut des chroniques musicales. Vachard mais juste, Debussy n'atteint pas la prolixité de Saint-Saëns. Mais il est vrai qu'il ne dissertait pas sur la cécité de l'escargot.

«Le concert à la vapeur», caricature de Berlioz par Grandville. Debussy donna du «prodigieux fumiste» à son prédécesseur en musique, hélas mort en 1869. Car nul doute que Berlioz aurait répliqué dans ses chroniques avec sa fougue coutumière.

Berlioz est le premier des compositeurs français à s'être risqué à la critique musicale. Au cri de : «Fatalité, je deviens critique !», il entre dans la carrière, pour huit cents articles entre 1829 et 1863. «Feuilletoniser pour vivre, c'est le comble de l'humiliation», déplore Hector, qui, néanmoins, reconnaît qu'il en fait «sa machine de guerre pour battre la porte de l'Opéra». Mais, au-delà de ces coups de boutoir, il n'abdiquera jamais la furia originelle qui lui fit prendre la plume : «Tout cet amas de stupidités arrogantes émises par des gens qui ne connaissaient pas les notes de la gamme me donnait des crispations de fureur. En lisant les divagations d'un de ces fous, je fus pris un jour de la tentation d'y répondre.» Et Berlioz écrit avec la même vigueur, la même sève, la même fièvre, le même sens des contrastes que lorsqu'il compose – avec, souvent, des tics littéraires empruntés au style XVIIIe siècle dont sa musique tente de se dégager.

Libre ou esclave de l'opinion ?

Outre l'attrait financier, comment les compositeurs résisteraient-ils à la fascination d'une presse française qui, jusqu'en 1914, est la plus flamboyante au monde, tant par son tirage que par son éclat ? Et faut-il toujours laisser la critique musicale aux mains de ceux «qui forment une compagnie et doivent se ménager : il n'est point d'indépendant», déplore Romain Rolland. Louis Laloy, un des plus honnêtes critiques professionnels de cette période, admet faire front «aux assauts d'une opinion publique ameutée et d'une critique esclave de cette opinion». Dans ces clameurs d'après 1870 s'exacerbe aussi un virulent nationalisme. Cocardier mais clairvoyant quand il débat des mérites respectifs de Gluck et de Rameau, il s'abîme dans l'hystérie en taxant de wagnériens Gounod, d'Indy, Thomas, Saint-Saëns, Massenet, Chabrier. Comment, alors, les compositeurs ne seraient-ils pas tentés de répondre eux-mêmes ? Et quel aimable talent à la Reynaldo Hahn ne rougirait pas d'aise en recevant ce compliment de Proust : «Vos divins articles dont l'esprit m'enivre, la rosserie me donne des transes, et le talent une jalousie infinie mais sans aigreur.»
De là à écrire sur tout et n'importe quoi, il y a un pas, franchi par Saint-Saëns. Parmi ses cinq cents articles, on relèvera celui sur «La cécité des escargots». Ces chroniques souvent tournées vers l'essai

pallient un refus d'écrire ses mémoires : «Je tiens trop de vilaines choses dans la boîte fermée que je n'ouvrirai jamais !» Bien en gloire dans le monde musical, il défend «la belle simplicité, non pas celles des "simples", mais la simplicité plastique, savoureuse, solide et sincère, qui sera toujours pour moi le comble de l'art». Loin d'être conservateur, Saint-Saëns soutient les jeunes compositeurs jusqu'en 1885. Mais au-delà, il passe la main. Est-ce par sincère incompréhension des Ravel, Debussy, Stravinski, du Groupe des Six, ou craignait-il leur réputation montante ?

Dukas, un critique à l'or fin

Voilà un soupçon qui n'effleure pas Paul Dukas, peut-être le plus précis, le plus fin, le plus analytique des compositeurs-critiques. Econome dans sa production musicale, il atteint les trois cents articles, dans lesquels il tient absolument à ne pas dépasser les considérations d'ensemble et refuse de prendre position. «A chaque chronique, c'est la même comédie que je me joue à moi-même: l'idée qu'il va falloir dégoiser sur un sujet donné m'horrifie pendant trois jours à l'avance et me paralyse toute idée. De la sorte, je me fais de cette fonction un suppplice chronique (c'est le cas de le dire), que d'autres, sans doute nés pour la chose, auraient peine à comprendre.»

Le style journalistique de Reynaldo Hahn enchantait jusqu'à Marcel Proust.

Il y a trois musiques, ricanait Emmanuel Chabrier : «la bonne, la mauvaise et celle d'Ambroise Thomas» [ci-contre].

Cette permanente anxiété, alliée à sa bienveillante hauteur, lui permettent donc de militer pour que Brahms et Schubert trouvent leur place en France au côté de notre musique la plus novatrice. Sur Debussy : «Il faut un regard plus subtil et une connaissance plus intime de l'ensemble de son œuvre qu'un musicien est en droit d'exiger de la moyenne de ses plus enthousiastes partisans.»

Cette confusion des genres entre compositeur et critique comporte inévitablement des risques. Les chroniqueurs menacés dans leur prétoire fourbissent leur revanche. Lors de la création de sa *Symphonie en* ut *majeur*, *Le Mercure de France* ne loupe pas Paul Dukas : «La symphonie qu'il a fait jouer est une production de critique. C'est comme un long pensum que l'auteur se serait infligé pour prouver aux musiciens dont il décortique les produits que, critique, il ne craint pas de montrer à ceux qu'il juge ce dont il est capable.»

Peut-être les compositeurs auraient-ils dû s'en tenir à la sagesse d'un Ravel : «Une critique, même perspicace, est d'une nécessité moindre qu'une production, si médiocre soit-elle.»

Toute une vie dans un seul opéra

Fidelio, Pelléas et Mélisande, Saint François d'Assise *n'ont eu aucune descendance. Ils représentent un défi si audacieux aux conventions du théâtre que leurs auteurs eux-mêmes n'ont jamais récidivé.*

«De tous mes enfants, *Fidelio* est celui qui m'a coûté le plus d'efforts et de chagrins : cet opéra me vaudra ma couronne de martyr!» Christ douloureux de la paternité, le célibataire Beethoven se laisse crucifier par cet unique rejeton à charge qui, de 1805 à 1814, lui engloutit dix années de sacrifices et le dégoûte à tout jamais du monde lyrique.

Divertissement florissant au siècle des Lumières, sujet d'enthousiasmes ou de querelles propres à enflammer la cour des monarques comme le jardin des philosophes, l'opéra subit au XIXe siècle une sévère crise de dénatalité. Certes, Verdi, régnant sur plus de vingt-cinq titres, et Wagner, parquant sa tripotée de lardons tétralogiques sur la colline de Bayreuth, décrochent en fin de parcours un méritoire prix Cognac-Jay. Mais la tendance générale est à la déflation, voire à la stérilité.

L'expression «opéra unique» n'est toutefois qu'une approximation trompeuse, une simplification abusive. *Fidelio* est le dernier volet d'un triptyque dont la postérité s'est empressée de gommer les premiers panneaux : *Léonore 1* de 1805, et *Léonore 2*, de 1806. L'opéra de Beethoven se déploie d'abord en trois actes (*Léonore 1*), puis en deux (*Léonore 2*), avec une

Le *Saint-François d'Assise* d'Olivier Messiaen ne pèche pas par excès de pauvreté : huit années de travail pour le mener à bien, vingt kilos de partition, des dizaines de chants d'oiseaux, plus de quatre heures d'exécution.

écriture vocale plus décorative que dramatique, enguirlandée de vocalises, entremêlée à des commentaires concertants d'instruments solistes. Le remaniement de 1814, définitif et drastique, resserre action et dialogues, élague les fioritures, renforce un orchestre assombri et coupe le dernier lien avec l'opéra-comique de Gaveau, qui a servi de modèle : le titre. Exit *Léonore*, entre *Fidelio*, la même, toujours bien-aimée lointaine, mais travestie en proche libérateur prométhéen.

Dix ans d'efforts et de maturation souterraine permettent à Beethoven de se dépouiller des conventions et des contraintes du vieil *opera seria*, de faire table rase de ces vestiges baroques pour risquer une nouvelle forme artistique, non compartimentée, soutenant une déclamation continue, sans numéros de gratuite bravoure. Le premier finale, et presque tout le second acte, réussissent cet idéal de souplesse mélodique et d'efficacité dramatique.

Un combat à la façon des esclaves de Michel-Ange

Une dizaine d'années, c'est aussi le temps que prend, de 1893 à 1902, Debussy pour se soustraire à l'emprise d'un Wagner ou d'un Massenet et trouver sa propre voix.

L'opéra unique sonne le dernier round d'un combat multiple. Combat du compositeur contre la matière musicale, inventant des contours et des couleurs, un temps et un ton inédits. Combat à la façon des esclaves de Michel-Ange, qui semblent se rebeller contre la tyrannie amorphe du marbre.

Combat, aussi, du novateur solitaire contre la paresse grégaire des routiniers, l'inertie butée des frileux, le prosaïsme arrogant des gens de métier.

«Les exigences de théâtre, les habitudes de théâtre, les professionnels de théâtre, les œuvres de théâtre sont bien faits pour rebuter les compositeurs de musique», constate amèrement Paul Dukas. On comprend que la réforme de Wagner ait été accomplie en dehors et contre tous les théâtres existant.»

La lutte contre «ces détaillants de la rampe» décourage les volontés incertaines ou émoussées. L'échec de son *Benvenuto Cellini*, «égorgé» à l'Opéra de Paris en 1838, fâche Berlioz avec l'opéra traditionnel pour plus de vingt ans et l'incite à fabriquer ces hybrides de théâtre et de symphonie que sont *Roméo et Juliette* ou *La Damnation de Faust*, uniquement destinés au concert.

En 1850, Schumann baisse à son tour les bras et retire sa *Genoveva* de l'affiche, après une troisième représentation sans succès. Lui aussi prend à contre-pied usages et tradition. Son unique opéra met en scène le sempiternel triangle conjugal : femme vertueuse et calomniée (Genoveva), mari soupçonneux et crédule (Siegfried), rival éconduit se vengeant par des accusations mensongères (Golo). Mais l'auteur des *Amours du poète* déjoue ce remake germanique d'*Othello* avec une perversion déconcertante : Golo est un Iago honteux, un traître incertain et repentant, hésitant sans cesse entre loyauté et vilenie, cynisme et candeur. Réservant le timbre noir de baryton au mari, Schumann lui attribue une voix claire de ténor, plus encline aux palinodies élégiaques qu'aux rodomontades bravaches.

Commencé par une scène de ménage dans la tradition de l'opéra-comique, *Fidelio* [ci-dessus] s'achève par une apothéose conjugale digne des finales wagnériens.

Don Sanche fut le péché de jeunesse de Liszt.

Un péché de puberté pour Liszt

Cette interversion des tessitures, qui brouille la psychologie simpliste des rôles, passe pour une maladresse de Schumann, un manque d'instinct dramatique, une carence de vitamine théâtrale. «Un des désastres de *Genoveva*, c'est le vilain Golo, qui est un vilain sentimental, un brave méchant», ironise George Bernard Shaw. Mais ce personnage ambigu et fragile, «déchiré aux racines de l'être» comme Schumann lui-même, est au contraire une précieuse invention, préfigurant nos modernes anti-héros.

Comme Debussy plus tard, Schumann, doué d'une vive sensibilité poétique, ne choisit pas son livret à la légère. Avant de retenir la légende de Geneviève de Brabant, cousine éloignée d'Elsa et de Mélisande, il écarte de

« La prière du matin ? L'opéra allemand», confesse Robert Schumann, l'auteur de *Genoveva*.

Berlioz, lui, connut l'enfer lors de l'exécution de son *Benvenuto Cellini*. Il se fâchera avec *La Grande Boutique* pour vingt ans.

nombreuses propositions : un Shakespeare (*Roméo et Juliette*), deux Byron (*Le Corsaire* et *Mazeppa*), un conte d'Andersen, la légende du *Roi Artus*, celle de *Tristan et Isolde*, une vie de *Christophe Colomb*. Ces variations sur les désastres de l'amour fou ou le naufrage des découvreurs incompris séduisent un musicien hanté qui tente de se noyer dans les flots du Rhin, un matin de carnaval.

Les compositeurs romantiques renoncent aux facilités des livrets préfabriqués, comme Métastase en fourbissait au XVIIIe siècle, Lego d'antiquité romaine ou Meccano de mythologie grecque. Ils recherchent des textes-symboles qui satisfont leur élégance littéraire et trouvent un écho dans leur psychologie profonde, leurs obsessions secrètes. Rien d'étonnant à ce qu'ils rentrent de cette quête exigeante plus souvent bredouilles que comblés.

Si Mendelssohn flirte avec le théâtre au pas d'une *Marche nuptiale* intégrée à la musique d'accompagnement de la comédie de Shakespeare, *Le Songe d'une nuit d'été*, il limite à ces platoniques fiançailles ses rapports à la scène. Pour faire absoudre son *Don Sanche* ou *Le Château d'amour*, unique péché de puberté commis à quatorze ans, Liszt endosse la soutane et recueille en bon père adoptif, dans son orphelinat de Weimar, les enfants des autres : le *Benvenuto Cellini* de l'ami Hector comme le *Lohengrin* de son envahissant gendre Richard.

Quant à Brahms, éternel vieux garçon débouté de ses prétentions lyriques, il ironise sur son impuissance avec l'amertume des fruits secs : «Si je compose un opéra ? Chut ! Je peaufine les entractes.» Même abstention confraternelle chez Bruckner et Mahler.

Un monstre qui vampirise trop d'énergie créatrice

Ce malthusianisme morose s'aggrave au XXe siècle. Pour un Richard Strauss qui pond avec un entêtement d'autruche treize opéras en moins de quarante ans, pour un Janacek dont l'imagination s'illumine aux noirceurs de l'âme humaine, combien de torturés qui n'enfantent, dans la douleur et la lenteur, qu'un ouvrage improbable ou incomplet ! Après *Le Château de Barbe-Bleue*, Bartok met la clé sous la porte, tandis que Schönberg abandonne *Moïse et Aaron* aux deux tiers de la terre promise. Quant à Alban Berg, qui, louablement, refuse de s'en tenir au succès de son *Wozzeck*, il ourdit méticuleusement la déchéance de sa *Lulu* mais trépasse avant son héroïne, qu'il plante au troisième lever de rideau, dans un tripot parisien.

En France même, le *Pelléas* de Debussy donne le mauvais exemple : adaptateur, lui aussi, d'une pièce de Maurice Maeterlinck, *Ariane et Barbe-Bleue*, Paul Dukas se règle sur le mutisme final de ses personnages et s'enferme après ce chef-d'œuvre dans un silence définitif. La scène des pierreries, au premier acte, éblouit le jeune Olivier Messiaen, qui se souvient de

cette magnificence orchestrale lorsqu'il cède à son tour à la tentation de l'opéra, avec *Saint François d'Assise*, son unique prêche lyrique.

Pourtant, l'opéra, au XXe siècle, ne perd nullement son prestige ni ne dégénère en exercice dédaigné ou en formalité obligatoire. Consacré comme le couronnement d'un catalogue, l'ambition ultime d'une carrière, il devient au contraire l'affaire d'une vie, l'aboutissement d'un destin, le révélateur primordial d'un «moi» essentiel. Mais ce monstre vampirise trop de temps, d'énergie créatrice, d'imagination visionnaire pour permettre à un compositeur de s'illustrer une deuxième fois. Bernd Aloïs Zimmermann avec *Les Soldats*, Olivier Messiaen avec ses huit scènes franciscaines, lèguent mieux qu'un message de circonstance : un testament intemporel.

Sous-titré « La délivrance inutile », *Ariane et Barbe-bleue* dégage définitivement Paul Dukas du souci de composer un opéra. [Ici dans la mise en scène de Ruth Berghaus.]

Miroir nocturne tourné vers les zodiaques les plus obscurs, défi lancé à l'industrie ronronnante du théâtre lyrique, four ou tabac, l'opéra unique bouscule les conforts passéistes, ouvre des brèches vers l'avenir.

Œuvre de relance plus que de rupture, il rapproche, sur la spirale de l'histoire, deux victimes innocentes comme la Geneviève de Schumann et la Mélisande de Debussy, deux libératrices comme la Léonore de Beethoven et l'Ariane de Dukas. Ces chefs-d'œuvre égoïstes sont néanmoins les plus solidaires.

Son œuvre ? Impressionniste, persiflent les chafouins malentendants ! Déliquescente, s'en pomponnent les énamourées. Aujourd'hui, ces ridicules ne peuvent plus atteindre l'artiste qui rêvait d'une musique en plein air, libre de toute entrave mais d'une rigueur sans pesanteur. Il affirmait : «L'art est le plus beau des mensonges. Et quoiqu'on essaie d'y incorporer la vie dans son décor quotidien, il faut désirer qu'il reste un mensonge, sous peine de devenir une chose utilitaire, triste comme une usine.»

CHAPITRE III

L'EMOTION MISE A NU

Dans la poésie de Mallarmé, libre et bruissante de non dits (page de gauche, *L'Après midi d'un Faune*, avec Nijinski), comme dans les entrelacs de l'art japonais (à droite, le panneau laqué avec poissons d'or qui meublait le salon de Debussy), le compositeur puise une inspiration qu'il refuse à toute théorie muisicale.

LA LOI DU SILENCE

Pendant dix ans, Pelléas et Mélisande *obsède Debussy. Un amour qu'il veut préserver des cérémonies wagnériennes et des soupirs véristes. «Ce vilain petit bruit» raillé par ses détracteurs, à la création en 1902, résonne aujourd'hui comme la déflagration la plus retentissante du XXe siècle.*

La page de titre du livret de Maeterlinck, illustrant la fin de la scène IV de l'acte IV.
P. : *Il vient! Ta bouche! Ta bouche!*
M. : *Oui! Oui!*
[Ils s'embrassent éperdument.]

Le 17 mai 1893, le théâtre de l'Œuvre affiche pour une seule représentation le *Pelléas et Mélisande* de Maurice Maeterlinck, mis en scène par Lugné-Poe. Un ami de Debussy, Camille Mauclair, en a conçu le décor mobile et fuligineux, «de grands feuillages vagues, harmonisés en bleu très sombre, vert mousse, vert d'eau». Quant aux costumes, dessinés d'après de vieilles gravures flamandes de contes de fées, ils s'harmonisent au décor en «une gamme noire, hyacinthe, vert de lune, allant jusqu'au brun crème pour la robe de Mélisande». Tout cela «souple, discret, sans époque fixe».

Ce dispositif estompé enveloppe un sombre drame quotidien de l'adultère. Perdu dans le brumeux royaume d'Allemonde, ce conte médiéval oppose à un mari âgé (le prince Golaud) sa femme plus jeune (Mélisande), qui s'éprend du cadet (Pelléas). Un aïeul momifié (le roi Arkel) et une nounou épisodique (Geneviève) ne peuvent empêcher l'issue sanglante : Golaud tue son rival, et Mélisande meurt mystérieusement. La vieillesse impuissante absout le meurtrier malgré lui : «C'est terrible, Golaud, mais ce n'est pas votre faute...»

Le succès parisien de Maeterlinck est patent, même si la critique lui préfère Ibsen, si les répétitions de mots font sourire et si les fréquents changements de tableau lassent. Une contremarque pieusement conservée assigne à Claude Debussy un fauteuil d'orchestre au septième rang, au coude à coude avec Stéphane Mallarmé, dont le musicien orchestre au même moment le *Prélude à l'après-midi d'un faune.*

Les deux hommes accordent-ils leurs violons sur le drame produit par Lugné-Poe ? L'hôte de la rue de Rome est péremptoire : «Dans cet art où tout devient musique au sens propre, la partie d'un instrument même pensif nuirait, par inutilité.»

Sans temps ni lieu

Cette inutilité, le compositeur, lui, n'en est nullement convaincu – il en fournit la preuve dès l'été suivant en notant les premières esquisses de son opéra. «Mon poète ? expliquait déjà Debussy, en 1889, à son ancien maître au Conservatoire, le bon Ernest Guiraud : celui des choses dites à demi, celui qui me laisse greffer mon rêve sur le sien !»

Le rêve lyrique de Debussy a trouvé son tuteur. Le théâtre de Maeterlinck offre un discours assez flou, suffisamment riche de sous-entendus, de silences, pour que la musique y ait prise, s'y insinue, en renforce le tissu, comme une toile de tableau qu'un restaurateur maroufle. Dans sa préface, le dramaturge reconnaît que ce langage ajouré permet une infiltration oblique. «La présence ténébreuse, hypocritement active de la mort remplit tous les interstices du poème.»

L'harmonie fondamentale et complémentaire entre Debussy et le poète belge se vérifie aussi bien pour la langue du drame que pour son univers. L'idéal du musicien : «Une action sans temps ni lieu, sans scène à faire mais avec des actes courts, des tableaux mobiles où les personnages subissent la vie et le sort sans discuter.»

En écho, la préface du poète : «Des destinées innocentes mais involontairement ennemies se nouent et se dénouent pour la ruine de tous, sous les regards attristés des plus sages, qui prévoient l'avenir mais qui ne peuvent rien changer aux jeux cruels et inflexibles que l'amour et la mort promènent parmi les vivants.»

Cette définition rassemble les lignes de force de *Pelléas et Mélisande* : l'amour impossible entre deux êtres faits l'un pour l'autre, la jalousie douloureuse de Golaud, qui l'entraîne fatalement à se venger, la lucidité chancelante d'Arkel, que ses infirmités relèguent hors jeu, et la soumission de Geneviève, douairière dévitalisée par quarante ans de servitude monarchique. Victimes ou fantoches, ces personnages dérivent, selon leur créateur, «en somnambules un peu sourds arrachés à un songe pénible».

Trois mesures à vide

Dès le mois d'août 1893, Debussy plonge dans le vif de ce cauchemar : le duo d'amour qui termine tragiquement le quatrième acte. L'économie de moyens stimule le compositeur : les aveux tant retardés des amants s'échangent en trois mesures à vide, marquées «librement» : «Je t'aime. – Je t'aime aussi.» Ce murmure si discret désarçonne Pelléas : «Oh ! qu'as-tu dit, Mélisande, je ne l'ai presque pas entendu !» Rien à voir avec les cris époumonés d'Isolde, ni la demi-heure de métaphysique à la Schopenhauer, au milieu du second acte de *Tristan*.

«Composer après Wagner, et non d'après lui» ne va pas sans embûches. Le 2 octobre, Debussy expédie à l'ami Ernest Chausson un bulletin de défaite : «Je m'étais trop dépêché de chanter victoire, il a bien fallu m'avouer que ce n'était pas ça du tout ! Ça ressemblait au duo de M. Untel ou n'importe qui et surtout le fantôme du vieux Klingsor, alias Richard Wagner, apparaissait au détour d'une mesure. J'ai donc tout déchiré et suis reparti à la recherche d'une petite chimie de phrases plus personnelles, m'efforçant d'être aussi Pelléas que Mélisande.»

Des poteaux indicateurs

Les alambics de l'alchimie debussyste ne parviendront pas, dans *Pelléas*, à distiller une musique tout à fait pure d'alcool wagnérien. Les pèlerinages à Bayreuth, de 1888 et de 1889, sont encore trop frais dans la mémoire fascinée du Français, et le sujet de son opéra reste trop voisin de celui de *Tristan* : même triangle de la passion, inscrit dans un même Moyen Age

Illustration de Maurice Denis pour le programme de la pièce, à sa création parisienne au théâtre des Bouffes-Parisiens, le 17 mai 1893.

Au fidèle baryton Dufranne, Golaud de la création, puis de la reprise en 1907: «Continuez à défendre cette œuvre, l'encourage Debussy, que d'autres ne me semblent plus autant aimer.»

légendaire et maritime.

Des emprunts plus ou moins flagrants dénotent cet ensorcellement. D'abord, les leitmotive. Malgré l'ironie mordante de Debussy contre les «poteaux indicateurs» de la *Tétralogie*, le musicien français recourt, lui aussi, à ces thèmes caractéristiques – d'un personnage, d'un élément (le vieux château, la forêt) ou d'une idée. Comme dans le Wagner dernière période (*Le Crépuscule des dieux, Parsifal*), ces cellules évoluent souplement au fil du drame, en blasons changeants.

Les spécialistes en dénombrent une douzaine. L'auditeur en repère très vite au moins deux. Celui de Golaud : un rythme appuyé, une démarche lourde et trébuchante, martelés par l'instrument du chasseur, le cor. Le thème de Mélisande est au contraire fluide et mélodieux, une courte phrase chantante, un dessin en arabesque brodé par le hautbois. S'interdisant les développements parasites traditionnels, renonçant aux cadences parfaites de l'harmonie classique, Debussy ne peut bâtir son drame sans ce matériau fonctionnel. La gestion discrète, sournoise, élaborée de cet héritage wagnérien suffit à en ôter la marque d'origine.

Jean Perrier, le Pelléas de la création, un baryton aigu pour ce rôle noté en clé de sol, mais réputé trop grave pour un ténor (du *do* grave au *do* aigu, la tessiture des évangélistes dans les *Passions* de J.-S. Bach).

Peindre en camaïeu

En novembre 1893, Debussy, chaperonné par Pierre Louÿs, se rend en Belgique : «J'ai vu Maeterlinck, avec qui j'ai passé une journée à Gand. D'abord il a eu des allures de jeune fille à qui on présente un futur mari, puis il s'est dégelé et est devenu charmant. A propos de *Pelléas*, il me donne toute autorisation pour des coupures et m'en a même indiqué de très importantes, même de très utiles !»

Fort de cette bénédiction provisoire, Debussy reprend la composition de son opéra. Sa correspondance avec Ernest Chausson, Henry Lerolle ou Raymond Bonheur égrène un journal de bord où alternent embellies et marinades. «J'avais cru que le second acte ne serait qu'un jeu d'enfant, et c'est un jeu d'enfer !»

Ce qui met Debussy sur le gril, c'est la recherche d'une déclamation juste, délestée de la componction wagnérienne ou de l'emphase creuse des véristes : «Au théâtre, on chante trop. Il faut économiser les accents pathétiques, ménager des différences dans l'énergie de l'expression, éviter l'habillage musical trop lourd. Peindre en camaïeu, et se contenter d'une grisaille.» Cette conversation en musique, où la parole semble jaillir naturellement, sans les grossissements du récitatif ou de l'air, sans la tyrannie du rythme et des éclats de l'orchestre, est un tour de force : «Celui qui inventera l'interview en musique sera digne des plus hautes récompenses.»

Debussy enveloppe d'une atmosphère instrumentale réduite à sa plus simple expression les inflexions émues de ses personnages (le «Oh ! vous êtes belle !» de Golaud), leurs aveux fugitifs (le «Oh ! pourquoi partez-vous ?» de Mélisande), leurs avertissements étouffés (le «Oh ! votre chevelure !» de Pelléas). «Je me suis servi d'un moyen qui me paraît assez rare, c'est-à-dire du silence comme d'un agent d'expression et peut-être la seule façon de faire valoir l'émotion d'une phrase...»

La princesse d'eau

Cette économie sonore lui offre le luxe de scruter au microscope le caractère de ses héros, de les laisser évoluer selon une vérité et une complexité psychologiques inédites. «J'ai passé des journées à la poursuite de ce rien dont est faite Mélisande. Maintenant, c'est Arkel qui me tourmente; celui-là, il est d'outre-tombe et il a cette tendresse désintéressée et prophétique de ceux qui vont bientôt disparaître ! Il faut dire tout cela avec *do, ré, mi, fa, sol, la, si, do* : quel métier !»

Le métier de Debussy épaissit le mystère des êtres, trouble leurs évidences, colore leurs ombres. Voyez la découverte de Mélisande par Golaud chassant en forêt : une petite fille en pleurs au bord d'une fontaine, parmi les soupirs du hautbois et les sanglots des cordes divisées. Une source de larmes près d'une étendue lacustre. La princesse d'eau.

Ce redoublement de symboles liquides transforme cette fugitive étrangère en sirène sylvestre, en ondine des bois – Loreleï ou

L'Ecossaise Mary Garden, l'idéale Mélisande de la création. A Londres, elle entraîna Debussy écouter *Hamlet*, et *Pelléas et Mélisande* (la pièce) avec Sarah Bernhardt en travesti dans le rôle de Pelléas.

Mélusine prenant l'homme dans ses ronciers. «Je suis perdu aussi», avoue Golaud tourneboulé. Cet égaré s'enfonce dans les ténèbres têtues de l'amour non partagé. «Je suis ici comme un aveugle qui cherche son trésor au fond de l'océan !», se lamente-t-il, après avoir hissé le petit Yniold, fils d'un premier lit, en sentinelle à la fenêtre de Mélisande.

«Tout est neuf»

De cette femme-source s'écoule aussi le flot ondoyant de sa chevelure. Cette crinière animale se ramifie en lianes végétales : un feuillage que Pelléas, dans le duo nocturne du troisième acte, noue aux branches du saule. Eve tentatrice offre le fruit du péché et l'arbre pleureur.

Comme son chant en courbe descendante, Mélisande vit penchée : au-dessus d'une fontaine, d'un bassin de marbre, des meneaux de son donjon. Cette femme inclinée, qui laisse échapper ses insignes princiers (une couronne, une bague de noces), entraîne la chute de la maison Allemonde. Son arrivée précipite l'effondrement d'un royaume rongé par la famine (scène de la grotte au deuxième acte), les infiltrations marines (descente aux souterrains, au troisième acte) et l'épuisement d'une dynastie grabataire.

En août 1895, Debussy annonce l'achèvement de son opéra. C'est-à-dire que, le jour, l'auteur continue, en perfectionniste maniaque, à remettre son ouvrage sur le métier. Et, le soir, il le sort dans les salons en ville, où on le lui réclame après souper, au piano : «Dîner chez moi et musique avec Debussy, consigne Mme de Saint-Marceaux dans son journal. Il m'a joué tout ce qui est fait de *Pelléas et Mélisande*. C'est une révélation : tout est neuf.» Pierre Louÿs s'entremet à son tour, battant le rappel auprès de commensaux huppés : «J'invite les gens pour entendre

Pelléas, ne l'oublie pas. Tu dînes avec les Nathanson et Robert. Après le dîner, viendront cinq ou six amis, dont Léon Blum, invités spécialement pour *Pelléas*, je te le répète.»

Colportée par un bouche-à-oreille mondain, la nouvelle se répand jusqu'à l'Opéra Comique, qui programme *Pelléas* pour la saison 1902. Les préparatifs sont secoués par l'habituel vent de folie qui précède les batailles d'*Hernani*. Dépité de ne pouvoir imposer dans le rôle de Mélisande sa compagne, la cantatrice Georgette Leblanc, Maeterlinck désavoue bruyamment l'entreprise, agite menaces de procès et de duel.

Les décors de Lucien Jusseaume, somptueux mais difficiles à changer, obligent Debussy à rallonger certains interludes d'orchestre.

Un dissolution cristalline

La direction de l'Opéra Comique, qui a voulu trop bien faire, s'empêtre dans des décors luxueux difficiles à changer, qui réclament pour certains interludes (Debussy les a prévus sensiblement égaux) un supplément de musique. Le compositeur fabrique à la hâte ces rajouts symphoniques, qui contreviennent à ses principes et qui évoquent les sonorités opulentes de *Parsifal*, «génial démenti à la *Tétralogie*», et seule œuvre wagnérienne échappant à l'anathème debussyste.
Le 28 avril 1902, la générale est chahutée : les plaintes du petit Yniold («Petit père, petit père»), celles de Mélisande («Je ne suis pas heureuse ici») déclenchent fous rires et quolibets.
Deux jours plus tard, la création remporte un net succès, qui ira crescendo, grâce à la direction amoureuse d'André Messager («vous avez su éveiller la vie sonore de *Pelléas* avec une délicatesse tendre qu'il ne faut plus chercher à retrouver», lui écrira le

La partition piano-chant de *Pelléas*, d'abord éditée par Fromont, puis rachetée par Durand. Ces premiers tirages ne comprennent que les interludes courts.

compositeur) et l'incarnation miraculeuse de l'Ecossaise Mary Garden en Mélisande («c'était la douce voix secrètement entendue, avec cette tendresse défaillante, cet art si prenant auquel je ne voulais pas croire jusque-là», lui confie Debussy).

Les détracteurs de *Pelléas* ruminent une déception vinaigrée : «Cette musique ne fait qu'un petit bruit, mais un vilain petit bruit», ricane Camille Bellaigue dans *Le Figaro*. Méchanceté d'autant plus gratuite que l'orchestre de Debussy – celui de *Tristan*, à une clarinette basse près – se déchaîne pour les interventions de Golaud en brutales colères cuivrées.

Mais le cinquième acte, d'une seule coulée, laisse l'auditeur sur une impression d'épuisement serein, de désolation pacifiée. Pour cette disparition si énigmatique de Mélisande, Debussy avait même imaginé d'installer sur scène un orchestre qui aurait symbolisé «la mort de toute sonorité».

Privée de trombones et de tubas, la musique agonise en une douce berceuse, exténuée et étale. «L'âme humaine est très silencieuse», psalmodie Arkel, tandis que les cordes s'éteignent dans la nuance de triple piano, qu'un tintement éloigné de cloches se mêle aux harpes et qu'une trompette avec sourdine étouffe une ultime lueur vacillante. Cette dissolution cristalline s'accorde à l'humble philosophie de Maeterlinck : «Au problème de l'existence, il n'est répondu que par l'énigme de son anéantissement.»

AU COIN DE TOUS LES SONGES

Passionné de sciences exactes comme de parapsychologie, lecteur assidu d'Einstein et des mystiques, Maurice Maeterlinck, le librettiste de Pelléas et Mélisande, *reçut le prix Nobel de littérature en 1911.*

«Il vaut mieux que je termine mes jours en silence dans un coin de ce monde que je n'ai pas compris», écrivait, à la toute fin de sa vie, Maurice Maeterlinck à l'un de ses amis... Qui aurait cru que ce géant flamand, blond, athlétique, gros mangeur, grand sportif, couvert d'argent, de gloire, d'honneurs, auréolé même d'un prix Nobel en l'an 1911, pût proférer pareil aveu ; et ressembler si fort, au crépuscule de son âge, aux héros incertains, fragiles, sombres et mystérieux qu'il avait rêvés dans sa jeunesse ?

C'était oublier le son de «sa voix voilée, voix qui sort à regret de ses ténèbres», comme le confie Georgette Leblanc, la compagne des premières amours. C'était oublier encore que, après la guerre de 1914-1918 et jusqu'à sa mort, en 1949, à quatre-vingt-sept ans, le comte Maeterlinck ne connut plus guère que des succès d'estime, jamais de triomphes. Et qu'on nous le décrit attendant, des nuits durant, les voleurs – ou la mort – le pistolet au poing dans son incroyable palais Orlamonde...

L'attente, les ténèbres, la peur, la mort sournoise au coin de tous les songes... L'existence, apparemment épanouie, satisfaite du poète symboliste ressemble en fait à s'y méprendre aux destinées énigmatiques et tourmentées des personnages de son théâtre. Au point qu'à l'annonce de sa disparition, certains de ses confrères, jaloux de sa renommée, s'écrièrent avec ironie : «La mort, il sait enfin ce que c'est !»

Rompant avec le naturalisme ambiant, le réalisme plat et étouffant des spectacles de son époque, Maurice Maeterlinck s'était attaqué en effet dès le début de sa carrière d'écrivain au monde invisible. «On ne sait pas jusqu'où l'âme s'étend autour des hommes», avait coutume de déclarer cet étrange mystique pour lequel notre conscience, notre vie ne sont jamais circonscrites, «enfermées», ni dans le corps, ni dans les actions, encore moins dans la mémoire ou les pensées...

Silences et soupirs

«Etrange», voilà bien un mot qui colle à merveille au dramaturge-poète-essayiste. Il abuse d'ailleurs largement de cet adjectif-là, et encore de l'adverbe «peut-être», des points de suspension et des formules interrogatives... Comme tous les symbolistes, dont

il fut l'un des plus envoûtants représentants, Maurice Maeterlinck préfère les images qui frôlent et caressent aux mots qui définissent et qui classent. Il manie en grand prêtre silences et soupirs, atmosphères, décors et couleurs pour appréhender l'infini dans tous ses secrets, dans tous ses abîmes, pour entrer en correspondance avec le mystère sans fond de la création et des êtres...

Pas un symboliste qui ne rêve de fusionnement, de fusion avec le «grand tout»; et qui ne les trouve à travers l'art de la suggestion : «Nommer un objet, c'est supprimer les trois quarts de la jouissance du poème, qui est faite de deviner peu à peu : le suggérer, voilà le rêve», expliquait Stéphane Mallarmé. «C'est le parfait usage de ce mystère qui institue le symbole : évoquer petit à petit un objet pour montrer un état d'âme, ou, inversement, choisir un objet et en dégager un état d'âme par une série de déchiffrements.»

Avec Maurice Maeterlinck [ci-contre] l'allusion timide fait enfin son entrée dans le dialogue scénique.

La pièce *Ariane et Barbe-Bleue* [ci-dessous] brocardait tendrement le féminisme de Georgette Leblanc, et inspira son unique opéra à Paul Dukas.

Un irrespirable climat de terreur

Admirateur de Baudelaire, de Mallarmé, de Villiers de L'Isle-Adam, jamais pourtant Maurice Maeterlinck ne s'est laissé encercler par le courant symboliste. Il utilise les symboles, c'est vrai, mais il les détourne toujours : aucune signification chez lui n'est jamais sûre. Planent sur tous ses personnages le doute, l'incertitude; dans ce théâtre-là on n'entend que des échos et l'on ne voit que des ombres; chaque présence, immanquablement, est un malentendu, un mauvais rêve ou un fascinant cauchemar.

Pas étonnant que les surréalistes aient reconnu

dans le jeune Maeterlinck un des leurs. Il a trop lorgné sur le fantastique, celui qui affirmait que «nous sommes faits de la même substance que les étoiles»; celui qui lisait avec passion Edgar Poe et a toujours installé dans la moindre de ses pièces un irrespirable climat de terreur et d'angoisse.

Il fallait oser, par exemple, imaginer un spectacle autour de l'agonie lente d'une jeune accouchée et de son nouveau-né (*L'Intruse*), autour du suicide d'une jeune fille à annoncer à sa famille (*Intérieur*), d'une bande de vieux aveugles perdus sans recours dans une forêt glacée (*Les Aveugles*), ou de l'assassinat lent et sadique d'un charmant bambin innocent (*La Mort de Tintagiles*).

Car ce sont toujours les faibles et les purs qui s'éteignent sans résister dans les drames cruels de Maeterlinck. Des puissances insaisissables et fatales tranchent leur destin sans qu'il soit possible de lutter. Un univers inconnu, au moins aussi absurde que, plus tard, celui de Kafka et de Beckett, y broie du vivant comme une machine infernale. «Dans mon œuvre, au problème de l'existence, il n'est répondu que par l'énigme de son anéantissement», explique le dramaturge.

Des mots pauvres et simples

Reste le silence. Maeterlinck est le premier sans doute a en avoir fait un «acteur» essentiel du théâtre. Avant lui, les personnages parlaient, parlaient et n'étaient jamais rien d'autre que ce qu'ils disaient. Après lui, le trou, le vide, l'allusion timide font enfin leur entrée dans le dialogue scénique. Et l'on découvre soudain qu'il est des non-dits, des secrets, des manques bien plus fascinants que les flots de paroles...

Une vraie révolution. Alors que le tonitruant *Cyrano de Bergerac* de Rostand fait un triomphe à Paris, que Claudel s'essaie à ses premiers et bavards drames lyriques droit sortis de Rimbaud, Maeterlinck, lui, fait ânonner de pauvres et simples mots à des personnages peu bavards, peu extravertis, et qu'il rêverait en plus de voir interprétés par des... marionnettes !

Imaginez un peu ses transparentes et évanescentes princesses (*Princesse Maleine*), ses jeunes filles douces et pathétiques (*Aglavaine et Sélysette*), ses amants enfantins et tragiques (*Pelléas et Mélisande*), ses gamins fiers et désemparés (*L'Oiseau bleu*) métamorphosés en froides poupées de bois. Pour les rendre plus universels peut-être, pour nous mettre, sans intermédiaire charnel, en connivence directe avec l'irrationnel, l'au-delà, l'essence même des choses...

Là où les gestes s'affolent

Pareille théorie de l'acteur-marionnette épousait à plein, à l'époque, les recherches avant-gardistes d'un Gordon Graig ou d'un Meyerhold. Ainsi celui qu'on ne joue plus guère aujourd'hui, qu'on étiquette à tort comme un auteur «poussiéreux» fut avant la guerre de 14-18 au cœur même de la création de son temps. Et l'est resté aujourd'hui.

Ce refus de l'incarnation de l'acteur, du jeu psychologique, ce goût de l'absence, du fragmentaire, n'annoncent-ils pas les brisures des anti-héros contemporains ? En voulant plonger dans l'indicible, là où le mot n'a plus de sens, là où les gestes s'affolent et où les cœurs s'angoissent, Maeterlinck ne s'aventure-t-il pas, en pionnier, dans les méandres de l'inconscient ? Et si la peur règne si souvent dans son œuvre, jusqu'à l'étouffement, jusqu'à l'horreur, n'est-ce pas parce qu'il a lui-même croisé l'innommable ? Au point, après la guerre de 1914, de finir par, peu à peu, se taire...

Georgette Leblanc participant aux répétitions de *L'Oiseau bleu* [ci-dessus]. Penchés sur la partition de *Pelléas*, Maurice Maeterlinck et Paul Dukas [ci-dessous].

L'homme, éternel passager

Un homme inquiétant. Passionné de sciences exactes et de parapsychologie, lecteur assidu d'Einstein et des mystiques, décrivant avec autant de plaisir *La Vie des abeilles* que les amours funèbres de Mélisande... «Ce que pense la pensée n'a aucune importance à côté de la vérité que nous sommes et qui s'affirme en silence», dit-il. L'individu est en effet pour lui un nœud de forces contradictoires, irrationnelles, dont la puissance échappe à tout contrôle, car elles ne sont que les parcelles du maelström cosmique.

L'homme comme éternel passager... Incapable de connaître son exacte identité, à jamais insatisfait. Sauf au jour dernier, à l'instant ultime : «Il ne faudrait faire que le portrait des morts, car eux seuls sont eux-mêmes et se montrent un instant tels qu'ils sont. Et quelle vie ne s'éclaire pas dans la pure, froide et simple lumière qui tombe sur l'oreille des dernières heures ?»

Garden partie

Pour interpréter le rôle de Mélisande, Maeterlinck tenta d'imposer Georgette Leblanc, sa future femme. Mais Debussy avait déjà élu la demoiselle de son cœur, Mary Garden.

«Le succès de notre Garden ne m'étonne pas ; il faudrait avoir des oreilles bouchées à l'émeri pour résister au charme de sa voix !» Si jamais un compositeur s'est entiché de son interprète, c'est bien le cas de Debussy avec la créatrice du rôle de Mélisande, l'Ecossaise Mary Garden. Loin de l'indisposer, la prononciation exotique de cette native d'Aberdeen fait tilt sur l'âme du compositeur, qui, dans sa correspondance, évoque avec tendresse «cet accent auquel Mlle Garden a si bien habitué le public de l'Opéra-Comique».

Cet accent est d'ailleurs logique pour un personnage qui, à la question : «Où êtes-vous née ?», répond avec tant d'insistance : «Oh, loin d'ici, loin... loin...» Et Mary Garden a passé enfance et adolescence très loin de la vieille Europe : à Chicago. Au terme de ses études, en 1895, une bourse lui permet de venir apprendre le chant à Paris. Sa compatriote et consœur Sybil Sanderson, égérie de Massenet, l'épaule, la recommande : un remplacement au pied levé dans *Louise*, de Charpentier, consacre la célébrité de Mary Garden en un soir.

Elle règne désormais sur l'Opéra Comique où, en 1902, elle s'impose idéalement dans *Mélisande* : «Je ne puis concevoir un timbre plus doucement insinuant, confesse Debussy. Cela ressemble même à de la tyrannie, tant il est impossible de l'oublier.»

Une blanchisseuse mélancolique

L'éloge est d'autant plus significatif qu'à l'exception d'une autre étrangère, l'Américaine Maggie Teyte, le compositeur se montre d'une sévérité vacharde pour toutes les cantatrices qui se risquent dans le rôle. «Quant à Mlle Féart, elle est indiciblement laide, manque de poésie : évidemment, elle chante ce qu'il y a, mais il n'y a rien derrière.» Pis encore pour Madeleine Carré, l'épouse appliquée du directeur de la salle Favart, qui «apporte un zèle farouche à faire de Mélisande une sorte de blanchisseuse mélancolique» !

Mary Garden, «la douce voix secrètement entendue, avec cette tendresse défaillante, cet art si prenant auquel je ne voulais pas croire jusque-là». [Article de janvier 1908, dans *Musica*.]

Silhouette svelte et port distingué, femme de tête cultivée et musicienne, Mary Garden règne aussi... sur le cœur d'André Messager, dont elle partage l'intimité, si l'on en juge par les post-scriptum systématiques des lettres de Debussy à son chef d'orchestre favori : «Voulez-vous embrasser Mélisande pour nous deux et la remercier de sa charmante lettre reçue ce matin ?»

Avant de rejoindre l'Opéra de Chicago pour y chanter en troupe d'abord, puis en assurer la direction à partir 1920, Mary Garden quitte l'Opéra Comique en

1910 sur un coup d'éclat : la création française de la *Salomé* de Richard Strauss. La danse des sept voiles et la scène perverse du baiser final remportent alors un tumultueux succès de scandale à travers l'Europe. Le compositeur Elgar, venu à New York diriger ses oratorios, est même invité à une prière publique de protestation contre ce fléau moral...

Georgette Leblanc chantera finalement le rôle de Mélisande à Boston, en 1911, sous la direction d'André Caplet.

L'abattage scénique de Mary Garden fait sensation, notamment sur un jeune auditeur que le spectacle incite dangereusement à l'érotomanie, si l'on en croit son aveu dans *L'Age d'homme* : «Enfant, se souvient Michel Leiris, j'ai vu la *Salomé* de Strauss avec la soprano écossaise Mary Garden, alors très belle fille. A diverses reprises, je stimulais mon imagination à l'aide d'une photographie de la prestigieuse Ecossaise, où elle était représentée en une longue tunique pailletée lui moulant tout le corps, y compris le mont de Vénus, et lui laissant un bras, une épaule et une aisselle entièrement dénudés.»

Cette Eve à la suggestive vénusté tend donc la pomme de discorde dans laquelle mordent en 1902 Maeterlinck et Debussy. Le poète belge, qui, dix ans plus tôt, a cédé sans barguigner sa pièce au musicien, s'attend à ce qu'on accède sans discussion à son vœu de voir sa femme, la cantatrice Georgette Leblanc, créer le rôle de Mélisande. Logique retour des choses...

Altière et opulente

La demande en elle-même n'a rien d'extravagant : née à Tancarville en 1875, du même âge (à deux ans près) que Mary Garden, interprétant le même répertoire (*Thaïs* de Massenet, *Carmen* de Bizet), Georgette Leblanc est aussi l'une des cantatrices en vue de la nouvelle salle Favart. Elle y entre auréolée de ses succès à la Monnaie de Bruxelles, où elle s'est rendue pour faire la conquête de l'écrivain belge.

Mais il suffit de la voir dans *L'Inhumaine*, le somptueux film muet de Marcel L'Herbier qu'elle tourna (et coproduisit) en 1924, pour comprendre le refus de Debussy. Le scénario de Pierre Mac Orlan lui confie le rôle (vaguement autobiographique) d'une cantatrice insensible qui conduit au désespoir les hommes qui s'éprennent d'elle. D'une stature altière et opulente, d'une beauté sculpturale assez réfrigérante, Georgette Leblanc campe une robuste walkyrie de salon, plus encline à l'autorité qu'à la soumission.

Distribuer cette Brunehilde modern style dans la fragile Mélisande, mourant d'une blessure qui n'aurait même pas tué un oiseau, aurait été manifestement une erreur d'emploi, un contresens esthétique. En revanche, Paul Dukas, en 1907, s'accommode sans réticence de cette impérieuse amazone pour son *Ariane et Barbe-Bleue*, autre pièce de Maeterlinck. L'énergique Ariane abandonne son rocher de Naxos pour aller délivrer les épouses de Barbe-Bleue, dont, justement, fait partie la passive Mélisande, qui préfère son obscurité à la lumière...

Sœur de l'écrivain Maurice Leblanc, se piquant elle-même de littérature dans le phare de Tancarville où elle s'était retirée, Georgette Leblanc a impressionné les poètes, sans leur inspirer jusqu'aux émois douteux avoués par Michel Leiris envers Mary Garden. Le chaste hommage de Mallarmé en témoigne : «Toute une volonté se compose harmonieusement aux dons plastiques et d'organe, ici souverains.»

Descente aux enfers

Sorti des souterrains de Pelléas, *Debussy plonge aussitôt dans les cauchemars d'Edgar Poe. Une forteresse d'angoisses dont il ne parviendra pas à trouver la clef musicale.*

«Mes écrivains favoris ? Flaubert et Edgar Poe.» Qu'à vingt-sept ans, Debussy cite le conteur américain ne surprend pas : ses poètes préférés – Baudelaire pour le passé, Mallarmé pour le présent – en sont les meilleurs traducteurs français. Aussitôt après la création de *Pelléas*, Debussy, en quête de nouveaux livrets, choisit d'abord *Le Diable dans le beffroi* : « J'aimerais que vous lisiez ce conte pour avoir votre avis, demande-t-il à André Messager dès le 2 juin 1902. Le réel se mélange au fantasque dans d'heureuses proportions. On y trouve aussi un diable ironique et cruel, beaucoup plus diable que cette espèce de clown rouge dont on nous garde illogiquement la tradition.»

Le Diable dans le beffroi jette un pavé dans la mare des Méphisto du répertoire, des Lucifer luthériens surgis du *Faust* de Goethe. Pas de bouge enfumé avec son chœur d'ivrognes, ni de sabbat nocturne à Walpurgis. L'intrigue satirique d'Edgar Poe se déroule dans le village hollandais de Vondervotteimittis («Wonder! What time it is !»), dont les ponctuels habitants ont pour devise : «Nous jurons fidélité éternelle à nos horloges et à nos choux.»

Le diable remet les pendules à l'heure de la perturbation, sonne treize coups à midi, déforme sur son violon le thème du carillon local. A l'automne 1903, Debussy refrène l'impatience de son correspondant : «Il ne faut pas trop se hâter de dire "C'est fait" à propos du *Diable*. Le scénario est à peu près complet, la couleur de la musique que je veux employer à peu près arrêtée, il reste beaucoup de nuits blanches et un grand espoir au bout de tout cela.»

Même son de cloche trois ans plus tard, à l'adresse de son éditeur, Jacques Durand : «Je retourne dans le beffroi, près de ce diable qui pourrait bien finir par m'en vouloir. Je crois avoir trouvé une façon de faire bouger les voix assez nouvelle, elle a le double mérite d'être simple. Du reste, je n'ose y croire et c'est un secret entre vous et moi.»

L'écrivain américain Edgar Allan Poe, fêté en Europe : Baudelaire traduit ses *Histoires extraordinaires*, Mallarmé son célèbre poème *Le Corbeau*.

Une dernière mention du *Diable* apparaît en juillet 1908, dans un contrat avec la direction du Metropolitan Opera de New York : «Je vous confirme l'engagement de vous donner la priorité pour les deux ouvrages suivants, *La Chute de la maison Usher* et *Le Diable dans le beffroi*, qui devront toujours être joués dans la même soirée.»

Bunkers en décomposition

Le Diable dans le beffroi passe ensuite à la trappe (on n'en a pas retrouvé de musique, seulement le livret) et, désormais, il est surtout question dans la correspondance du musicien des rejetons Usher reclus dans leur sinistre lotissement. Ce qui frappe d'emblée dans ce conte morbide en un acte, c'est sa ressemblance avec l'univers théâtral de Maeterlinck. Roderick Usher et le fantôme de sa sœur Madeline hantent une maison délabrée, succursale du vieux château d'Arkel, où de l'eau stagnante des souterrains montait une odeur de mort, parmi des ténèbres épaisses comme une pâte empoisonnée. «Ça sent le moisi d'une façon charmante, qui s'obtient en mélangeant les sons graves du hautbois aux sons harmoniques des violons.»

Debussy semble être le premier prisonnier de ces angoissants bunkers en décomposition : «L'héritier de la famille Usher ne m'a guère laissé tranquille et le monde extérieur n'existe presque plus pour moi... Je passe mon existence dans la maison Usher, qui n'a rien d'une maison de santé, et j'en sors parfois les nerfs tendus comme les cordes d'un violon.» L'envoûtement confine à l'identification : «Je n'ai pas les désordres cérébraux de Roderick Usher, précise le musicien en 1916, mais une hypersensibilité nous rapproche : là-dessus je pourrais vous donner des détails qui feraient tomber votre barbe !»

Si Debussy achève la rédaction du livret, il esquisse seulement la musique du prélude et de deux scènes (que le compositeur chilien Juan Allende-Blin complète en 1976). Sans conviction : «A propos de mise en place, je ne suis pas arrivé non plus à trouver celle que je veux pour les deux petits drames d'après Edgar Poe : cela sent le travail et l'on voit les coutures. Plus je vais, plus j'ai horreur de ce désordre voulu qui n'est qu'un trompe-oreille.»

«Finir une œuvre, n'est-ce pas un peu la mort de quelqu'un qu'on aime ?»

A André Caplet, il avoue plus brutalement : «Tout m'en paraît ennuyeux comme une cave. Pour une mesure à peu près libre, il y en a vingt qui étouffent sous le poids d'une seule tradition.» A quoi tient ce ratage ? Au choix de trois voix identiques de baryton pour les rôles masculins (Roderick, son ami et le médecin) ? A l'application des dialogues rédigés par Debussy, qui n'ont ni la poésie ni les subtils doubles sens de la langue de Maeterlinck ? A l'insatisfaction chronique du compositeur, qui ne se résout pas au point final ? «Vous savez combien je suis atteint de la maladie de ceux qui ne peuvent pas finir.» Ou à une rupture trop différée avec son opéra précédent ? «*Pelléas et Mélisande* sont mes seuls petits amis ; d'ailleurs commençons-nous peut-être à trop nous connaître ? Mais finir une œuvre, n'est-ce pas un peu la mort de quelqu'un qu'on aime ?»

Debussy a gardé *Pelléas* dans ses cartons presque dix ans ! «Combien il faut d'abord trouver puis supprimer pour arriver jusqu'à la chair nue de l'émotion !» Disparaissant prématurément à cinquante-six ans, tourmenté depuis plusieurs années par un cancer, il manque d'un temps de gestation égal pour ses nouveaux projets lyriques. Et d'un second librettiste, de l'envergure du premier. Dans les mêmes années 1905-1910, Richard Strauss rencontre à Berlin Hugo von Hofmannsthal, tandis qu'à Vienne Alban Berg découvre le théâtre de Frank Wedekind. Plus que l'imagination ou le ressort physique, de telles incitations stimulantes ont manqué à Debussy.

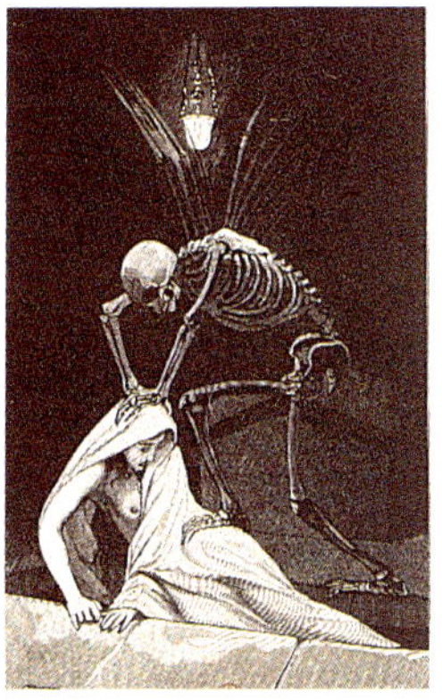

Chez Debussy, lady Madeline, la sœur de Roderick Usher, enterrée vivante, chante invisible la mélopée du *Palais hanté*.

« On n'imagine pas des tortures pareilles, s'écrie Roderick [ou Achille Claude ?]; des mains affreuses, invisibles, vous prennent par la nuque, vous traînent à travers l'invisible. Je mourrai de cette lutte. »

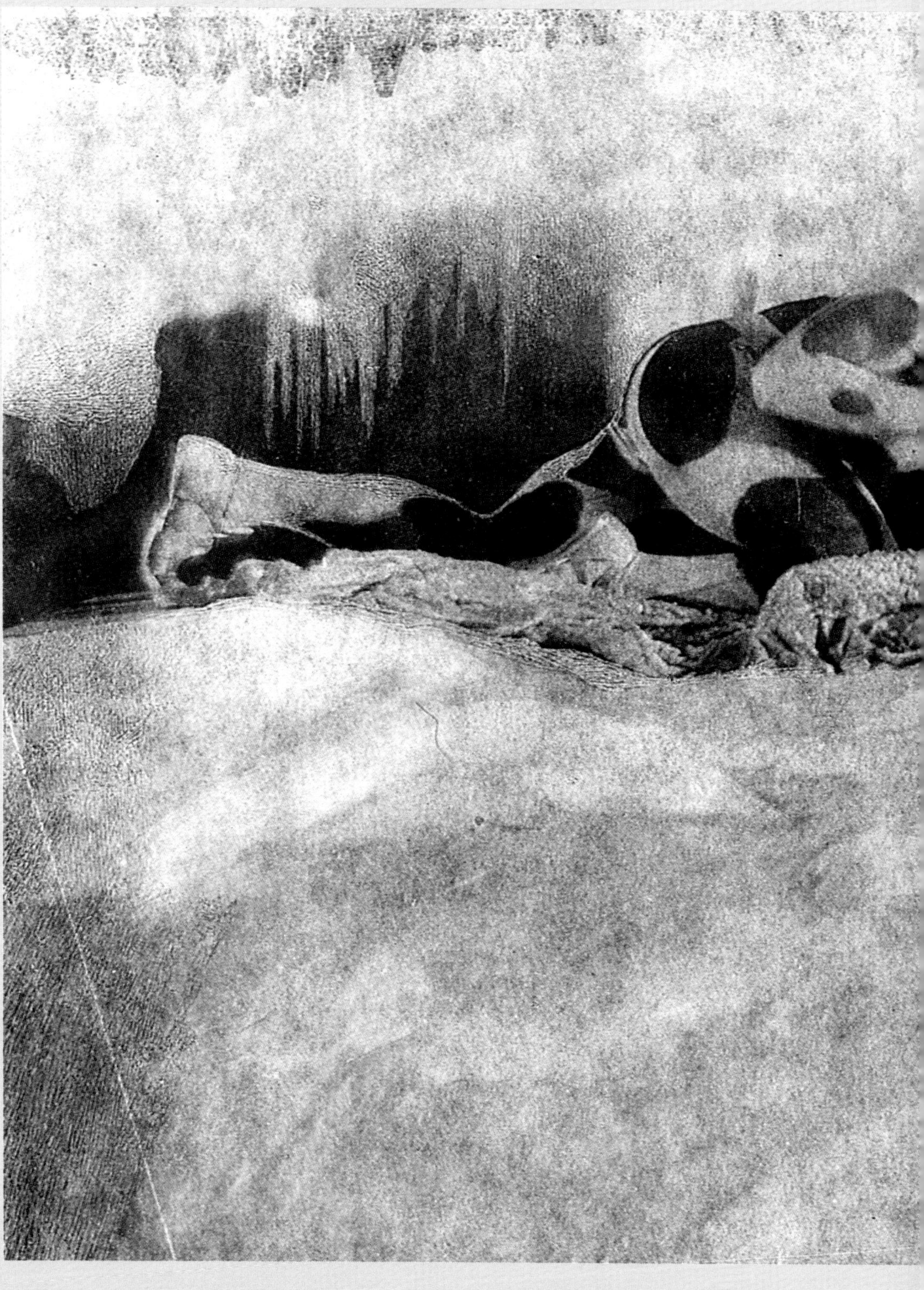

Stephane Mallarmé fut si heureux de la musique de l'Après-midi d'un Faune composée sur son poème (à gauche la scène finale avec l'éblouissant Nijinski) qu'il dédia ces quatre vers à Debussy : "Sylvain d'haleine première/ Si la flûte a réussi/ Ouïs toute la lumière/ Ce n'y souflera Debussy". En revanche, le Martyre de Saint Sébastien (avec Ida Rubinstein) n'eut pour honneur que la trappe de l'oubli vite refermée sur ce four.

La révolution de velours

Asphyxié par les développements symphoniques, l'orchestre s'étouffe à l'époque de Debussy. La flûte de l'Après-midi d'un faune *lui souffle pianissimo comment respirer un nouvel oxygène. «Je travaille à de ces choses qui ne seront comprises que par les petits-enfants du XXe siècle», espérait le compositeur. Le talent de trois chefs, Pierre Boulez, Charles Dutoit et Manuel Rosenthal, ne l'a pas démenti.*

C'est en dirigeant *La Mer* le 19 mai 1908 que Debussy se jette à l'eau. Le métier de chef lui restera toujours étranger : «Il ne suffit pas d'être bon musicien pour être bon chef d'orchestre.» S'étonnant d'y rencontrer parfois du succès, il en garde surtout une impression d'ennui : «C'est amusant tant que l'on cherche sa couleur... Après, cela ressemble à une exhibition d'un montreur de phénomènes.»

«Epurons notre musique. Appliquons-nous à la décongestionner. Cherchons à obtenir une musique plus nue : gardons-nous de laisser étouffer l'émotion sous l'amoncellement des motifs et des dessins superposés.»

Dès 1894, le *Prélude à l'après-midi d'un faune* met en œuvre ce programme de salubrité symphonique. En une dizaine de minutes, la musique réapprend à respirer librement, échappe à la soufflerie de forge des poumons wagnériens, à la menace d'apoplexie beethovénienne. L'essentiel de la remise en forme debussyste s'y affirme avec ses recettes amincissantes : contours mouvants ou indéfinis, rythmes flexibles et variés, nette majorité de nuances dynamiques douces, orchestration fluide et claire, avec des cordes divisées et des timbres purs (flûte, hautbois).

La harpe souligne nonchalamment la souplesse liquide des articulations, le charme félin des glissements harmoniques. Jusque dans l'ultime *Sonate pour alto, flûte et harpe* de 1915, cet instrument reste l'un des préférés de Debussy, qui – tout comme Caplet, Fauré et Ravel – s'intéresse au modèle chromatique que tente d'imposer le facteur Pleyel à la même époque.

Le succès immédiat de ce *Prélude*, bissé lors de sa création, confirme la réussite sonore de ce coup d'essai-coup de maître, sa séduction sensorielle sur les oreilles non prévenues. La modestie du propos rassure confusément le public, qui ne redoute ni la supercherie d'un jobard ni la forfanterie d'un cuistre : «Le *Prélude*, cher monsieur, précise Debussy à l'ineffable critique Willy, c'est aussi le dédain de cette science de castors qui alourdit nos plus fiers cerveaux !»

Des formes vierges

Ni castor ni marmotte, Debussy ne s'endort pas sur ce succès. *Pelléas et Mélisande* est déjà en chantier – cet opéra représentant de loin sa plus longue partition d'orchestre –, tandis que les *Nocturnes*, achevés dès 1899, sont créés aux Concerts Lamoureux l'année suivante, à l'exception du troisième volet, qui exige un chœur féminin de seize voix. Les œuvres d'orchestre de Debussy se singularisent désormais par leur soumission au chiffre trois (triptyque, forme ternaire), leur relative brièveté (moins de trente

«Un maître des charmes», déclarait Debussy, à propos de son âme. Gabriel Fauré composa pour des représentations anglaises de *Pelléas et Mélisande*, une musique de scène. Debussy, qui ne fut pas averti par Maeterlinck, prit mal la chose.

minutes, en général). «Ces morceaux (*Nuages*, *Fêtes*, et *Sirènes*) m'ont donné plus de mal à eux trois que les cinq actes de *Pelléas*.» Se privant des facilités du prêt-à-porter, de l'écriture automatique pour des développements tracés d'avance, Debussy invente sans cesse un parcours neuf à travers des formes vierges. Ce cheminement laborieux procure malgré tout l'illusion de la spontanéité, de l'improvisation : «J'espère que ce sera de la musique de plein ciel, qui frissonnera sous le grand coup d'aile du vent de la liberté.»

Cette confidence de 1898 à son éditeur Georges Hartmann annonce déjà le programme de *La Mer*, son chef-d'œuvre le plus célèbre et le plus emblématique. Affichant des titres anecdotiques (*De l'aube à midi sur la mer*, *Jeux de vagues*, *Dialogue du vent et de la mer*), ces trois esquisses symphoniques sont de saisissantes marines, lavis à la fois concrets et stylisés, abstraits et océaniques. «La mer a été très bien pour moi : elle m'a montré toutes ses robes», se félicite Debussy pendant son séjour à Jersey, avec Emma Bardac. *La Mer* récapitule ce défilé de mode balnéaire : modes harmoniques ondoyants, modes orchestraux éclaboussant tous les registres, tous les nuanciers de couleurs et de lumières. Les rythmes s'imbriquent ou s'entrechoquent comme d'infinies vaguelettes, avec une subtilité inconnue jusque-là. «Debussy est le plus grand rythmicien», confirme son héritier en la matière, le compositeur Olivier Messiaen.

Une bombe à retardement

Les *Images* sacrifient à une symétrie pour l'œil qui ne satisfait pas complètement l'oreille : les deux pendants qui encadrent *Ibéria* (*Gigues* et *Rondes de printemps*) souffrent de la perfection apollinienne du panneau central, qu'ils n'égalent ni en éclat ni en invention. Avec *Jeux*, Debussy reprend l'initiative et fournit en 1913 l'un des plus vigoureux efforts jamais tentés pour libérer la musique de ses entraves académiques. Le discours s'éparpille sans se désagréger, la forme se dissout en structures éclatées, en algèbre rythmique, en alchimie harmonique. La mélodie de timbres, chère aux Viennois de l'école de Schönberg, se rôde à Paris.

Bombe à retardement, chef-d'œuvre hypocrite («cela dit d'une façon convenable les horreurs qui se passent entre ces trois personnages»), chambardement en trompe l'œil et insidieux, *Jeux* passe inaperçu, occulté quinze jours après sa création par le

Debussy s'interrogeait sur le scénario de *Jeux*, «fait de ce "rien du tout" subtil dont se compose un poème de ballet». Peints en 1920 pour les Ballets suédois et le chorégraphe Jean Borlin, les décors de Pierre Bonnard évoquent idéalement «un paysage nocturne, mystérieux, et ce je-ne-sais-quoi d'un peu méchant qu'amène l'ombre».

scandale plus voyant, et somme toute moins embarrassant, du *Sacre du printemps*. Il faudra plus de trente ans à la postérité pour digérer cette révolution de velours, exaltée par le très wébernien Pierre Boulez. La prophétie de Debussy à son ami Pierre Louÿs se vérifie : «Je travaille à des choses qui ne seront comprises que par les petits-enfants du XXe siècle.»

Sur l'estrade ou dans la fosse, Pierre Boulez est l'un des plus précis défenseurs de la musique de Debussy. Il a assuré de nombreuses «premières» de *Jeux*, notamment, avec des orchestres qui ne s'y étaient encore jamais frottés.

PIERRE BOULEZ : «UNE NERVOSITÉ FÉLINE»

Le 16 juin 1956, au grand théâtre de Caracas, un chef français de trente ans essuie son baptême du feu : Pierre Boulez. Au programme : Jeux, *de Claude Debussy, et la* Symphonie pour instruments à vent, *d'Igor Stravinski. Trente-six ans plus tard, l'auteur de* Répons *reste fidèle aux mêmes amours. En particulier pour Debussy : concerts, enregistrements, écrits (la notice pour l'*Encyclopédie musicale Fasquelle, *reprise dans* Relevés d'apprenti, *ou les cours au Collège de France réunis dans* Jalons pour une décennie*) témoignent de cette piété sans éclipse. Si «Schönberg est mort» (titre d'un article de 1952), le compositeur des* Nocturnes *et des* Images, *lui, reste bien vivant.*

– Au festival de Salzbourg, vous dirigiez cet été les Nocturnes *avec l'Orchestre philharmonique de Vienne, avec celui de Los Angeles les trois* Images, *que vous veniez de réenregistrer avec Cleveland : ces orchestres «étrangers» ont-ils encore des difficultés pour entrer dans la musique de Debussy ?*

De Haydn à Bruckner, le répertoire germanique a longtemps constitué le fonds de commerce de ces formations. Elles y ont acquis des réflexes solidement ancrés : notamment une stabilité un peu lourde, un «rubato» assez lent, décalé, qui suit le geste du chef plus qu'il ne le précède. Cette liberté différée s'oppose au caractère félin de la musique de Debussy, qui évolue par coups de patte soudains, fugaces, instantanés. L'orchestre doit rentrer ses griffes aussi vite qu'il les a sorties. De ce point de vue, une page de Debussy est plus déroutante pour ces formations que l'œuvre de Schönberg la plus dodécaphonique.

Ces handicaps nationaux ne sont pas insurmontables. Les instrumentistes étrangers, les Viennois en particulier, sont des musiciens très raffinés : au chef de savoir utiliser dans Debussy la palette sonore qu'ils déploient dans une symphonie de Mozart ou de Brahms. Cette variété et cette plénitude, des pupitres de cordes notamment, valent mieux qu'une certaine sonorité «française» rêche, grêle, tout à fait moche.

Un risque d'effilochage

– La réussite de l'orchestre dans ce répertoire dépend en réalité de l'habileté de son chef ?

Sa tâche redoutable, dans Debussy, est de trouver des gestes techniques qui marient la précision et la flexibilité. Le second volet d'*Ibéria*, *Les Parfums de la nuit*, au cœur des *Images*, est l'une de ces épreuves épineuses. C'est un mouvement lent à deux temps qu'on est toujours tenté de subdiviser en quatre ou en six pour permettre aux musiciens de garder la précision et la complexité des rythmes. On court alors un risque de désintégration, d'effilochage. En découpant le temps en tranches, on préserve la justesse des détails, mais on raidit la ligne générale. Le chef doit trouver une battue claire, rigoureuse, mais également flexible, pour maintenir

l'atmosphère enveloppante, le charme continu de cette évocation nocturne.

– Les indications de Debussy sur ses partitions – notamment ses indications de vitesse – sont-elles utiles dans ces cas litigieux ?

Elles sont à prendre comme des pincées de sel. Debussy lui-même disait que, à la façon des roses qui fleurissent l'espace d'un matin, les chiffres métronomiques ne sont utiles que pour une seule mesure, la première !

Le plus précieux et le plus difficile avec les partitions de Debussy, c'est ce qui n'est pas écrit. Comme la nervosité féline de son discours. Ou ces «sonorités éclairées par-derrière» qu'il admirait dans le *Parsifal* de Wagner : des sonorités douces, ni crues ni criardes, lumineuses mais pas voyantes. Ces pastels translucides démentent ce lieu commun sur l'orchestration de Debussy, qui n'aurait peint que par tons purs. Le deuxième mouvement de *La Mer*, avec ses alliages précieux, ses jeux de timbres fondus et mixés, prouve tout le contraire.

– Du Prélude à l'après-midi d'un faune *jusqu'à* Jeux, *quelle évolution distinguez-vous dans l'œuvre de Debussy ?*

Son écriture d'orchestre n'a cessé de s'enrichir et d'être toujours plus raffinée, contrairement à ce qu'estimaient ses contemporains, comme Emile Vuillermoz ou Léon Vallas, qui ne voyaient dans la dernière période de Debussy qu'épuisement, incapacité à se renouveler. Ce qui a trompé ces commentateurs, c'est que d'emblée l'auteur de *Pelléas* a trouvé son style personnel, sa griffe originale, donnant ensuite la fausse impression de se répéter.

«La flûte du *Faune* instaure une respiration nouvelle de l'art musical» diagnostique Pierre Boulez.

Exemple de haine-amour de l'opinion française à l'encontre de Richard Wagner. «Je ne lui tendrai pas la main qui l'applaudit !» protestait déjà Catulle Mendès.

Même si, dans sa forme, le *Prélude* obéit encore à une coupe ternaire classique, la musique y respire différemment, pour la première fois de son histoire. Olivier Messiaen insistait dans son cours d'analyse sur les innovations rythmiques du premier solo de flûte.

La singularité de Debussy ne s'exprime pas avec un vocabulaire aussi intempestif, aussi turbulent que celui de ses pairs, Gustav Mahler ou Richard Strauss : elle n'en est que plus radicale.

Un lamentable fatras égypto-assyrien

– Personne, dans la musique française, ne lui avait préparé le terrain ?

Berlioz était beaucoup trop beethovénien. Quant à Massenet, dont on évoque l'ombre tutélaire pour la grande scène d'amour de *Pelléas*, c'est ridicule : on ne peut comparer la vulgarité de *Manon* à la suprême distinction de *Pelléas*.

L'influence de Stravinski, elle, ne s'entend que de façon très amortie et

très lointaine, dans certaines *Etudes pour piano* de 1915.

– *Quelle place accordez-vous, dans cette progression, au* Martyre de saint Sébastien *et à* Khamma*?*

Des accidents de parcours. Leur inégalité ou leur inachèvement s'expliquent avant tout par la faiblesse de l'argument littéraire. Le poème de D'Annunzio est épouvantable au-delà de tout ce qu'on peut supporter. Quand je dirigeais le *Martyre* en concert, je le réduisais au strict minimum : même confié au talent de Laurent Terzieff, ce peu était encore beaucoup trop !

Dans *Khamma,* le prétexte imaginé par la danseuse Maud Allan moud un fatras égypto-assyrien tout aussi lamentable. L'inspiration du compositeur n'y a pas résisté, et Kœchlin a hérité de cette momie. Mais les dix ou quinze premières pages, instrumentées de la main de Debussy, sont remarquables.

Entre la réduction pour piano, conçue en premier, et la partition finale, on mesure tout le travail inventif du futur compositeur de *Jeux*. Il ne se contente pas, à la différence de Ravel orchestrant les *Tableaux d'une exposition* de Moussorgsky, d'appliquer les bonnes couleurs aux bons endroits. Debussy enrichit les textures mêmes de sa partition, rajoute des tournures mélodiques, superpose des figurations différentes de la même idée. Orchestrer, pour Debussy, n'est pas un artisanat machinal, une cuisine talentueuse appliquant des recettes toutes préparées, un bricolage de finition : c'est toujours un acte imaginatif de créateur.

A propos des décors de Léon Bakst pour le *Martyre de saint Sébastien*, Debussy se plaint auprès de Gabriel Astruc, «Il s'agit tout de même du paradis ! On ne peut s'en tirer en faisant descendre une toile de fond avec des rayons qui d'ailleurs ne rayonnent pas.»

Le faune de Mallarmé en short Lacoste

– *Et cette imagination, selon vous, se déchaîne dans la partition de* Jeux*?*

L'argument chorégraphique de Nijinski a produit un déclic dans l'inconscient de Debussy. Affublez le faune de Mallarmé d'un short Lacoste et d'une raquette de tennis, passez aux deux nymphes une jupette plissée et des socquettes blanches : vous obtenez *Jeux*. Même situation et même ambiguïté érotique que dans le *Prélude*.

Mais Debussy, dans ce ballet, a inventé une forme beaucoup plus subtile et fluide que dans sa première œuvre à succès. Une continuité audacieuse que ses confrères n'osent pas encore. Dans *Le Sacre du printemps*, Stravinski respecte la division en compartiments qui s'opposent par contraste (lent-rapide). Dans *Daphnis et Chloé*, Ravel lui aussi juxtapose des numéros séparés, un peu à la façon dont alternent récitatifs et arias dans l'opéra traditionnel.

Debussy brouille ces repères artificiels ou académiques. *Jeux* se déroule en un seul mouvement vertigineux de valse, sans coupure. Le tour de force est bien là : endiguer en un seul flot une invention proliférante, comme un tournoi de sport sans même une balle perdue.

« *Parade* ? Un jouet incassable » affirme l'enfant terrible Jean Cocteau, scénariste du ballet d'Erik Satie.

Debussy et Stravinski jouèrent le *Sacre du Printemps* à quatre mains.

Le Sacre a éclipsé *Jeux*

– Comment expliquer qu'il ait fallu attendre votre génération et vous-même, pour que se dégage la leçon de Jeux *? Debussy n'est-il pas mort trop tôt avant de consolider ses avancées ?*

Les provocations spectaculaires du *Sacre* (la polyphonie très dissonante du début, le martèlement des rythmes) ont accaparé l'attention des contemporains et mobilisé leurs réactions. Je tiens de Stravinski lui-même que, lorsqu'il a joué au piano les premiers accords des *Augures printaniers*, Diaghilev, outré, s'est écrié : « Ça va durer longtemps ! » Créée quinze jours plus tôt, la musique de *Jeux*, plus insidieuse, moins frappante, a été éclipsée par ce succès tapageur.

Ensuite, Debussy n'a pu être qu'agacé par la consécration injustifiée d'Erik Satie. Le raffut orchestré autour de *Parade*, musique nulle s'il en est, est incompréhensible, sauf pour l'apport de Picasso. Mourant en 1918, Debussy disparaît au bon moment, avant d'être consterné par l'arrogance du Groupe des Six et les manifestes de Cocteau, d'une nigauderie salonnarde. Sa subtilité a finalement protégé *Jeux*, que l'histoire a gardé en réserve pour une génération plus curieuse et moins superficielle.

– Vous avez assuré de nombreuses « premières » de Jeux, *notamment aux Etats-Unis, et à Cleveland en particulier, où vous avez dirigé cette partition, et celle d'*Images, *dès 1965. Vingt-sept ans plus tard, vous enregistrez à nouveau l'œuvre de Debussy avec cet orchestre : votre zèle ne s'est pas émoussé ?*

Au contraire, plus je connais une œuvre et plus je l'aborde avec fraîcheur. Aujourd'hui, mon analyse est moins appliquée qu'autrefois, beaucoup plus intuitive. Je circule librement à l'intérieur de cette musique, sachant d'instinct à tout moment à quel point j'en suis, ce qui précède, ce qui suit. Cette sécurité m'incite à abandonner bien des scrupules. Finalement, plus je vieillis, plus je deviens spontané.

MANUEL ROSENTHAL : «UN TALENT D'ILLUSIONNISTE»

A admirer, mais à ne pas imiter. A propos de la musique de Debussy, Manuel Rosenthal se souvient de cette mise en garde de son professeur de composition... Maurice Ravel! Le seul chef français à avoir dirigé Jeux *dans les années 1945-1950 (Pierre Boulez s'en souvient encore), Manuel Rosenthal a été aussi le premier à révéler la partition de* Pelléas *au public russe. Réflexions d'un pionnier.*

Les compositeurs se divisent en deux clans. D'un côté, les perfectionnistes, comme Bach, Mozart ou Ravel, qui ne créent aucune forme nouvelle mais cisèlent des joyaux inaltérables. De cet or-là, aucun orchestre, même le plus mauvais, ne peut faire de la boue. De l'autre, les «devineurs» : Monteverdi,

Schumann et Debussy, qui forgea le mot. Ces inventeurs de formes inédites, de langages vulnérables, ne sont à l'abri d'aucun interprète, même des meilleurs. Je me souviens d'une réception chez Marguerite Long, en l'honneur de Wilhelm Furtwängler, qui venait de défigurer les *Images*. Nous étions affreusement mal à l'aise, déchirés entre notre admiration pour cette imposante personnalité et notre consternation devant son incompréhension de la

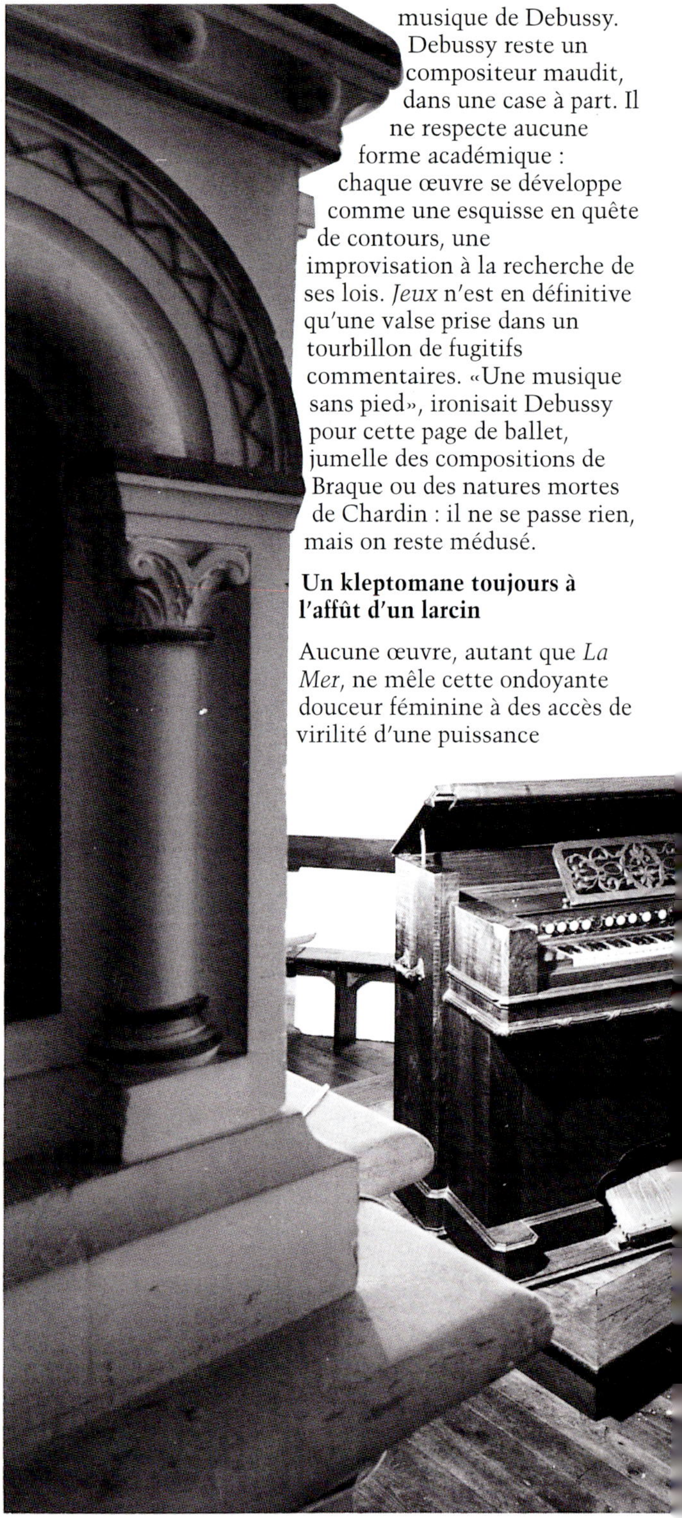

musique de Debussy. Debussy reste un compositeur maudit, dans une case à part. Il ne respecte aucune forme académique : chaque œuvre se développe comme une esquisse en quête de contours, une improvisation à la recherche de ses lois. *Jeux* n'est en définitive qu'une valse prise dans un tourbillon de fugitifs commentaires. «Une musique sans pied», ironisait Debussy pour cette page de ballet, jumelle des compositions de Braque ou des natures mortes de Chardin : il ne se passe rien, mais on reste médusé.

Un kleptomane toujours à l'affût d'un larcin

Aucune œuvre, autant que *La Mer*, ne mêle cette ondoyante douceur féminine à des accès de virilité d'une puissance stupéfiante. La musique en est anecdotique, mais comme toute la production française, de Josquin des Prés aux *Catalogues d'oiseaux* d'Olivier Messiaen, en passant par les titres des *Pièces de clavecin* de Couperin. «Il y a un joli moment entre onze heures et demie et midi moins le quart», persiflait Satie, à propos du premier volet de *La Mer, De l'aube à midi.*

Debussy a dérobé son bien musical comme il subtilisait l'argent que ses maîtresses laissaient imprudemment traîner : en kleptomane toujours à l'affût d'un larcin. Le compositeur Gabriel Pierné, premier chef des *Images*, m'a confié un jour que Debussy, sur le renseignement d'un copiste des Concerts Colonne, se rendait dans un restaurant huppé du bois de Boulogne pour épier un pianiste de café-concert, Fanelli, enchaîner des accords de neuvième non résolus.

Debussy a réussi le seul chef-d'œuvre musical absolument parfait, selon Ravel, qui aurait voulu le faire jouer à ses obsèques : *le Prélude à l'après-midi d'un faune*. Un miracle d'orchestration, sans scotch ni bout de ficelle. Ces exploits vont toujours à l'encontre de la logique habituelle de la composition, des recettes d'école éprouvées. «N'imitez jamais les inventions de Debussy, me prévenait Ravel, lui seul peut faire sonner des alliances aussi extravagantes que flûtes et contrebasses au début du second mouvement d'*Ibéria*, et les faire sonner de cette façon unique et reconnaissable entre toutes.»

«Nous ne sommes que des prestidigitateurs, me répétait Maurice Ravel dans ses leçons, tout l'art de l'orchestration ne tend que vers un seul but : faire croire que...»

Le décor de Léon Bakst [ci-dessus] pour le *Prélude à l'après-midi d'un faune* chorégraphié par Nijinski sur la musique de Debussy.

L'harmonium (ci-contre) d'une église de Dinard sur lequel Debussy aurait composé les premières vagues de La Mer.

Manuel Rosenthal [page de gauche], vétéran des chefs d'orchestre en activité.

Charles Dutoit : «Comme un vin de Bourgogne»

La première rencontre de Charles Dutoit avec l'œuvre de Debussy se solde par un double martyre : celui de saint Sébastien *et celui de l'adolescent qui endure, à quinze ans, une exécution intégrale du poème de D'Annunzio. La révélation, à la même époque, des ballets de Stravinski, avec la violence physique de leurs rythmes, le découpage net de leurs structures, éloigne encore l'apprenti chef d'orchestre d'une musique évanescente qui ne lui paraît décidément pas son langage. Il admire tout juste, et à distance. Plus tard, heureusement, les répétitions d'Ernest Ansermet à la tête de l'Orchestre de la Suisse romande, les concerts de Charles Munch ou de Pierre Monteux à Boston rapprochent le grand Charlie de l'univers debussyste. Au point qu'il considère aujourd'hui cette musique comme la plus novatrice dans la première décennie du XXe siècle, et qu'il l'a intégralement enregistrée à la tête de l'Orchestre symphonique de Montréal.*

– Comment aborde-t-on une telle œuvre ?

J'essaie d'obtenir avec mes musiciens l'accord immédiat, la communication instinctive qui régnaient, les dernières années, entre Ansermet et ses instrumentistes. Pendant l'exécution des œuvres de Debussy, d'un simple regard lancé par-dessus ses lunettes, le vieil homme rectifiait une couleur, corrigeait un déséquilibre, pour parvenir à cette vibration, à cette palpitation sonore si élégante.
A ce chic, les musiciens de ma génération ajoutent la leçon boulézienne, cette impitoyable rigueur qui décortique le son. Mais le chef doit rester précis sans en avoir l'air, garder le contrôle sans que cette vigilance soit démonstrative ou pesante.

– La musique de Debussy reste-t-elle difficile pour les orchestres d'aujourd'hui ?

Difficile à sentir et à interpréter, certainement. Surtout pour des instrumentistes étrangers à la langue et à la culture françaises. En artisan accompli, Ravel note objectivement sur sa partition ce qu'il désire, Stravinski aussi. Ce sont des concrets, et leur musique est indestructible. Elle exige beaucoup de virtuosité, une précision horlogère : mais Ravel et Stravinski ne demandent rien d'autre à leurs musiciens que de s'en tenir à ce rôle d'exécutants exacts, d'intermédiaires scrupuleux.

Debussy exige au contraire bien davantage. C'est un suggestif qui s'entoure de mystère, se protège sous des masques, et qu'il faut deviner. Un raffiné dont il faut partager la délicatesse sensuelle. Ce qui est sonore ne doit pas être bruyant, ce qui est riche ne doit pas être dur. Des nuances comme « doux et pénétrant » ne se chiffrent pas en indications métronomiques ou en codes de dynamique. Elles renvoient au bouquet capiteux d'un vin de Bourgogne, à l'euphonie charmeuse d'un vers de Verlaine, au camaïeu d'une toile de Monet.

Très délicat et très long de faire sentir ce halo de culture au percussionniste d'un orchestre allemand, par exemple. Pourtant, frappée trop fort ou pas assez, la cloche qui annonce la mort de Mélisande, au cinquième acte de *Pelléas*, ruine tout l'effet dramatique. Ces sonorités nues réclament un dosage parfait. La partition

« Comment pourrais-je ne pas aimer votre poésie ? » assure Debussy à Gabriele D'Annunzio, lorsque celui-ci lui inflige le sujet du *Martyre de saint Sébastien.*

Le chef d'orchestre suisse Charles Dutoit, lointain successeur de D.E. Inghelbrecht à la tête d'une phalange de tradition debussyste : l'Orchestre national de France.

de *Jeux*, notamment la partie de tambour de basque, est l'un des casse-tête les plus longs à démêler avec un orchestre qui ne s'y est jamais risqué, ou rarement.

– *Qu'est-ce qui caractérise le mieux, selon vous, la nouveauté et l'originalité du langage de Debussy ?*

D'abord sa liberté harmonique, qui n'a d'équivalent, en amont, que dans la musique pour piano de Chopin. En classe d'analyse, nous mettions en perspective le *Prélude à l'après-midi d'un faune* et le finale de la *Sonate en* si *bémol mineur* du Polonais : mêmes enchaînements de tonalité capricieux, imprévisibles, même absence de résolution classique. Les suites d'accords parallèles de neuvième, dans les *Nocturnes*, défient la logique traditionnelle.

Mais l'apport le plus fécond de Debussy à l'histoire de la musique demeure son refus des formes académiques, des moules anciens, au moment même où sévissent l'influence de César Franck, l'autorité de Vincent d'Indy. On n'imagine même pas qu'il ait pu se plier à la discipline de la fugue. Debussy refuse la lutte rhétorique des thèmes, l'emphase convenue des développements symphoniques. *Jeux*, par exemple, pulvérise une vague forme rondo en une nuée de motifs miniatures, qui rebondissent comme dans une partie de ping-pong orchestral. La pièce intitulée *Nuages*, avec ses contours effilochés, suspendus, défie littéralement les lois de la gravité musicale, de l'attraction harmonique.

A l'instar des grands romanciers contemporains, comme Marcel Proust ou Henry James, Debussy invente lui-même la forme de son message.

Le Martyre de Saint Sébastien

« Il m'aurait fallu un an, proteste Debussy pris de court pour achever la partition du *Martyre*. J'ai mis à l'exécution mes théories sur la musique de scène qui doit être autre chose que le vague bourdonnement qui accompagne les vers ou la prose. »

Igor Stravinski réfugié pendant la Première Guerre mondiale chez un de ses partisans : le chef d'orchestre suisse Ernest Ansermet, défenseur aussi des partitions de Debussy (les *Nocturnes*, en particulier).

L'ANTICHAMBRE DE L'ORCHESTRE

Dans le laboratoire de sa musique de chambre, Debussy distille une chimie personnelle de timbres et d'accords rares.

«Il me semblait que, depuis Beethoven, ironise Debussy, la preuve de l'inutilité de la symphonie était faite!» Si, en neuf spécimens seulement, l'auteur de l'Héroïque a épuisé les ressources du genre, avec dix-sept quatuors à cordes, il n'a pas tout à fait verrouillé l'avenir... A trente et un ans, fort seulement de quelques recueils de mélodies et d'une Fantaisie pour piano et orchestre, Debussy s'engouffre par cette brèche. A la fin de l'été 1893, il livre un premier *Quatuor à cordes* (il n'y en aura jamais de second), qu'il accompagne très officiellement d'un numéro d'opus – mention unique, également, dans toute son œuvre.

Cette solennité souligne l'audace d'un jeune téméraire qui ne respecte décidément rien des bons usages. Le quatuor à cordes, épreuve noble par excellence, pont aux ânes des consciencieux ou Rubicon des inconscients, ne s'aborde qu'en pleine maturité. Brahms s'y risque dans la force de l'âge, après avoir bouclé de sérieux bagages : un requiem, un concerto, deux sextuors, un quintette et plusieurs sonates. Pour ne rien dire de la France, où le genre est encore si intimidant que Berlioz se refuse à y toucher, que Saint-Saëns s'y frotte à la soixantaine passée, tandis que Franck et Fauré ne s'y confient qu'une seule fois, à l'extrême soir de leur existence, comme un legs testamentaire.

Debussy, lui, transforme en certificat de fin d'études cet habituel brevet de fin de carrière. Si son *Quatuor en* sol *mineur* ne chamboule pas d'un coup toutes les règles ni toutes les conventions de l'époque, c'est que le compositeur, comme il l'avoue à Ernest Chausson, premier dédicataire pressenti de l'œuvre, ne se sent «pas très sûr de son esthétique».

Debussy s'interdit de toucher à la sacro-sainte division en quatre mouvements, respecte le caractère général que la tradition, depuis Haydn, assigne à chacun d'eux : animé et très décidé (équivalent du premier allegro), assez vif et bien rythmé (pour scherzo), andantino

Debout derrière le chef d'orchestre Taffanel, Debussy, le regard perdu, de jury à une séance de trio. Songe-t-il à ceux qu'il accompagnait auprès de Mme von Meck?

Reçu avocat à la cour, Ernest Chausson délaissa le prétoire pour le Conservatoire. Elève de Massenet et du père Franck, passé au wagnérisme (il emmena sa femme en voyage de noces à Bayreuth), il accueillit régulièrement Debussy dans son célèbre salon du boulevard de Courcelles.

(mouvement lent) et très modéré, puis soudain très vif (comme grand allegro final).

Ombre morbide

Pourtant, un musicien aussi avancé que Chausson s'effarouche du langage novateur de Debussy à l'intérieur de ce cadre rangé et décline la dédicace que son ami lui réservait. C'est à César Franck, en fait, que ce quatuor rend hommage. Filiation parfaitement logique : en pleine période wagnérienne (Debussy accompagne Catulle Mendès dans des conférences sur *L'Or du Rhin*), le compositeur se tourne vers l'organiste de Sainte-Clotilde comme vers l'alter ego, en musique de chambre, du Klingsor de Bayreuth. Debussy lui emprunte ses harmonies instables, ses modulations maladives, ce chromatisme fiévreux qui exalte la brûlure du désir dans *Tristan* et que Franck exaspère dans son *Quintette avec piano*.

Debussy lui emprunte aussi l'idée de thème cyclique qui emprisonne l'œuvre dans une unité giratoire étourdissante et délétère. Le musicien français innove encore en laissant à diverses reprises l'alto quitter les seconds plans, pour imposer sa vénéneuse couleur gris de fer, son chant rauque et passionné. Cette ombre morbide voile le troisième mouvement «doucement expressif», une berceuse désolée, avec sourdine, qui s'éteint «aussi pianissimo que possible». «Mes journées sont fuligineuses, sombres et muettes comme celles d'un héros d'Edgar Poe», confie au même moment Debussy, entrevoyant déjà «les usines du néant» où il aura l'impression de croupir à la fin de sa vie. Mais, en 1893, la chute de la maison Debussy n'est pas programmée !

Un fauve prêt au bond

Ce quatuor sonne au contraire en maints endroits avec un emportement fanfaron presque frénétique. Le deuxième mouvement se déchaîne, selon Manuel de Falla, «comme l'une des plus belles danses andalouses qu'on ait jamais écrites», avec ses accords en pizzicati plaqués comme sur une guitare, ses notes scandées du talon de l'archet comme dans le flamenco. Douloureux ou fringants, ces élans impérieux, ces bouffées d'impatience sont le cachet rythmique de ce quatuor : on y sent un fauve prêt au bond, un créateur piaffant d'exprimer tout son génie.

«Un résumé d'orchestre», commente un connaisseur, André Schaeffner, pour résumer lui-même toutes les innovations de couleurs, d'attaques, de phrasés de cette œuvre. L'année suivante, Debussy achève la composition du *Prélude à l'après-midi d'un faune*, plonge dans la scène des souterrains de *Pelléas*, rêve à «l'équivalent en peinture d'une étude dans les gris» qui deviendra les *Nocturnes*.

Avec cet unique *Quatuor à cordes*, Debussy lorgne une dernière fois en arrière avant de couper les ponts, de répudier «les formes administratives», de faire taire «les voix autorisées», de regarder «par les fenêtres ouvertes sur le ciel libre». Au point que, dix ans plus tard, en interview, l'ingrat minimise ses dettes : «L'action de César Franck sur les musiciens français se réduit à peu de chose – il leur a enseigné certains procédés d'écriture, mais leur inspiration n'a aucun rapport avec la sienne !»

Amnésie plus étrange encore : Debussy oublie pour plus de vingt ans le répertoire de la musique de chambre. Il n'y revient qu'en 1915, avec un projet de *Six Sonates pour divers instruments*, «offertes en hommage à Emma-Claude Debussy par son mari». Le cancer qui emporte le compositeur en 1918 ne lui en laisse remplir que trois, de ces devoirs conjugaux : une *Première sonate violoncelle-piano* (août 1915), une *Deuxième Sonate pour flûte, alto et harpe* (octobre 1915) et la *Troisième Sonate pour piano et violon* (avril 1917).

François Couperin, dont quatre livres pour clavecin illustrent ces qualités françaises de «clarté, d'élégance, de fantaisie dans la sensibilité».

Le violoniste belge Eugène Ysaïe (page de gauche) : à la tête de son quatuor à cordes, il crée l'œuvre de Debussy, qui leur est dédiée.

Une vitalité anxieuse

Signées «Claude Debussy, musicien français», ce sont des œuvres de guerre, dans tous les sens de l'expression. Œuvres de temps de guerre, économes (aucune ne dure plus de vingt minutes), soumises à un rationnement qui concentre leurs moyens et condense leurs effets. Œuvres de combat et de propagande patriotique aussi, fourbies pour vaincre l'ennemi «boche» sur son terrain, avec les armes du génie civil national : «la clarté, l'élégance, la fantaisie dans la sensibilité – Couperin, Rameau, voilà de vrais Français !».

Mais ce retour au XVIIIe siècle n'est qu'un masque supplémentaire, un camouflage de plus pour désorienter. Ni grâces fanées ni langueurs vaporeuses dans ces musiques plus sarcastiques qu'enjouées, d'une mélancolie acerbe, d'une vitalité anxieuse. Même dans la «Sérénade» de la *Première Sonate*, ou dans la «Pastorale» de la deuxième, la tendresse à la Watteau débouche sur une brutalité carnassière à la Soutine. Les derniers accords de violoncelle sonnent en pizzicati «arrachés à plein son, fortissimo».

Aucun pastiche nostalgique, non plus, des formes anciennes. Le discours musical de Debussy poursuit sa lancée, engrange les avancées de *Jeux* (1913) et des *Etudes pour piano* (1915). Pas de repli rétrograde vers la forme sonate stricte ou le développement rhétorique laborieux, mais une succession capricieuse d'instants, un amoncellement débridé de surprises, des glissements instantanés de couleurs.

Pierrot fâché avec la lune

«Avec la *Sonate pour flûte, alto et harpe* de Debussy, j'ai eu un jour un immense éblouissement, se souvient Betsy Jolas, compositeur et successeur d'Olivier Messiaen au Conservatoire de la rue de Madrid. D'abord, je n'y ai rien compris, je n'arrivais pas à l'analyser avec ce que l'on m'avait enseigné jusque-là. Pendant des années, cette musique qui ne s'arrête jamais, qui renaît perpétuellement d'elle-même, m'a résisté.»

Elle résiste à Debussy lui-même : «J'ai terminé une sonate piano-violon dont le terrible finale s'est défendu comme plusieurs Boches. Par un phénomène de dédoublement, elle est pleine de vie, presque joyeuse. Est-ce une preuve du peu que nous sommes dans les aventures où s'engage notre cerveau ?»

Debussy pressent confusément que le sens de sa musique lui échappe en partie, qu'il transcende les objectifs myopes, le contexte historique immédiat. Sa musique contredit inconsciemment la germanophobie consternante de ses déclarations, ce pénible radotage de boutefeu cocardier. Particulièrement la *Première Sonate*, sous-titrée à l'origine *Pierrot fâché avec la lune*. Les contorsions acrobatiques de la partie de violoncelle, parodiant une guitare espagnole, évoquent irrésistiblement la *Sérénade du Pierrot lunaire* d'Arnold Schönberg, datant de 1912, où le violoncelle se livre à des grimaceries jumelles.

Œuvre militante, la musique de chambre de Debussy prend l'offensive et s'installe dans une action d'usure. Mais, loin de cloisonner les nations, les tranchées qu'elle creuse permettent aux connivences souterraines du génie de fraterniser.

Betsy Jolas (ci-dessous), marquée dans sa musique instrumentale par la liberté d'écriture de Debussy.

PARLER JUSTE UN PEU PLUS FORT

«Laissons les grands poètes tranquilles...», prévient Debussy. Verlaine, Baudelaire, Mallarmé et Villon n'ont pas à regretter d'avoir été dérangés.

La musique de Debussy rejoint l'injonction poétique de Mallarmé [ci-dessus] : «Donner un sens plus pur aux mots de la tribu.»

Debussy n'était pas tendre avec ses interprètes. Si l'on excepte Mary Garden, la créatrice de Mélisande, qui ravissait le compositeur («C'était la douce voix secrètement entendue, avec cette tendresse défaillante»), ses jugements avaient de quoi vous faire changer de métier sans tarder. Marguerite Carré, qui reprit le rôle de Mary Garden, apportait «un zèle farouche à faire de Mélisande une sorte de blanchisseuse mélancolique», Bourdon en Golaud «déclamait comme un peintre en bâtiment», Jean Périer, qui, en 1902, fut le créateur de Pelléas, en 1908 «ne chante plus du tout ma musique» et, en 1911, devient «mon pauvre Périer n'a plus qu'une extrême bonne volonté». D'une manière générale, Debussy souffrait du plus léger décalage qu'apportait chacun à sa conception première et voyait avec angoisse naître, au fil du temps, des déformations lentes mais irréversibles : «On commence à traiter cela (*Pelléas*) comme une œuvre de répertoire ! Les chanteurs improvisent, l'orchestre devient lourd.» Il savait sourire aussi : une représentation ayant été annulée pour cause de défaillance d'un interprète, il ironisa : «C'est l'après-midi d'aphone !»

Les chanteurs, aujourd'hui, n'ont plus à craindre le verdict de Debussy, mais ils connaissent ses exigences et, s'ils respectent ce qui est noté, sont tenus par une précision d'écriture, une rigueur même, qui laisse normalement peu de place à l'improvisation, mais à la souplesse, à la légèreté, à la pureté, à la fluidité, à l'élégance, à l'ineffable. Ce qui fait le mystère de cette musique doit sans cesse être retrouvé, et par des chemins qui peuvent être différents à chaque génération.

«C'est la fille aux cheveux de lin, la belle aux lèvres cerise», dit la *Chanson écossaise* de Leconte de Lisle dont s'inspire le compositeur.

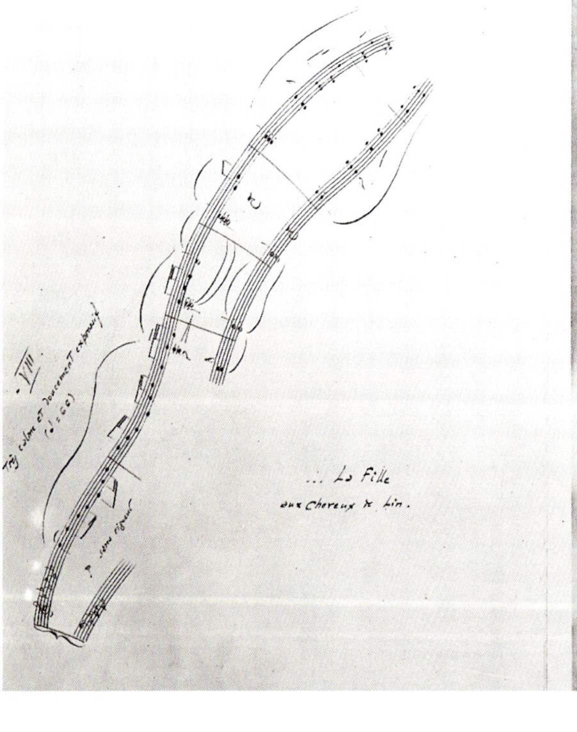

Frayons-nous une voie dans cette forêt apparemment inhospitalière grâce à trois interprètes de *Pelléas et Mélisande* et des mélodies de Debussy : Rachel Yakar, qui fit une Mélisande simple, lumineuse, à la voix souple et limpide (serait-ce ce «cristal si délicatement frêle» entendu par Debussy chez Mary Garden ?). Physiquement, Rachel Yakar ne s'est jamais regardée comme une Mélisande idéale : «Il faut bien l'admettre, je suis le contraire de la blonde. Enfin, ça peut marcher sur une grande scène, avec beaucoup de recul. Mais pour la voix, je n'ai pas de complexe.» François Le Roux, le Pelléas des années 80... et 90, considéré comme son «unique successeur» par Jacques Jansen, qui fut, lui, le Pelléas des années 40 à 70. Enfin, José Van Dam, Golaud depuis quinze ans, qui apporte à ce rôle une dignité qui range la jalousie des autres parmi les accessoires d'un mauvais théâtre.

«C'est tout simple... Inutile d'en rajouter»

L'une des difficulté de *Pelléas* est d'arriver à cet équilibre délicat entre le chant déclamé et le langage chanté, qui n'est pas le *Sprechgesang* de Schönberg, mais qui est spécifique au récitatif qui se déroule tout au long de l'opéra. Debussy voulait que «les personnages de ce drame tâchent de chanter comme des personnes naturelles». José Van Dam, pour qui «un bon chanteur ne chante pas, mais parle juste un peu plus fort», a trouvé en Debussy une aide précieuse : «Debussy a vraiment inscrit la notification juste dans la parole, dans le rythme, dans la hauteur. Et si l'on oublie qu'on chante pour ne penser qu'au texte, cela devient tout à fait naturel. Cette volonté se sent dans son écriture. Et quand Golaud s'emporte, musicalement, il ne fait que hausser le ton.» Pour Rachel Yakar, «il ne faut pas chercher d'emphase, ne pas chercher à faire des choses ampoulées. C'est tout simple, et la musique est tellement belle par elle-même qu'on ne peut pas en rajouter». Pierre Strosser, qui a mis en scène *Pelléas* à Lyon, faisait travailler François Le Roux «en pensant que ce langage est celui de deux enfants qui jouent à s'inventer un langage : «On dirait que je suis le prince. Toi, on dirait que...» Du coup, les phrases sont toutes simples, et si c'est un jeu, la porte est ouverte et Pelléas entre tout naturellement.

Debussy fulminait contre la cantatrice Marguerite Carré : succédant à Mary Garden dans le rôle de Mélisande, elle y transposait des langueurs empruntées à Manon.

Le texte de Maeterlinck permet la simplicité mais reste un piège pour qui veut trop montrer ce qu'il y a derrière des phrases aussi bénignes que : «Vous êtes des enfants», ou que «La nuit tombe très vite». «Il faut comprendre le texte sans l'appuyer, explique Rachel Yakar. Les chanteurs peuvent être merveilleux, mais s'ils chantent seulement ce qui est écrit, c'est très gênant. Il faut des interprètes de langue française, qui comprennent non seulement le mot en lui-même mais ce qu'il y a entre les lignes. Dans le lied allemand, les sentiments sont simples, profonds, vrais. Chez Debussy, à tout cela il faut ajouter la sensualité et le double sens de la phrase.» Pour François Le Roux, la pièce de Maeterlinck est «extraordinaire, une tentative de théâtre qui fut novatrice. Elle est l'équivalent d'une explication psychologique et même psychanalytique, alors que la psychanalyse n'était que balbutiante. C'est une exploration très profonde de l'inconscient».

Si, pour certains, le symbolisme devrait passer aux oubliettes, pour d'autres, il faudrait le sortir du purgatoire. «L'œuvre de Maeterlinck était beaucoup plus "décalée" dans les années 60 qu'elle ne

l'est aujourd'hui, ajoute François Le Roux. On est maintenant à même de la comprendre.» Rachel Yakar estime qu'il faut encore attendre. «Maeterlinck peut paraître désuet si on le juge avec nos oreilles habituées au français simplifié, appauvri, tel qu'on le pratique actuellement. Quand on entend les opéras de Lully sur les paroles de Quinault, l'on se dit : quel langage superbe ! En fait, nous sommes trop près de poètes comme Maeterlinck, on ne les considère pas avec un recul suffisant.»

Inquiet pour ces «deux pauvres petits êtres»

Debussy, lui, avait trouvé ce poète qu'il cherchait, «celui qui, disant les choses à demi, me permettra de greffer mon rêve sur le sien; qui concevra des personnages dont l'histoire et la demeure ne seront d'aucun temps, d'aucun lieu; qui ne m'imposera pas, despotiquement, la "scène à faire", et me laissera libre, ici ou là, d'avoir plus d'art que lui et de parachever son ouvrage».

«Des effusions vibrantes, concentrées comme une goutte de sang sur un doigt nacré», s'exulte l'écrivain Marcel Dietschy à propos des *Mélodies*.

De *C'est l'extase langoureuse* à *L'Échelonnement des haies*, Paul Verlaine inspire quinze mélodies à Debussy.

Cette meilleure compréhension du texte, cette recherche du naturel dans le chant, qui coïncident avec «le modernisme de la lecture actuelle de la musique», comme le dit José Van Dam, font les Pelléas, Mélisande et Golaud d'aujourd'hui plus proches de ce que désirait Debussy que les interprètes pourtant «mythiques» des années 40 ou 50. «Dans ces enregistrements, il y a une emphase complètement fausse : ce n'est pas une critique, c'est une constatation. C'est trop chanté, trop stylisé », explique José Van Dam. Rachel Yakar évoque le contexte historique : «Tout était différent à l'époque : la façon de comprendre les choses, la façon de chanter, et surtout la technique. J'ai l'impression qu'on avait même une autre façon de prononcer, d'articuler, d'aller chercher sa voix, de soutenir le son. Aujourd'hui, on entend des voix du monde entier. Peu à peu se sont créés une technique et un style internationaux, les chanteurs semblent éternels.»

«Comment le monde va-t-il se comporter avec ces deux pauvres petits êtres ?», s'inquiétait Debussy. Leurs interprètes, en tout cas, sont confiants, car leurs personnages ont une grande faculté d'adaptation. «Mélisande, dit Rachel Yakar, est capable de caprices; mais c'est une enfant diaphane. Le monde ne l'intéresse pas, elle le refuse. Elle s'en va parce qu'elle en a assez. Toute femme qui paraît faible sait merveilleusement jouer de sa faiblesse, et c'est là une grande force.» «Pelléas, pour François Le Roux, est un archétype de l'adolescent : il est capable de violence, il peut prendre sur lui, et, finalement, il fonce et va jusqu'au bout. Les jeunes comprennent cela très bien. Pelléas a la force de ses sentiments. Simplement, il a besoin de Mélisande pour exprimer toute cette force.»

Golaud, lui, n'appartient pas au monde des «pauvres petits êtres». «C'est le personnage le plus terre à terre, dit José Van Dam. Il est naturellement très sensible, très vulnérable, mais il

Debussy ne résista pas au climat «ardemment tendre» des *Chansons de Bilitis* écrites par son ami Pierre Louÿs, qui prétendit avoir trouvé et traduit du grec «un petit livre d'amour antique».

est un peu primaire. C'est un homme normal.» Il ajoute : «L'opéra de Debussy, comme d'ailleurs le *Saint François d'Assise* de Messiaen, sera toujours une musique d'avenir. Sa modernité fait qu'il évolue parfaitement bien.»

Rêve galant, désir, extase

Le corpus des mélodies, quant à lui, forme l'autre versant du chant debussyste. On y retrouve en partie le langage de Pelléas : subtilité sonore, rapports raffinés du texte et de la musique, utilisation du silence comme moyen d'expression, intimisme, sensualité... Debussy s'est rarement trompé sur les poètes qu'il a mis en musique : Verlaine, Baudelaire, Mallarmé, Villon, Charles d'Orléans... Ce choix est d'autant plus important qu'il composait une musique animée par le poème même. C'est pourtant M. Croche, c'est-à-dire Debussy lui-même, qui écrivait : «Et puis, en musique, dites-moi à quoi ça sert, les vers ? On a plus souvent mis de la belle musique sur de mauvaises poésies que de la mauvaise musique sur de vrais vers. Les vrais vers ont un rythme propre, qui est plutôt gênant pour nous... Pour conclure, laissons les grands poètes tranquilles.» Il peut toujours parler de Claude de France, il ne s'est pas privé de les taquiner.

On ne connaît pas le nombre exact de mélodies composées par Debussy : certaines ont été perdues, quelques-unes sont encore inédites, beaucoup sont des œuvres de jeunesse. Il aime les atmosphères mélancoliques, désenchantées, mais aussi le rêve galant, le désir, l'extase. Debussy épanouit son debussysme dans les six *Ariettes oubliées*, composées entre 1885 et 1903 ; se défait de l'influence wagnérienne dans les *Cinq poèmes de Charles Baudelaire* (1887); se met lui-même en musique, recherchant l'unité poétique et musicale avec les *Proses lyriques* (1893); a l'esprit occupé par *Pelléas* dans les *Chansons de Bilitis* (1897); conjugue musique et silence dans les *Fêtes galantes* (1904), «chante dans son arbre généalogique» avec les poètes français des XVe et XVIIe siècles (entre 1904 et 1910); réalise enfin «l'alchimie sonore» dans ses *Trois poèmes de Mallarmé* (1913)... La liste n'est évidemment pas exhaustive.

La difficulté est inhérente à ces mélodies où tout signifie, où il faut savoir faire entendre le murmure, l'élan du désir ou le silence expressif, où la partie de piano montre souvent une grande indépendance mélodique. Debussy, dans l'accompagnement, semble avoir voulu synthétiser les divers héritages du lied allemand et de la mélodie française. Si Schubert est strict et sobre, si Schumann poétise à l'extrême son piano d'accompagnement, lui conférant un rôle presque concertant, si

Pourquoi ne pas faire comme Wagner et écrire ses propres livrets ? Debussy l'envisagea, s'y essaya. Hélas [ci-dessous, une représentation de *Tannhaüser*].

Une Mélisande française [Colette Alliott-Lugaz] pour un Golaud belge comme Maeterlinck [José Van Dam] qui s'avance intimidé par les raffinements debussystes [ici, dans la mise en scène de Pierre Stroesser, en 1987].

Wolf sépare délibérément les deux partenaires qui deviennent des protagonistes qui choquent leurs parties comme deux silex, et si un Duparc «salit» volontiers celle du pianiste, comme pour fuir l'écœurante consonance, Debussy, lui, fond dans un même creuset toutes ces techniques; l'écriture pianistique est d'une complexité inouïe, parfois rebutante, d'une grande difficulté technique, et d'une subtilité qui déroute les meilleurs spécialistes. Mais c'est elle qui, comme dans Schubert ou Wolf, crée l'atmosphère et guide le rêve entre les rivages divers du poème. Seulement, les moyens employés paraissent si détournés qu'on les dirait étrangers. Et de cette soudaine alliance, apparemment monstrueuse, naît le «mystère de l'instant» propre à ce poète de la musique, et dont parlait Jankélévitch. Henri Sauguet résume le processus en cette formule : «Il ne s'agit plus d'un accompagnement, mais d'un jeu d'ombres et de lumières qui va, non se superposer, se juxtaposer au texte, mais créer autour de lui un état d'âme, un paysage, comme le reflet d'un paysage ou d'un état d'âme.»

«La langue française est celle qui habille le mieux la musique»

Debussy aimait jouer avec les tessitures. «La phrase : "Il faut que tu chantes *Pelléas*" est une source d'angoisse immédiate pour un baryton, confie François Le Roux. Car le rôle de Pelléas tend irrésistiblement vers le ténor.» Rachel Yakar se sent «comme un poisson dans l'eau avec Debussy. On dirait qu'il aimait le grave des sopranos, sa fragilité, sa couleur particulière. Pour moi qui ai fait quatre ans d'école de dessin, cette musique me paraît être de la couleur. Voilà pourquoi je l'aime. Pour rendre ce chatoiement, il ne faut pas faire de fautes techniques. Parfois, on marche sur un fil. Il faut penser à toutes ces couleurs différentes, et prendre des risques. Il n'y a qu'à ce prix qu'on trouve des nuances à rendre, qu'on va au bout d'une idée, au bout d'une expression».

José Van Dam, lui, avoue «un complexe» vis-à-vis de la mélodie de Debussy : «J'ai l'impression qu'elle est plus écrite pour Pelléas que pour Golaud, c'est-à-dire pour des voix plus légères, plus raffinées qu'une voix de basse.» Aussi en interprète-t-il peu. On le regrette, d'autant plus qu'il estime que «la langue française apporte une élégance au chant que les autres langues n'ont pas. L'italien, la plus facile à chanter, est une langue si musicale qu'elle n'apporte rien de plus à la musique; l'allemand est une langue très belle, mais elle est rude et porte en elle une grande notion de force. La langue française est celle qui habille le mieux la musique». Tant pis pour Rousseau, qui s'en disait incapable !

François Le Roux est un spécialiste de la mélodie française. Pour lui, «Debussy est un des rares compositeurs qui "a la chanson grise", comme dirait Verlaine, "où l'indécis au précis se joint". On est dans le mystère. Verlaine est une clef pour Debussy. Avec Baudelaire, c'est un autre caractère, fait de ciselure, de richesse de matière, et qui va moins bien à Debussy. Dans Verlaine, ce n'est pas la matière qui est riche, c'est le nuage, l'air... Pour bien chanter Debussy, il faut toujours partir du poème. Contrairement à Fauré, qui lit le poème et cherche une atmosphère globale, trouvant la mélodie à l'intérieur de cette atmosphère, Debussy dit le poème comme un acteur le dirait, trouve une scansion, l'écrit, colle à la prosodie. S'il étire certaines phrases, c'est pour leur donner un sens. Sur le plan harmonique, il est beaucoup plus simple. En revanche, comme il colle au texte, s'il lui faut subitement une mesure à trois temps, il n'hésite pas davantage; il n'a cure d'entrer dans un moule préconçu.»

La mélodie debussyste ressemble à sa propre poésie :
«La nuit a des douceurs de femme
«Et les vieux arbres, sous la lune d'or, songent !
«A Celle qui vient de passer, la tête emperlée,
«Maintenant navrée, à jamais navrée,
«Ils n'ont pas su lui faire signe.»

Elle donne parfois à ceux qui l'écoutent cette «impression de liberté, d'imprécision» dont parle Rachel Yakar. Mais ce n'est qu'une impression : toutes les nuances sont écrites, toutes les dynamiques, et une forêt de petits signes très précis qu'il faut suivre. Tout cela sans jamais donner l'idée d'être enfermé dans un carcan. A propos de Debussy, Pierre Boulez écrivait dans *Relevés d'apprenti* : «Pour lui, la forme n'est jamais donnée; constante fut sa recherche de l'inanalysable, d'un développement qui, dans son cours, admit les droits de la surprise et de l'imagination; il n'a que méfiance pour le monument d'architecture, lui préférant des structures où se mêlent rigueur et libre arbitre.»

Une quarantaine de mélodies de jeunesse dédiées en banquet à l'amante Mme Vasnier.

François Leroux, l'idéal baryton-Martin pour Pélléas, de Lyon à Vienne en passant par Milan.

Le compagnon de cavale

Pour voyager au-delà des boulevards académiques, rien ne vaut d'arpenter le clavier d'un piano; pour écouter le vent qui passe. La musique de Debussy réclame «un grand son», dit le pianiste Philippe Cassard. Mais elle doit aussi «avant tout faire rêver», poursuit Aldo Ciccolini.

SALLE DE SPECTACLE DE CHAUNY

CONCERT-SPECTACLE

DONNÉ PAR LA

FANFARE DES MANUFACTURES

Dirigée par M. MANSART

LE DIMANCHE 16 JANVIER 1876, A 8 HEURES DU SOIR

AVEC LE CONCOURS DE

L'UNION CHORALE DE CHAUNY

Dirigée par M. A. GEFFRIN

Mlle MENDÈS Cantatrice de Paris	M. DE BUSSY Pianiste
M. SAMARY Violoncelliste de l'Opéra	M. FLEURY Chanteur comique

A. GEFFRIN, MANSART, QUINARD

Et de la TROUPE THÉATRALE, dirigée par M. WALBERG.

PROGRAMME

PREMIÈRE PARTIE

1. **Fantaisie** (de L. Girard) sur *l'Africaine*, exécutée par la Fanfare..... Meyerbeer.
2. **Air** *de la Juive*, chanté par Mlle Mendès.................. Halévy.
3. **Le Drapeau de la France**, Chœur par l'Union chorale. Lindpaintner.
4. **Grande Fantaisie** (d'Allard) pour violon, sur *Robert le Diable*, par M. Mansart.... Meyerbeer.
5. **Air** de *la Pie voleuse*, chanté par Mlle Mendès.............. Rossini.
6. **Fantaisie** (de Samary) pr Violoncelle, accompt de piano, par MM. Samary et de Bussy. Donizetti.
7. **Fantaisie** (d'Arras) pr piston, sr *la Traviata*, par M. Quinard. Verdi.
8. **Le Nid du Berger**, Chansonnette chantée par M. Fleury } Ch. Delange. Robillard.

DEUXIÈME PARTIE

1. **Fantaisie** (de Tilliard) sur *la Norma*, exécutée par la Fanfare.............. Bellini.
2. **Sérénade** (accompt de Violoncelle obligé, par M. Samary) chantée par Mlle Mendès.... Braga.
3. **Fantaisie** (de Favarger) pour piano, sur *Oberon*, exécutée par M. Geffrin.............. Weber.
4. **Air** de *Mignon*, chanté par Mlle Mendès.................. A. Thomas.
5. **Chœur de Buveurs**, chanté par l'Union Chorale........ L. de Rillé.
6. **Trio** pour Piano, Violon et Violoncelle, par MM. de Bussy, Mansart et Samary. Haydn.
7. **Ous'qu'est mon Vélocipède**, Gaminerie, par M. Fleury. } A. Fleury. L. Lejeune.

Affiche de la première apparition publique d'un pianiste prodige (quatorze ans !) et particulé : Achille-Claude de Bussy.

Ricardo Viñès, pianiste d'élection de Debussy et de Ravel, «un Greco qui eût été gai», se gaussait Léon Paul Fargue.

«Debussy s'asseyait silencieusement au piano et se mettait à improviser. Tous ceux qui l'ont connu savent ce que cela pouvait être. Il commençait par frôler, par tâter, par faire ses passes et puis touchait dans le velours, s'accompagnant parfois, la tête baissée, d'une jolie voix de nez, comme d'un chuchotement chanté. Il avait l'air d'accoucher le clavier. Il le berçait, il lui parlait doucement, comme un cavalier à son cheval, comme un berger à son troupeau, comme un batteur de blé à ses bœufs.»

Comme tous les témoins de Debussy à son instrument, l'écrivain Léon-Paul Fargue est impressionné par cette sorcellerie de mystagogue, mi-derviche, mi-obstétricien. De cette gésine lente naît, à partir de 1903, l'une des littératures pour piano les plus personnelles, les plus novatrices et les plus riches d'avenir.

Debussy se réserve pour sa maturité, fatiguant d'abord son imagination à des accompagnements de mélodies (*Proses lyriques*), à des camaïeux atmosphériques d'orchestre (*Nocturnes*). Le déclic se produit avec le succès de *Pelléas* : convaincu désormais de sa maîtrise sonore et formelle, de la légitimité de ses exigences et de ses refus, il peut engager sur d'insolites voies de traverse l'instrument le plus académique et le plus passe-partout, voué aux usages les plus convenus (au salon) comme aux plus routiniers (au concert).

«Quand on n'a pas les moyens de se payer des voyages, il faut suppléer par l'imagination», confie le musicien désargenté à André Messager. Les *Estampes*, créées en 1904 par le virtuose Ricardo Viñès, inaugurent ces carnets de route imaginaires, ces dérives oniriques vers l'Orient (*Pagodes*) ou l'Espagne (*Soirée dans Grenade*). Itinéraires que Debussy, vissé à son instrument-embarcadère, ne cessera de reparcourir, d'approfondir, des deux recueils d'*Images* (1905 et 1908) aux deux livres des *Préludes* (1910 et 1912). La forme est de plus en plus inédite, les accords alchimiques, les timbres troublants. Le critique Emile Vuillermoz surprend le défricheur muré dans son laboratoire : «Je le revois en tête à tête avec l'ivoire, avec cet air à la fois absent et obstiné d'explorateur de l'inconnaissable.»

Une nouvelle algèbre dédiée à Chopin

De ces explorations au bout du clavier,

étendues sur trois portées, larguant les sûrs ancrages de l'harmonie classique, Debussy rapporte de terrifiantes bourrasques (*Ce qu'a vu le vent d'ouest*), des déambulations engourdies (*Des pas sur la neige*), des enfouissements inexorables (*La Cathédrale engloutie*), des dilutions hagardes (*Brouillards*). La nature que peint le musicien emprunte ses reflets irisés, ses tons divisés aux impressionnistes, mais doit aux romantiques sa solitude sauvage, sa violence inhospitalière, sa véhémente leçon de liberté.

Voués secrètement aux clavecinistes français du XVIIIe siècle, les deux cahiers d'*Etudes* sont dédiés à Chopin, dont Debussy révise les œuvres pour le compte de son éditeur Durand : «Je sors tout entier de sa *Quatrième Ballade*», confie le compositeur à André Gide. Réglant toute dette avec le passé, ces pages prophétiques inaugurent une nouvelle algèbre des paramètres musicaux. Les combinaisons calculées pour les sonorités opposées anticipent les équations d'un Webern ou d'un Messiaen sur les variations de timbre, de hauteur, de dynamique, de vitesse. Comme *Jeux*, pour l'orchestre, les *Etudes* signent l'une des chartes fondamentales de la musique contemporaine. Mais sans que ce «bienfaiteur du clavier» (E. Vuillermoz) violente jamais l'instrument.

Jusqu'à la fin, le piano reste le compagnon d'évasion d'un Debussy en perpétuelle cavale, se soustrayant aux pesanteurs de la tradition, esquivant ses propres redites. Par un superbe paradoxe, cet instrument de l'intimité confinée, du repli narcissique, se met avec l'auteur de *L'Isle joyeuse* au diapason de la nature, se fait le chantre de ses éléments les plus turbulents. «N'écoutez les conseils de personne, sinon du vent qui passe et nous raconte l'histoire du monde.»

Deux générations de compositeurs, à l'écoute de l'héritage debussyste : Olivier Messiaen, dont les *Préludes* s'inspirent (pour les titres, au moins) de ceux de Claude de France ; et Pierre Boulez, interprète occasionnel, dans les années 60, de *En blanc et noir*, avec Yvonne Loriod.

Philippe Cassard : «Hypnose!»

Premier prix au Concours international de Dublin en 1988, Philippe Cassard appartient, comme Jean-Marc Luisada ou Jean-Yves Thibaudet, à la nouvelle génération de pianistes français, virtuoses sans complexes fêtés à l'étranger, esprits cultivés curieux de peinture comme de cinéma, de littérature comme d'opéras. Pour enregistrer son intégrale Debussy (chez Adda), ce contemporain des baroqueux réquisitionne un Bechstein de concert du temps de Debussy, plus personnel et plus charnu que les Steinway clinquants d'aujourd'hui. Et soupèse, comme son aîné Alain Planès, chaque détail érudit de la nouvelle édition Durand-Costallat.

De Gabriel Fauré à Marguerite Long, d'Alfred Cortot à Emile Vuillermoz, tous les témoignages concordent : Debussy n'était pas un pianiste ordinaire. Pétrissant la sonorité, veillant au moelleux des graves, guettant la résonance des harmoniques dans l'espace, il s'inscrit dans la lignée d'un Chopin. Son premier professeur, Mme Mauté de Fleurville, dont il avouait tenir le peu de technique qu'il possédait, s'était produit devant l'auteur des *Mazurkas*.

Lors de son séjour romain à la villa Médicis, Debussy avait été impressionné par un récital de Liszt : âgé, le musicien hongrois ne posait plus au virtuose ébouriffant d'autrefois, mais jouait en poète.

L'instrument

Chez lui, Debussy possédait un Bechstein, instrument de facture allemande, sur lequel il ne tarit pas d'éloges. Il avait pourtant le choix entre les plus grandes marques françaises : Erard, Pleyel, Gaveau. La sonorité élégante, mais grêle, argentine de ces facteurs ne lui convenait pas. La musique de Debussy réclame un grand son, capable de remplir l'espace de vibrations harmoniques riches, palpables.

Dans la lettre de félicitations qu'il adresse à la maison Bechstein, et qui est toujours exposée à Berlin, Debussy recommande à ses confrères de s'inspirer de la sonorité de l'instrument, et de ses possibilités, pour composer.

« On est si souvent trahi par les soi-disants pianistes» se plaignait Debussy à Edgar Varèse ! Une doléance que lui

auraient épargnée, aujourd'hui, les interprétations amoureusement fidèles de Philippe Cassard. Quant à Marguerite Long, Debussy lui-même lui fit travailler ses œuvres, notamment à Saint-Jean-de-Luz, pendant l'été 1917.

Une démarche prophétique qui anticipe le mouvement des baroqueux, partant de la sonorité des instruments pour reconstruire un répertoire.

La barre très haut

Dans les premières années, Debussy ne compose rien de significatif pour l'instrument seul. Ni les deux *Arabesques* de 1891, ni la *Suite bergamasque* ou *Pour le piano*, de 1894, ne peuvent se mesurer aux *Estampes* de 1904, qui inaugurent la grande période créatrice de Debussy pour le piano.

Ce tournant place d'emblée la barre très haut. Jusqu'aux *Etudes* de 1915, Debussy ne livre plus que des chefs-d'œuvre : *L'Isle joyeuse*, *Masques*, les deux séries d'*Images*, les deux livres de *Préludes*. Mais ces monuments prennent place, dans la chronologie, après le *Quatuor à cordes en* sol *mineur*, les grands recueils de mélodies, *Pelléas et Mélisande* et les trois *Nocturnes*. Comme si Debussy avait dû franchir ces étapes, se nourrir de ces initiations successives, pour créer au piano une littérature complètement novatrice.

L'eau et le vent

A partir des *Estampes*, Debussy n'aligne plus des notes, il combine des sonorités. *Pagodes*, qui échappe à tous les canons en usage, se joue à bouche fermée, comme s'il n'y avait presque plus de différence entre lire mentalement la partition et l'exécuter pour de bon.

Deux éléments naturels hantent l'imagination de Debussy : l'eau et le vent. Comme le prélude de *L'Or du Rhin*, où Wagner nous laisse mariner dans la couleur harmonique de *mi* bémol majeur, la musique de Debussy nous emprisonne dans des eaux dormantes, circonscrites à des bassins, des fontaines, des grottes, des souterrains menaçants. A la différence de l'Ondine de Ravel (dans *Gaspard de la nuit*), capricieuse, piquante, celle de Debussy (huitième *Prélude* du second livre) est angoissante, mortifère.
S'il peut être décoratif, frémissant ou impalpable comme dans *Le Vent de la plaine*, l'air peut aussi tourbillonner de manière terrorisante, cataclysmique (*Ce qu'a vu le vent d'ouest*). S'il se raréfie, la musique conduit à l'hypnose, à l'engourdissement et au silence. Les plus envoûtants chefs-d'œuvre de Debussy sont ses pièces lentes : *Voiles*, *La Terrasse des audiences au clair de lune*, *Canopes*. *Les Reflets dans l'eau* plongent dans le cycle lent du sommeil, en libèrent les visions oniriques, comme dans la *Recherche du temps perdu* de Proust ou le *Parsifal* de Wagner.

Dans ses différents logements, même les moins reluisants, Debussy eut un piano à sa disposition. Il posséda notamment deux Pleyel et un Bechstein berlinois, auquel allait sa prédilection.

Les *Préludes*

Ils sont indivisibles. Les deux livres ne forment qu'un seul poème, ne dessinent qu'un seul parcours : à l'exécutant d'entraîner le public avec lui dans les vingt-quatre étapes de ce voyage.

Le démarrage du second livre est

particulièrement ardu pour les auditeurs. *Brouillards* dissout le thème, estompe les rythmes, noie la tonalité. *Feuilles mortes* patauge dans le même climat délétère : structure en décomposition, assise tonale constamment évitée. De ces éléments en décomposition doit se dégager un charme vénéneux, une sensualité trouble et étange.

Par pudeur, Debussy place les titres de ses *Préludes* à la fin de chaque morceau, après la musique. Désir de suggérer, refus d'imposer, méfiance envers tout ce qui pourrait freiner l'essor de l'imagination, la contraindre, ou réduire la portée de l'œuvre.

Pour un interprète, il est excitant de prendre ces titres indicatifs à la lettre et de tenter de retrouver les intentions du musicien. La musique étale de *Canopes* (urnes funéraires de l'Egypte antique) évoque une marche funèbre sublimée, un rêve endeuillé, un enfouissement feutré dans le souvenir. Le doux timbre de *Voiles*, que l'on imagine une étoffe légère ou des régates sur l'océan, dessine un mouvement aérien, une courbure, une inclinaison gracieuses.

Les *Etudes*

Le piano absolu, à l'état pur. Debussy retrouve une seconde fraîcheur pour accomplir ce tour d'horizon complet des possibilités du piano. Après le second livre des *Préludes*, où une dissolution sournoise s'attaque à la mesure, ronge le tempo, étire la respiration, le compositeur rebâtit avec ses deux cahiers d'*Etudes* un univers cadré, anguleux.

Assidu aux expositions, fréquentant le Salon des indépendants, Debussy semble avoir assimilé l'acquis des peintres les plus novateurs : la force expressive de Rouault, l'orgie de couleurs de Matisse, le chambardement cubiste de Picasso.

Hésitant à dédier son recueil à la mémoire de Couperin (Chopin hérite finalement de l'hommage), Debussy retrouve dans ces *Etudes* l'esprit de la danse baroque. Un retour qu'influencent les spectacles des Ballets russes, comme en témoigne la discrète citation du *Sacre du printemps* glissée dans *L'Etude pour les tierces.*

Chef de chant à la création du *Martyre de Saint-Sébastien*, Emile Vuillermoz fut aussi un critique apprécié par Debussy : «Votre article est délicieusement construit et j'admire le subtil artifice avec lequel vous passez de Mozard à Vincent d'Indy...»

Aldo Ciccolini : «Un acte de magie»

Né à Naples, où le Conservatoire de musique privilégiait l'étude des œuvres françaises (le père de Walter Gieseking y place son fils deux ans), le pianiste Aldo Ciccolini ne compte plus ses intégrales de l'œuvre de Debussy, en marathons initiatiques de cinq épreuves : à Rome, à Milan, à La Chaux-de-Fonds, en Suisse, où la firme Emi a gravé l'événement. Fragments d'un monologue amoureux.

Debussy est un compositeur méditerranéen. En Italie, sa musique, claire, colorée et extrêmement sensuelle, remporte plus de succès que celle de Ravel. Adolescent, j'ai très souvent entendu exécuter *La Mer* à Naples, où Roger Désormière est venu diriger *Pelléas et Mélisande*.

Avant d'étudier la musique de Debussy, j'aimais les notes, les touches de l'instrument ; après, j'ai été amoureux des sonorités. La pianiste Marguerite Long, avec qui j'ai eu le privilège de travailler, évoquait le jeu si personnel du compositeur, le legato enveloppant qu'il obtenait par un

Le pianiste italien Aldo Ciccolini a médité l'avertissement de Debussy en marge de ses *Etudes* : «Il ne suffit pas d'entrer dans la musique avec des mains redoutables.»

mouvement continu de ses mains sur le clavier, son goût pour la sonorité intimiste des pianos droits.

Le Beethoven français

Le mot du compositeur américain Virgil Thomson m'a toujours frappé par sa justesse : « Debussy, c'est le Beethoven français ! » La fragilité, le flou de sa musique ne sont qu'apparents. Les formes obéissent à une rigueur obsessionnelle, les structures sont calculées avec une précision maniaque. Affilié aux Rose-Croix du Sâr Peladan, grand prieur de l'ordre de Sion (Jean Cocteau lui succédera), Debussy était un Orphée, croyant aux vertus du nombre d'or. Son œuvre, comme la création du monde pour les initiés, est un acte de magie.

Sa musique pour piano peut se déchaîner avec une extrême violence, qui dépasse de loin la frénésie rythmique des *Trois Morceaux de Petrouchka* d'Igor Stravinski. *Ce qu'a dit le vent d'ouest* sonne comme une épouvantable tragédie maritime, un cauchemar hallucinant.

Cette musique doit avant tout faire rêver. Les titres glissés à la fin des *Préludes* sont une invitation à voyager en toute liberté. Le premier – *Les Danseuses de Delphes* – n'est qu'une suggestion à prendre au second degré : il n'y avait pas de femmes dans les rites de Delphes. J'en retiens une indication de couleur : la pierre nue d'un bas-relief. *Voiles* est tout aussi ambigu : des régates sur l'océan, ou les vêtements dont une femme pourrait se dépouiller ? «J'ai été chercher la musique derrière tous les voiles qu'elle accumule, même pour ses dévots les plus ardents !», écrit le compositeur à son ami Ernest Chausson. Ce titre indécis m'incline vers un mouvement figé, un balancement immobile.

N*uits blanches,* une tentative poétique dans la lignée des *Proses lyriques,* qui fit perdre son sommeil au compositeur, et qu'il abandonna après quelques esquisses musicales infructueuses.

Un microscope sonore

Les partitions de Debussy sont compliquées : ce qui est ajouté au-dessus ou au-dessous de la note (son intensité, son poids, son articulation) est aussi important que la note elle-même. A scruter sur le papier, à ausculter sans cesse au clavier, cette musique rend très exigeant. Elle forme l'oreille à tenir le rôle d'un microscope sonore, qui révèle l'infiniment petit des nuances de couleur, des subtilités harmoniques. Jouer Chopin n'aide pas nécessairement à mieux interpréter Debussy. En revanche, travailler Debussy permet de déceler plus de finesse dans la musique de Chopin.

— C. Debussy —
Marcel Baschet
1884

TÉMOIGNAGES ET DOCUMENTS

Etre debussyste aujourd'hui.

Plongée dans un labyrinthe de mystère et d'angoisse

*Philosophe du «presque rien» – qu'il évoquait d'une façon simple, limpide et profonde –, solide pianiste, Vladimir Jankélévitch consacra plusieurs ouvrages à la musique. «Elle témoigne, disait-il, du fait que l'essentiel en toutes choses est je-ne-sais-quoi d'insaisissable et d'ineffable; elle renforce en nous la conviction que voici : la chose la plus importante du monde est justement celle qu'on ne peut dire.» Tout un programme debussyste! En 1977, il accordait un grand entretien à l'*Avant-Scène Opéra, *sur* Pelléas et Mélisande.

Guy Samama – M. Jankélévitch, supposons que je ne sache rien de Pelléas et Mélisande, *même si c'est faux. Aussi, j'aimerais que vous me racontiez l'histoire, musicale et dramatique imbriquées, que vous me la fassiez découvrir comme à un enfant et que nous la suivions ensemble.*

Vladimir Jankélévitch – Ce livret n'est pas un livret, mais un drame d'une intensité, d'une profondeur humaine inégalables sur la donnée la plus simple : l'amour contrarié par la loi. Elle aime celui qu'elle ne peut pas épouser : elle a épousé celui qu'elle n'aime pas. La donnée se réduit à cela. Et surtout, c'est le drame de l'antagonisme irréductible, de la désharmonie fondamentale cachée dans le destin humain en général; le profond mystère du hasard et de la continuité pèse depuis le début sur le drame de Maeterlinck et la musique de Debussy.

Un profond mystère d'angoisse s'exhale de cette musique : il enveloppe la rencontre fortuite, dans la forêt, d'une inconnue avec un inconnu… Deux destinées se sont croisées inexplicablement. Elle ne sait ni d'où elle vient, ni où elle va, elle ne sait pas qui elle est. Cette rencontre fortuite entre la petite fugitive mystérieuse, victime d'on ne sait quelle fatalité, et le chevalier Golaud perdu en forêt, c'est le point où le drame se noue.

GS – Golaud s'annonce et se présente comme un étranger égaré. Il ne sait ni d'où il vient ni où il va ni ce qu'il fait, et pourquoi s'arrête-t-il? Une bête l'a perdu, une bête perdue il a trouvée.

VJ – Il s'est perdu. Ils se sont perdus tous les deux. Deux destins tâtonnent dans les ténèbres et interfèrent par hasard, en ce point. Telle est la fortuité du destin et la gratuité des circonstances dans le drame naissant que personne, à proprement parler, n'est coupable : ni Mélisande, qui est l'innocence et fait une allusion ambiguë à je ne sais quel drame mystérieux; ni Golaud, qui au fond n'est pas coupable et dont le désespoir, au cinquième acte, nous étreint jusqu'au plus profond de l'âme; ni Pelléas à qui on ne peut rien reprocher.

Comme une Eve irréelle

A la question de Golaud, si pudique chez Maeterlinck : «Avez-vous été coupables?», Mélisande répond : «Non, nous n'avons pas été coupables»; à la fin, Maeterlinck laisse même planer un doute sur la réalité de cet amour de Mélisande : au fond, on ne sait même pas si elle a aimé Pelléas. Mélisande peut être comparée à l'Eve de *La Chanson d'Eve* de Fauré… et de Charles Van Lerberghe. Comme Eve, la femme presque irréelle de l'origine des temps, Mélisande, l'innocente, n'a ni substance, ni consistance. Que de fois ces mots reviennent dans le drame : «Je ne sais pas ce que je suis, je ne sais pas ce que je fais, je ne sais pas ce que je dis, je ne comprends pas ce que je dis»; et quand on lui parle, Dieu sait avec quelles précautions, de son époux meurtrier, elle ne sait même pas de qui l'on parle. Elle dit à peu près ceci : «Golaud, mais pourquoi? Mais qu'il vienne! Pardonner quoi? Pardonner à qui?» Et tout est ainsi.

Ces mots de l'innocence signifient, en fin de compte, que personne n'est juge. C'est le destin de l'homme en général qui est ataxique, désaccordé. On ne rencontre pas celle que l'on rencontre au moment où il faudrait la rencontrer;

Debussy à Mercia en 1938.

quand on la rencontre, il est déjà trop tard ou encore trop tôt.

Trop tôt, trop tard… Comme dans *Eugène Onéguine*, chez Pouchkine et Tchaïkovski ! Il aurait fallu que Mélisande se trouvât, non point à la fontaine auprès de laquelle chassait Golaud, mais ailleurs, là où elle aurait pu rencontrer Pelléas. Elle l'aurait épousé, ils se seraient aimés et rien ne serait arrivé. C'est le destin qui est en porte à faux. Tel est le drame du destin aveugle et absurde. Et Pelléas dit quelque part, au quatrième acte, avant la merveilleuse scène d'amour : «J'ai joué avec les pièges de la destinée.»

L'aveuglement, la nuit du destin, c'est ce qui rend ce drame incomparable. Et comme Debussy avait en ces matières un instinct infaillible, il a choisi d'emblée un chef-d'œuvre pour son chef-d'œuvre à lui. Même *Ariane et Barbe-Bleue*, où il y a des moments magnifiques, n'atteint pas à cette intensité bouleversante, à cette sublimité. Le seul chef-d'œuvre de Maeterlinck qui puisse se comparer à *Pelléas*, c'est *Intérieur*, drame extraordinaire, où il ne se passe absolument rien, rien qu'une nouvelle de mort : la nouvelle de mort va arriver dans la nuit, portée par le messager du malheur.

Deux personnages en porte à faux

GS – Oui, mais dans Pelléas *le messager apporte le malheur de la destinée : «Oh ! je ne suis pas heureuse. Je ne suis pas heureuse», dit souvent Mélisande. Ou plutôt, dans* Pelléas, *le messager c'est le destin. C'est un peu comme le drame de l'histoire du monde : quand on fait l'histoire du monde, on peut bien faire une histoire, mais il n'y a rien, il n'y a pas d'événement. Une espèce de chronique, mais sans événement. Le livre du monde est écrit sur des milliers de pages blanches ; ici, elles sont noires et blanches.*

VJ – Dans *Intérieur*, l'événement est déjà frappé par le malheur, quoiqu'elle n'en sache rien. Et le messager se demande de quelle manière il annoncera cette nouvelle de mort, il n'ose pas, il hésite longuement…, et quand il se décide, qu'il appuie sur le bec-de-cane de la porte pour entrer, le rideau tombe, le drame est fini ; le bonheur de cette famille, tout entier suspendu à la parole du messager, est détruit à jamais.

Revenons à *Pelléas et Mélisande*. *Pelléas et Mélisande*, le titre lui-même indique que les deux personnages sont en porte à faux, puisque Pelléas et Mélisande sont justement ceux qui s'aiment et ne peuvent pas être ensemble. C'est le schéma du déchirement tragique, la situation écartelée, désemparée, invivable des amants qui ne peuvent vivre ni ensemble ni séparés. Le déchirement est le sujet d'un drame poignant de Maurice Magre, qui s'appelle *Le Cœur du moulin* et dont Déodat de Séverac a fait un opéra. Pour cet opéra, Séverac a écrit la musique des amours impossibles, telles qu'on les conçoit au pays des troubadours. Il y a des accents déchirants dans les deux actes de Déodat de Séverac ; et on peut les comparer, pour leur intensité tragique, à *Pelléas et Mélisande*.

GS – Pelléas, *n'est-ce pas un peu le drame de la jalousie dans les trois sens : le sentiment «humain, trop humain» ; le treillis qui permet de voir à travers sans que l'on soit vu ; et ce qui contrevient au vent, le vent qui obéit aux lois d'un aller-retour sans jamais s'arrêter : le contrevent ?*

VJ – Oui, tout à fait. Le drame de la jalousie, c'est aussi la donnée fondamentale du *Serment* d'Alexandre Tansman : *Le Serment*, tel est le titre que Tansman donna à *La Grande Bretèche* de Balzac (*La Comédie humaine : Scènes de la vie privée*). On y retrouve Golaud, Mélisande et Pelléas. Le mari jaloux

Debussy avec son ami André Caplet, en 1910.

(le comte) condamne José, emmuré vivant, à mourir de faim, de froid et d'asphyxie. Le jardin désert sur lequel se lève le rideau est un lieu maudit où règne un silence d'angoisse. Mais le vent d'automne qui siffle dans les arbres chuchote un mot, un nom : Jalousie. Le nom d'une passion mortelle. C'est le mot du terrible secret qui se cache derrière les persiennes à jamais closes.

La vie est mal faite

GS – Les persiennes sont fermées, le vent n'est plus qu'un coulis, et pèse une culpabilité sans coupables. C'est plus irrespirable qu'avec des coupables. La jalousie est comme un souffle, un vent, une brise, une brume, un brin d'âme, qui est dans l'air, atteint tout le monde, mais personne en particulier n'est atteint. C'est aussi un mot qui fait peur aux gens, au vent, et à la lumière… comme Pelléas.

VJ – Comme disent les braves gens, la vie est mal faite. Seulement, *Pelléas* est un condensé tragique de ce qui arrive souvent et un peu partout. *Eugène Onéguine,* qui est le drame de la mauvaise synchronisation : avant il est trop tôt, après il est trop tard; Tatiana et Onéguine ne s'aiment pas l'un l'autre en même temps. L'heureuse, la parfaite réciprocité n'est pas de ce monde.

GS – La fatalité, n'est-ce pas le temps qui s'accélère ou qui, au contraire, freine, finit par s'immobiliser, et devient encombrant?

VJ – Voilà donc quatre bouleversants exemples de l'impossible-nécessaire et des amours centrifuges : *Le Serment* de Tansman, *Eugène Onéguine* de Tchaïkovski, *Le Cœur du moulin* de Déodat de Séverac et *Pelléas*. Voilà pour la donnée.

GS – M. Jankélévitch, vous êtes un peu pour moi le philosophe du je-ne-sais-quoi et du presque-rien, c'est-à-dire celui de la limite, des marges, des bords, des frontières; aussi un peu le symbole de l'impalpable, de l'état d'âme qui est et n'est jamais ni un paysage, ni rien, ni ce qu'il est : seulement des scintillements, des fourmillements, des clignotements dans la brume. Le philosophe du presque-rien – enfin de ce presque qui fait tout l'infini de la différence entre l'être et le non-être – pourrait-il dire avec moi : Pelléas, *c'est un peu l'histoire d'une rencontre, avec tout ce que ce terme comporte de semelfactif, de mystère du quotidien, de facticité, de hasard, d'aléa, d'aventure et de nécessité profonde inscrite dans cette aventure, une rencontre entre un je-ne-sais-quoi ou des je-ne-sais-qui, qui ne savent pas eux-mêmes ce qu'ils sont, et un ou une presque-rien? La rencontre d'une bulle de savon et de l'air pur, d'une atmosphère et d'un état d'âme?*

VJ – Je ne sais quoi : c'est un mot que Debussy lui-même a prononcé. Il a écrit : «La Musique, qu'est-ce que c'est, en somme? Un "je-ne-sais-quoi…"» Il ne m'avait pas attendu pour le dire. C'est un mot vénérable, très employé non seulement chez saint Jean de la Croix et Gracian, mais aussi en France au XVIIe et au XVIIIe siècles : par ce mot on faisait allusion à quelque chose qui n'est pas entièrement rationnel, qui ne s'exprime pas par des concepts et ne tient pas dans les termes du langage.

Une chasse sauvage

Donc, à une époque intellectualiste, ou du moins rationaliste, on avait déjà le sentiment d'un résidu inexplicable que l'analyse ne peut réduire. Avant Montesquieu, Pascal n'avait-il pas donné son nom de baptême à l'esprit de finesse? Il existe un essai de Montesquieu sur le «je-ne-sais-quoi»… C'est bien la vocation de la musique de suggérer l'ineffable, puisqu'elle ne se sert pas de mots. Debussy le sentait.

Et quant aux lointains, remarquons l'anonymat et l'étrangeté des personnages, le caractère indéterminé et mal localisé du décor : on est libre d'imaginer ce qu'on veut – la profonde forêt batave, un château… «Il est vrai que ce château est très

Pelléas et Mélisande : scène de la forêt.

vieux et très sombre, et tous ceux qui l'habitent sont déjà vieux.» Par ailleurs, on ne sait rien, il y a des jardins où frissonnent les feuilles, et au loin l'horizon de la mer avec ses tempêtes et la grande basse continue de l'ouragan… Celle qu'on entendra peu après *Pelléas* dans le *Dialogue du vent et de la mer*.

GS – Et des grands couloirs dans le château… très vieux aussi… où s'inscrivent les bosses et les craquements de tous les hivers surmontés…

VJ – Des couloirs oui, un labyrinthe de mystère et d'angoisse. Toutefois, aucun bric-à-brac moyenâgeux. Tourelles et pont-levis seront inutiles; un pittoresque trop appuyé serait de mauvais goût, alors que la tragédie se déroule avant tout dans les âmes.

Maeterlinck ne cherche pas le pittoresque, mais le dépaysement; l'impression de lointain nous est suggérée dès le prélude, prélude extraordinairement court, où la modalité d'abord, la voix mystérieuse des profondeurs, l'apparition des deux thèmes créent tout de suite un climat de légende : *Lontananza!* le lointain. Tout est lointain ici. Ce n'est pas une fois mais cent fois que Debussy écrit entre les mesures : «lointain, comme un appel lointain». Des appels retentissent dans la forêt, des appels de cor, en un lointain hallali, des fanfares qui font penser à la chasse et à je ne sais quel chasseur maudit, à une «chasse sauvage». Soustraire le son en le faisant entendre : tel est le paradoxe debussyste.

Une pièce pour piano intitulée *D'un cahier d'esquisses* et qui est comme un pressentiment de *Pelléas et Mélisande*, nous fait entendre le cor de Golaud, dans le grave, à la main gauche. Le lointain habite tout l'espace debussyste : c'est un lointain aérien dans les *Nocturnes* pour orchestre, dans les *Images* pour orchestre, dans les *Etudes* pour piano : dans *Pelléas*, il y a à la fois le lointain de la profondeur, celui qui s'enfonce dans les souterrains du château, où nous parvient l'appel d'angoisse du fond de la forêt, et le lointain de la hauteur : cloches et carillons lointains répercutés en mille échos dans l'espace, quand Pelléas remonte avec Golaud des souterrains et retrouve les cloches de midi.

Seuls les grands adultes parlent de l'innocence

GS – Plutôt que le lointain, n'est-ce pas l'indéterminé, le flou, ce qui ne peut se fixer?

VJ – Oui : des harmonies évocatrices de carillons, par exemple dans la dernière *Prose lyrique*. Ce qui est debussyste, ce n'est pas seulement le lointain en soi, localisé au loin, mais l'éloignement, la musique qui se rapproche et s'éloigne.

Une Mélisande germanique du XIXe siècle.

GS – Le lointain, quand il est géographique, est fixe; ce qui est poétique, c'est le mouvement, le mouvant. C'est ce qui s'éloigne ou se rapproche.

VJ – Debussy a un sens merveilleux de la perspective et de l'espace. Sa musique n'est jamais tout entière présente ici, sur cette scène, dans cette salle : elle vient d'ailleurs et va ailleurs, elle vole à travers l'espace comme les oiseaux migrateurs. En cela, Debussy n'est guidé que par l'instinct et par le sentiment poétique.

Mais il est aussi guidé par une espèce de divination miraculeuse : la connaissance infaillible de ce que l'on peut demander à l'orchestre et attendre des instruments de l'orchestre.

GS – Dans votre livre, vous parlez de la confrontation impossible du mystère, de l'innocence et du souci. Vous dites : «Cette existence sans problème, le mystère de Mélisande n'est pas un secret nocturne.» Je voudrais vous demander : n'est-ce pas le souci, la pesanteur de sa présence, de son interrogation permanente, qui crée l'autre comme innocence en face de soi? N'est-ce pas l'angoisse inquiète de Golaud qui fait apparaître Mélisande comme le négatif de celui-ci?

VJ – Une réfraction?

GS – Oui, ne serait-ce pas la

réfraction de la présence soucieuse, anxieuse, interrogative, et artificielle parce que ce n'est pas sa nature qui s'exprime, de Golaud? La réfraction donc de cette culpabilité qui naît en l'autre et qui voudrait se projeter dans une figure inversée en quelque sorte?

VJ – Mais c'est le cas de l'innocence, et cela dans toutes les circonstances; car l'innocent ne sait pas qui il est, ni même s'il est; il ne sait pas qu'il est; autrement il deviendrait soucieux. Il est, purement et simplement : il est ce qu'il est, sans problèmes : c'est la présence soucieuse à ses côtés qui le définit comme innocence.

Mais cela n'aide pas à comprendre particulièrement la Mélisande de Debussy. C'est le cas de tout innocent, et d'abord de l'enfant. Seuls parlent de l'innocence les grands adultes soucieux qui ont cessé depuis longtemps d'être innocents. Quant à l'innocent lui-même, il n'est pas conscient de soi, et cela par définition; son front n'est pas encore barré par la ride du souci.

Mélisande est innocente par rapport au souci de Golaud. Ce souci devient angoisse par l'effet d'un crescendo qui transforme le soupçon en jalousie passionnelle. La passion s'exalte devant cette présence limpide, tranquille, imperturbable, devant ce front lisse et ces yeux clairs; et il en veut à Mélisande de n'avoir rien à lui reprocher! Il en veut aux yeux limpides, il défie et provoque les yeux de l'innocence : «On dirait que les anges du ciel y célèbrent sans cesse un baptême»; ces yeux «sont plus grands que l'innocence»… Il éprouve un sombre plaisir à se laisser envahir par la tentation sacrilège. Ses blasphèmes sont ambivalents, comme tout blasphème.

Oh ! pourquoi partez-vous ?»

GS – C'est par ces yeux qu'elle tente de s'échapper, qu'elle s'absente : voilà pourquoi il ne peut supporter cette distance, ce silence où l'âme condamnée s'exprime.

VJ – Les yeux limpides de *La Fille aux cheveux de lin* n'éveillent en lui que haine et rancune.

GS – Et c'est par les yeux d'Yniold que Golaud prendra sa revanche et s'aveuglera en même temps. Tout cela est exprimé avec une subtilité merveilleuse par Maeterlinck, et Debussy ne s'y est pas trompé. C'était un très bon juge, il savait ce qu'il faisait.

VJ – L'opéra de Debussy doit autant au drame de Maeterlinck que le drame de Maeterlinck à l'opéra de Debussy. N'est-ce pas cette conjonction miraculeuse de deux chefs-d'œuvre qui a fait de *Pelléas et Mélisande* l'une des plus grandes œuvres du théâtre lyrique de tous les temps? Car il y a des opéras qui souffriront éternellement de leur livret, *Pénélope* par exemple.

Debussy a imposé à tous l'évidence du génie de Maeterlinck, à la fois dans son dramatisme et dans sa poésie du mystère. Et Maeterlinck, en retour, nous impose chaque jour cette autre évidence : Debussy est unique.

GS – Il est dans le livret deux phrases que j'aime particulièrement, et dont on rit, bien entendu…

VJ – «Si j'étais Dieu, j'aurais pitié du cœur des hommes»?

GS – Oui, et l'autre est : «Oh! pourquoi partez-vous?» Ce sont des phrases dérisoires, des plus simples et des plus naïves; on s'en est naturellement gaussé en déclarant : «c'est un peu ridicule» etc., etc.

«Oh! pourquoi partez-vous?» c'est la simplicité. Et pourtant, c'est la terre entière qui se met à trembler, qui craque, qui se fendille en son centre. Cette phrase anodine, c'est le tremblement généralisé, la catastrophe cosmique. Qui révèle que rien n'était acquis; rien n'est jamais acquis : pas même sa propre chair. Quant à «Si j'étais Dieu, j'aurais pitié du cœur des hommes», ce n'est pas une trouvaille, mais une phrase bouleversante, une prière émouvante,un reproche à Dieu.

VJ – «Oh! pourquoi partez-vous?» qui termine le premier acte, c'est ce qu'on dit à une femme aimée en la raccompagnant à la gare… avec le pressentiment qu'elle ne reviendra pas. C'est la crainte de l'irréversibilité mortelle qui habite ces quatre mots de tous les jours. (Tout le monde l'a dit au moins une fois dans sa vie. Il n'y a en effet que quatre mots, mais quel déchirement ils portent en eux! «Oh! pourquoi partez-vous?»)

Cela est simple, mais la simplicité bouleversante du tragique quotidien, et c'est justement l'absence de style qui est sublime. Musset lui-même n'atteint pas toujours à ce sublime dans la simplicité. La question si banale, si tendre, si spontanée, est posée presque timidement parce que Mélisande a peur d'entendre la réponse, qu'elle pressent déjà. Ce départ ce sera la mort, le départ sans retour.

Mélisande soupçonne que son destin est scellé, que le malheur est inscrit sur son visage, qu'elle mourra, qu'il mourra. Elle le sait sans le savoir, car en vérité personne ne le sait. Maeterlinck lui-même ne le sait pas; il ne pourrait pas dire si elle se sent coupable ou non, si elle a aimé Pelléas ou si elle ne l'a pas aimé. Une profonde ambiguïté enveloppe cet amour : le départ, la séparation. Dans la vallée de misère où nous cheminons, harcelés par les loups de la peur et les corbeaux de l'angoisse, les départs et les séparations ravivent sans cesse l'injustice irrationnelle, la dissonance déchirante de notre condition.

Je lis tout cela dans ces mots qu'il faudrait dire presque à voix basse, sans déclamer, et pour ainsi dire furtivement : «Oh! pourquoi partez-vous?»

La femme fleur chère à Debussy.

Le souffle d'un souffle

GS – Peut-être ne faut-il pas se poser la question de savoir comment les dire?

VJ – Vous avez raison. Tout dramatisme serait indiscret, tout trémolo serait indécent. Mélisande est surprise, mais elle s'y attendait pourtant. Chez Debussy, l'interrogation est presque chuchotée, presque haletante. C'est un souffle…, un souffle d'un souffle. «Si j'étais Dieu, j'aurais pitié du cœur des hommes» est plus facile à dire, car cette phrase est soutenue à l'orchestre par des basses expressives tout imprégnées d'une profonde pitié humaine. L'esprit de Moussorgski semble habiter cette phrase d'Arkel.

GS – Est-ce pur fantasme si je rapproche cela, et toute l'œuvre de Pelléas, *de la simplicité mêlée, tortueuse, torrentueuse, nouée, noueuse, de certaines phrases ou plutôt de certaines résonances claudéliennes, comme dans* L'Echange *ou dans* Le Partage de midi*? Je pense en particulier à celle de Marthe confiant à Louis Laine : «J'ai mal à toi, c'est bête d'avoir mal à quelqu'un», ou à ce propos de Marthe réfléchissant, méditant seule autour du mot «sanctuaire»; «Ces longues chevelures comme des voiles de veuves qui pendent aux branches»; on n'invente pas cela. Ou encore à ce dialogue entre Marthe et Lechy Elbernon, l'actrice qui joue toutes les femmes parce qu'elle est toutes les femmes – Marthe se tourne vers elle : «C'est toujours une femme qui arrive», et Lechy Elbernon répond : «Il est vrai, c'est toujours une femme qui arrive, elle est l'inconnu, il n'y en a pas d'autre qu'elle pour arriver de la part de l'inconnu.» Est-ce qu'il n'y a pas une analogie?*

VJ – Ce dialogue me paraît beaucoup plus littéraire, moins sincère, que *Pelléas et Mélisande*. «Comme des voiles de veuves»… Ces métaphores précieuses sont étrangères à *Pelléas et Mélisande*. Le drame est trop poignant, trop pressant, imminent! Claudel, emporté par un verbe impérieux, diffère beaucoup de Maeterlinck. Le verbe claudélien roule tout seul, et parfois s'imite lui-même. C'est un verbe sonore, qui fait penser à la Bible, au Psalmiste, à Victor Hugo.

Le thème de la chevelure.

La grande obsession voluptueuse de Debussy

GS – C'est un «torrent» littéraire qui charrie des diamants.

VJ – On a envie d'applaudir! «Oh! pourquoi partez-vous?» ne donne pas envie d'applaudir : ce n'est donc pas du Claudel! Non pas que Maeterlinck ne soit admirable par la plénitude de son langage, mais son style est celui du français de tous les jours. On admire chez Claudel la profusion verbale, et cette verve tropicale qui évoque l'Amazonie. Son musicien, ce n'est pas Debussy mais plutôt Darius Milhaud de *L'Oreste*. Le rapport de Debussy à Maeterlinck est le même que celui de Milhaud à Claudel : dans l'un et l'autre cas il y a une harmonie préétablie entre deux créateurs.

GS – C'est la rencontre : on ne rencontre en l'autre qu'un autre soi-même.

VJ – D'ailleurs, Milhaud n'était pas si éloigné de Debussy qu'on pourrait le dire. Il l'a toujours admiré : dans ses œuvres de jeunesse, il a été un peu debussyste, par exemple dans les mélodies d'après Léo Latil, notamment *La Tourterelle*, *La Brebis égarée* d'après Francis Jammes, par laquelle il a presque débuté, ressemble à *La Demoiselle élue*. Plus tard, la *Sonate pour flûte et piano* est encore un debussyste.

GS – Ni voiles, ni veuves, mais une chevelure également mêlée, intriquée, tressée; organisme qui respire et vit sa vie à part, orgasme aérien du firmament, des étoiles filantes, des planètes, et des colombes y habitent; océan dans l'univers, qui tisse des fils de complicité avec la douleur orgiastique du Grand Tout ou le démembrement dionysiaque. Les fileuses, les liseuses de bonne aventure ne s'y retrouveraient pas. Ce n'est pas la forme de la chevelure qui fait penser au mouvement, au vertige, à l'eau courante, au vent, c'est son dynamisme, c'est sa vie.

Je pense à ce que Bachelard dit quelque part : «La chevelure peut être celle d'un ange du ciel; dès qu'elle ondule, elle amène naturellement son image aquatique. C'est ce qui se passe pour les anges de Séraphita… Ainsi, une chevelure vivante, chantée par un poète, doit suggérer un mouvement, une onde qui passe, une onde qui frémit…» Au bord des eaux, tout n'est-il pas fil, filament, chevelure? «Tous les feuillages mobiles attirés par la fraîcheur des eaux laissaient pendre au-dessus de leur chevelure» (Séraphita).

La chevelure n'est-elle pas le miroir de l'image synthétique de l'eau, de la femme et de la mort? Voilà pourquoi l'homme, si souvent, désirerait être emporté par la chevelure de la femme, comme par un courant, comme par Eros, comme par Thanatos.

VJ – La chevelure de la femme est un thème éternel. Louis Aubert, dans un très beau poème symphonique, *La Habanera*, cite en épigraphe le célèbre poème en prose de Baudelaire sur le thème de la chevelure. Ce thème est essentiel : la chevelure, crinière de la femme, caractère sexuel secondaire, disent les psychanalystes, est érotique en elle-même…

La retombée de la chevelure, dans *Pelléas*, accomplit à sa manière ce mouvement vers le bas qui est la grande obsession voluptueuse du mélisme debussyste. Rappelez-vous les figures descendantes de la flûte soliste dans *Syrinx*… Pourtant, c'est bien autre chose qu'un symbole de féminité : car avec les symboles, nous reviendrions au bric-à-brac wagnérien. Le «symbolisme» de Maeterlinck, avec ses correspondances allusives, exclut ce pensant attirail.

La chevelure enveloppe l'amant dans la volupté de son fleuve d'or. Ce n'est pas un «symbole», mais une suggestion concrète et sensuelle. Pelléas s'enivre de cette chevelure. Elle descend sur lui comme une cataracte, il en est inondé; il est submergé, immergé dans ce fleuve soyeux.

Un monstre tapi dans les profondeurs du château

La chevelure n'est pas ici une allégorie abstraite qui, représentant une chose, en signifierait une autre; elle ne figure pas dans le dictionnaire des symboles. La chevelure est une tentation voluptueuse dans laquelle l'homme est plongé des pieds à la tête; cette immersion apparaît chez Maeterlinck et plus encore chez Debussy, car la musique est existentielle. Rien n'est plus concret qu'une sensation; un symbole n'est pas senti et une sensation n'est pas symbolique.

GS – Ne pensez-vous pas que cela a été une tentation permanente et erronée de faire de Pelléas *un drame mièvre? Debussy n'était-il pas au contraire le représentant du «théâtre de l'horreur»?*

VJ – Edward Lockspeiser, le grand debussyste anglais maintenant disparu, avait écrit, en collaboration avec André Schaeffner, un livre sur le théâtre de l'horreur à l'époque de Debussy, tels *Le Diable dans le beffroi* et *La Chute de la maison Usher*, d'après Edgar Poe; en outre, il avait peut-être pensé au *Cœur révélateur*. Debussy était très attiré par ce théâtre de l'angoisse. En cela, il était, du moins au début, fort peu impressionniste.

C'est pourquoi – s'il faut trouver une analogie entre musique et peinture – Jarocinski, le debussyste polonais, propose de rattacher Debussy au symbolisme plutôt qu'à l'impressionnisme; à Odilon Redon plutôt qu'à Monet. Et d'ailleurs, l'un n'exclut pas l'autre : ceux qui disent «Debussy, c'est Monet en musique» pensent évidemment aux *Nocturnes* d'orchestre, *Fêtes* et *Nuages*, aux *Rondes de printemps*, à *La Mer*, à *Reflets dans l'eau*. Mais *Pelléas et Mélisande* se rattache à plusieurs formes de sensibilité, à plusieurs formes de vibration picturale, à plusieurs sources. *Pelléas et Mélisande*, c'est d'abord l'impressionnisme du troisième acte : à la sortie des souterrains, Pelléas est salué par les cloches de midi; des gouttes de lumière scintillent sur les fleurs du jardin; l'atmosphère générale, les jeux de l'eau et du soleil rappellent les *Proses lyriques*.

Mais la scène des souterrains, qui précède et qui est au centre du drame, est toute pleine d'angoisse, de ténèbres et d'ombres rampantes : ici se cache le mystère innommé, le monstre tapi dans les profondeurs du château. L'angoisse remonte des souterrains pour rôder dans les entrailles de la sombre demeure : elle parcourt les grandes salles et le labyrinthe des couloirs secrets.

Le «débraillé» d'un inachèvement tragique

GS – La cruauté vient de ce silence implacable et de ce que personne, jamais, ne crie, n'aurait l'idée de crier; à peine entend-on Golaud hausser le ton! Tout est souterrain, tremblement souterrain.

VJ – Au début, rien n'indique l'existence de ces souterrains. Personne n'en parlait. Lorsque, au troisième acte, Golaud va descendre avec Pelléas dans les souterrains, on n'en connaissait même pas l'existence. Ces souterrains étaient invisibles, mais présents; la pestilence mortelle qui s'en dégage remonte peut-être jusqu'à la tour. On se rappelle *Le Cœur révélateur* d'Edgar Poe : quelqu'un a été enterré vivant et on croit entendre son cœur battre sous le plancher de la pièce...

GS – Avez-vous remarqué que la plupart des bruits angoissants viennent d'au-dessous, de dessous la terre? L'angoisse vient d'en bas et monte pour se localiser vers le haut du corps, pour vous saisir à la gorge, un peu comme chez les hystériques de Freud : le bas devient le haut du corps...

VJ – Peut-être. Chez Debussy, la montée de l'angoisse a une force prodigieuse et presque irrésistible : l'angoisse monte comme une marée, s'affole comme une panique. Quels débiles mentaux ont pu parler de la «mièvrerie» de Debussy? Qu'ils écoutent la fin de la deuxième *Etude* (pour les tierces) ou la douzième (pour les accords), ou mieux la fin de la *Rhapsodie pour clarinette en si bémol*. C'est l'une des deux rhapsodies, la plus belle, mélodieuse et captivante au début, comme Debussy sait l'être quand il est séducteur : car ce mélodiste merveilleux aurait pu être Verdi, Bizet et Puccini, s'il avait voulu. Mais il n'a pas voulu. Il cherchait quelque chose d'autre. Cette rhapsodie pour clarinette commence donc d'une manière mélodieuse et se termine...

GS – ... dans l'affolement. Oui, une espèce d'angoisse.

VJ – Comme une tragique chevauchée. Comme une espèce de déroute sauvage. C'est ainsi qu'il faut la jouer. La tonalité elle-même finit par sombrer. On pense à la fuite de Mélisande par laquelle se termine le quatrième acte : Mélisande s'enfuit, d'une course éperdue, dans la forêt : «Ah! je n'ai pas de courage!» Et sur ces mots sa voix se brise; la voix de Mélisande s'effondre chromatiquement jusqu'à un *la* bémol dissonant qui n'appartient à aucune tonalité identifiable. Un auditeur frivole dirait que le quatrième acte se termine un peu n'importe comment, que cette fin est «bâclée». Disons plutôt : l'apparent «débraillé» exprime plutôt l'affolement de l'être démuni, poursuivi par les Erinyes de son destin. Ce «débraillé», c'est l'inachèvement tragique.

Mélisande expire sans que personne ait rien remarqué

GS – C'est l'affolement de l'inachèvement, et c'est le côté fuyant, le désir de se cacher, de se terrer, comme une bête qui a froid et peur.

VJ – Dans l'inachèvement, reconnaissons l'attitude négligente des grands génies créateurs. Debussy et Moussorgski par exemple, à l'égard de la joliesse formelle, à l'égard des besognes de fignolage et de jardinage. *Pelléas et Mélisande* n'est pas un beau jardin pimpant, un jardin dont Claude Debussy serait le jardinier... Mélisande, perdue au premier acte dans la forêt obscure, veut s'y perdre à nouveau maintenant. Le cinquième acte, à son tour, se termine dans un murmure, dans un souffle, dans le souffle d'un souffle; en *do* dièse majeur. Mélisande expire sans que personne ait rien remarqué, et le rideau tombe lentement... Mélisande ne meurt pas dans la gloire d'une apothéose.

GS – On n'a rien vu, rien su, rien entendu.

VJ – Personne n'a rien vu. C'est ainsi que Moussorgski voulait terminer *Boris Godounov*, l'interversion des deux derniers tableaux du dernier acte ayant été, comme on sait, proposée par Rimski-Korsakov. Moussorgski ne voulait pas que cet opéra national se terminât par la mort du tsar : Boris meurt glorieusement sur son trône, au milieu de ses boyards, en faisant des recommandations à son fils, tandis que résonne le glas; mais Moussorgski voulait que cette mort, que ce point d'orgue solennel fussent l'avant-dernière scène, et non pas la dernière.

La dernière scène, la vraie fin, elle est faite pour l'innocent, elle appartient à l'innocent tout seul. L'innocent en pleurs, assis sur une pierre, prophétise les malheurs de la Russie : «Pleure, pauvre Russie, peuple affligé, peuple affamé!» La complainte en *la* mineur se perd dans la clairière et dans l'inachevé. En fait d'apothéose, il n'y a que des lueurs d'incendie dans le lointain. Les apothéoses ne sont pas faites pour l'innocent. C'est donc le peuple russe, en la personne de Nikolka, le plus simple des hommes, qui a le dernier mot.

GS – J'ai en tête le nom d'un roman, que l'on dit d'adolescence : Le Grand Meaulnes, *d'Alain-Fournier. N'est-il pas question, dans les deux fables – la chantée et la parlée – d'êtres fragiles, tellement fragiles qu'ils meurent sans avoir eu le temps d'exister? Tout être fragile ne meurt-il pas dès le début? Mourir d'inexistence, de n'avoir jamais été qu'un souffle, qu'un soupir, qu'un duvet, qu'un fil ténu entre l'Etre et le Néant... Et puis, cette petite fille qui tombe d'un drame dont elle ne sait rien, et qui reste toute seule à la fin : on ne sait même pas de qui elle est née, ni si elle existe, car ceux qui l'on fait exister n'existent pas non plus.*

VJ – En effet, Mélisande est presque inexistante, et ce n'est pas une simple coïncidence si Jacques Rivière, le beau-frère d'Alain-Fournier, fut le plus fervent admirateur de Debussy et le plus lucide. Il a écrit sur les *Nocturnes* et les *Images* d'orchestre des pages merveilleuses.

GS – Et ce sont tous des êtres du lointain, de nulle part, d'ailleurs, d'un rêve qui a cogné aux vitres du réel et ne s'en est jamais tout à fait remis... D'où la maladie, puis la mort : inexplicable.

VJ – La lointaine Mélisande, venue d'on ne sait où, va on ne sait où, comme *Le Vent dans la plaine.*

Plongée en eaux profondes

GS – Ce vent qui siffle sur l'attente, qui souffle sur l'absence, comme pour la chasser devant lui, tel un nuage...

VJ – La chanson monotone du *Vent dans la plaine* ne commence ni ne finit : le vent ne fait pas un tour de chant comme un ténor qui chante son aria, et puis s'arrête, mais il chante une chanson perpétuelle, l'éternelle chanson du vent.

GS – Le rapprochement des personnages, enfin, des deux principaux, est facile à faire. Mais le troisième homme, Golaud, n'est-il pas aussi un peu François Seurel, qui est à la fois l'ami – aimant – des deux amants, celui par qui le couple se forme et se déforme pour ne plus jamais se reformer?

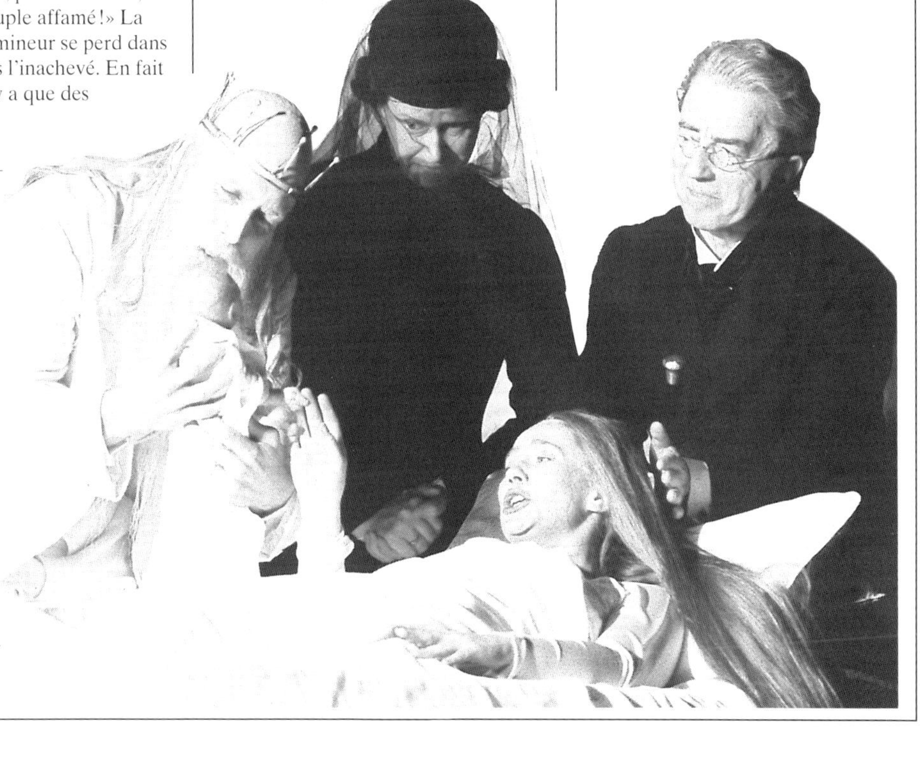

La mort de Mélisande.

VJ – Seulement, Golaud devient plus insistant, plus farouche, plus pesant…

GS – La tour n'est-elle pas essentielle dans Pelléas, *comme instrument de sorcellerie et comme condition de certaines situations, comme celle où la chevelure de Mélisande pend le long du mur et comme celle, inverse et symétrique, où le petit Yniold monte, hissé, juché sur les épaules de Golaud pour voir ce qui se passe, ou pourrait se passer, entre son oncle et sa tante? Descendre et pendre, s'essouffler, s'écheveler, monter et regarder, l'enfance, situations inverses et en miroir l'une et l'autre – dans les deux cas, n'est-ce pas un peu l'expérience de la verticalité, du vide, du vertige, du gouffre? Seule cette expérience rendrait possible la chute comme dessaisissement du corps et le regard hissé comme dessaisissement du corps de la jouissance différée et douloureusement ressentie par ce qu'un autre perçoit et voit de son propre corps, à travers les débris de son désir déçu. Tout est vertige dans cette scène, comme dans tout* Pelléas *: les personnages qui sont des fantômes et des ombres d'ombres projetées par une destinée implacable : la brume, l'eau, la forêt, les moutons, au sens des nuages et des animaux, puis les mots d'amour qui ne parviennent pas jusqu'aux lèvres des amants; donc le vertige du corps qui tombe parce qu'il ne s'appartient pas, parce que l'âme remplit l'espace et qu'elle est beaucoup trop grande pour un corps trop petit… Que pensez-vous du motif de la tête et du corps, de la pierre si lourde qu'elle en rend la pesanteur elle-même légère?*

VJ – Je pense que vos remarques sont très profondes.

GS – La jouissance par absence de contact… Il y a un jeu vertical de la pesanteur avec l'eau et les éléments en même temps qu'horizontal des éléments entre eux et avec la «platitude», au sens propre, du décor. La combinaison des deux produit le vertige absolu.

VJ – On sent, chez Debussy, non seulement la montée de l'angoisse, mais aussi le crescendo affolant du vertige. L'anneau que Mélisande jette en l'air, par jeu, retombe dans la fontaine et fait le grand plongeon vertigineux, souligné, depuis l'aigu jusque dans la profondeur, par un immense accord arpégé : l'anneau disparaît dans les profondeurs de l'eau. Le vertige et l'angoisse sont complémentaires et solidaires dans ce jeu ambivalent dont l'enjeu était l'anneau nuptial. Bachelard, vous le savez, a écrit de belles pages sur l'eau profonde…

Sans la tour, le livret devient ridicule

GS – Je pense à l'eau, comme modèle de calme et de silence, auprès de qui la gravité s'approfondit.

«L'eau vit, comme un grand silence matérialisé. C'est auprès de la fontaine de Mélisande, que Pelléas murmure : "Il y a toujours un silence extraordinaire… On entendrait dormir l'eau" (deuxième acte). Il semble que, pour bien comprendre le silence, notre âme ait besoin de voir quelque chose qui se taise; pour être sûre du repos, elle a besoin de sentir près d'elle un grand être naturel qui dorme. Maeterlinck a travaillé aux confins de la poésie et du silence, au minimum de la voix, dans la sonorité des eaux dormantes.»

VJ – Quant à la tour, ce n'est pas un élément anecdotique que le metteur en scène serait libre de supprimer, de gommer, ou de remplacer par un gazomètre. Cette tour est indispensable : sans elle, le livret devient ridicule et il n'y a plus de troisième acte.

GS – Le mystère dans Pelléas *n'est-il pas un mystère de la clarté, du grand jour, du quotidien, au contraire de celui du romantisme allemand?*

VJ – Le mystère debussyste est un mystère méridien. Un mystère au grand jour. Même dans les *Nocturnes* pour orchestre. A plus forte raison dans *La Mer*, de l'aube à midi sur la mer, dans les *Rondes de Printemps*, dans *Pelléas et Mélisande*; et bien entendu dans *Le Prélude à l'après-midi d'un faune*. Plein jour, plein ciel et pleine lumière! Des nuages, des fêtes et des sirènes! Tout l'air de toute la mer! Le vent dans la plaine… voilà le mystère debussyste, avec ses cloches de midi et ses senteurs de midi. Il est à l'opposé du mystère romantique, qui a besoin du crépuscule et du clair de lune. Mais Debussy

Debussy sur la plage, Houlgate 1911.

a respiré aussi les *Parfums de la nuit*, écouté les guitares lointaines dans les jardins de Grenade…

GS – Des nuages, au travers desquels on ne voit rien, on n'entend rien?

VJ – Des nuages translucides au contraire! une grisaille diaphane, diaphane comme l'existence de Mélisande, diaphane comme le mystère diaphane des choses familières.

Ne me touchez pas!

GS – Je me demande si Mélisande n'a pas la phobie du contact : dès le début, elle dit : «Ne me touchez pas! Ne me touchez pas!» et, jusqu'à la fin, il y a un rejet du tact et du contact comme étant ce qui pourrait être avilissant, dégradant. Et justement, le contact n'est-il pas en quelque sorte un échec de l'âme?

VJ – *Noli me tangere*, ne me touchez pas : c'est plutôt un thème évangélique. Pensez à *La Madeleine* du Corrège.

GS – La mort comme mode de présence existe à la fois d'une certaine manière dans l'ombre, dans toutes les ombres qui entourent les personnages, dans les forêts, et elle préexiste au drame : elle s'annonce dans cette espèce de présence-absence, dans cette fausse absence qui se fait insistante, et puis, tout à coup, à la fin du drame, on apprend la mort : celle de Pelléas, celle de Mélisande, et la disparition de Golaud qui se dessine; finalement, celle du temps qui a passé.

VJ – Oui, la mort est omniprésente. Il n'est pas exagéré de dire que Mélisande commence à mourir dès le premier acte, et consomme sa mort à la fin du cinquième. La mort de Mélisande accompagne Mélisande tout au long des cinq actes du drame.

GS – Ne peut-on dire que c'est une mort par extinction, par expiration, par affinement, par épuisement, plutôt qu'une mort explosive?

VJ – Rien de commun avec les morts d'opéra. Antar, dans l'opéra de Gabriel Dupont, meurt sur son cheval, cependant que les rayons du couchant font étinceler son armure. Les héros meurent à cheval… Rien de tel chez Debussy : Mélisande meurt dans son lit, tandis que le soleil se couche au loin sur la mer et qu'apparaissent les prémices de l'hiver et du froid. Cette mort est si furtive… Elle rôde dans la chambre de la moribonde, semblable à la mort que Gabriel Dupont évoque dans ses *Heures dolentes*… Soudain, les servantes viennent se ranger dans la chambre de la défunte, sans que personne les ait appelées : «Que venez-vous faire ici?», demande Golaud. Elles ne le savent pas elles-mêmes, comme Mélisande ne savait pas pourquoi elle allait mourir. Personne ne sait pourquoi.

Les servantes sont venues au rendez-vous de la mort, mystérieusement appelées par l'ange de la mort, sans comprendre la voix inconnue qui les appelait, dans une langue inconnue. Mais la prescience est infaillible : elles avaient compris à distance, et du premier coup, tout ce qu'il y avait à comprendre. Et tout le monde avec elles. Chacun a reconnu soudain l'accomplissement du grand mystère de la vie, et du plus indéchiffrable. Aucun être humain n'a ici besoin d'explications. C'est la mort, entrée sur la pointe des pieds, qui a fait son œuvre.

Coïncidences et correspondances

GS – Et cette mort de Mélisande, n'est-elle pas un peu, comme sa venue, un escamotage de sa présence, le dernier tour qu'elle nous joue, qu'elle se joue à elle-même pour excuser son éternelle absence?

VJ – C'est le dernier alibi. On ne sait ni pourquoi Mélisande meurt, ni de quoi. Elle n'a rien. Une petite égratignure peut-être : «Un oiseau n'en serait pas mort», dit son médecin. Mais elle meurt, parce qu'elle doit mourir : elle meurt de son destin, de son destin manqué, de son amour manqué; d'avoir vu disparaître celui qu'elle aimait; de la désharmonie du destin en général; des pièges du destin dont elle est victime. La gravité de la blessure n'y est pour rien. C'est la mauvaise synchronisation de la rencontre (la «dyschronie»?) qui est la cause de ce malheur sans causes, Mélisande n'a pas rencontré, à la fontaine du destin, celui qu'elle devait aimer. Pourquoi fallait-il qu'elle en rencontrât un autre? Le drame est ponctué de coïncidences et de correspondances. C'est à midi que le cheval de Golaud s'emballe; à midi qu'adviennent les prodiges précurseurs.

GS – Midi, c'est l'heure des signes et des présages, des indices et des présences secrètes, muettes, l'heure où la nature tout entière pivote et bascule autour de son axe, l'heure où le soleil s'arrête dans sa course.

VJ – Le cheval de Golaud s'emballe dans la forêt. Est-ce un présage? Présage de quoi? On ne nous explique rien. Des correspondances s'établissent entre des événements mystérieusement reliés par un fil, on ne sait comment ni pourquoi. Ici, la musique est rien et l'équivoque est son royaume. Elle ne s'exprime pas par des mots univoques. Le jeu des thèmes, le retour d'une idée plus légère qu'un souffle, plus fugitive qu'une allusion, la suggestion d'une suggestion, une prophétie ambiguë lui suffisent. Et lorsqu'il nous semble ne pas reconnaître le thème, quelques notes ou un fragment de rythme réveillent en nous une inexprimable angoisse ou un inexplicable malaise… La musique, sans avoir l'air d'y toucher, nous rend sensibles aux correspondances que le langage eût lourdement montées en épingle.

De pudiques effusions lyriques

GS – Pouvez-vous nous parler davantage de la musique dans Pelléas*?*

VJ – La nouveauté absolue de cette musique n'empêche pas que Debussy ait eu des précurseurs. Il en est un, surtout, dont on méconnaît généralement la signification et la place dans l'histoire de la musique, je veux dire Chausson.

Debussy connaissait certainement les *Serres chaudes* de Maeterlinck, et leurs neuvièmes de dominante caractéristiques : on retrouve encore ce langage dans *Pelléas et Mélisande*, à la fin du dernier siècle. L'influence de Chausson sur Debussy est alors très grande. Les successions de neuvièmes et de septièmes parallèles non résolues sont fréquentes encore dans *Pelléas*. Sous ce rapport, il y a de

Pelléas à *La Mer* un progrès étonnant dans l'audace harmonique. Mais *La Mer* n'avait pas les mêmes problèmes à résoudre. Au drame humain qui est le sujet de l'opéra succède une tragédie sans visage d'où l'homme est absent : dans *La Mer*, il n'y a d'autre dialogue que celui du vent et de la mer, d'autres colères que les tempêtes, d'autres jeux que ceux des vagues; la personne humaine s'efface derrière les éléments anonymes.

Le langage de *Pelléas* était pourtant, à la lettre, inouï, c'est-à-dire inentendu, et il a fait scandale parce qu'il ne semblait pas conçu pour l'opéra; la déclamation, l'expression lyrique ne flattaient pas suffisamment le larynx des cantatrices; on s'attendait à des arias et l'on était déçu, frustré. Encore aujourd'hui, il est possible que le public, en son for intérieur, se sente dérouté par cette nouveauté et ce refus de toute complaisance et regrette un peu son bel canto traditionnel.

Pourtant Debussy, malgré sa pudeur, était capable de merveilleuses effusions lyriques : le duo d'amour du quatrième acte, en *fa* dièse majeur, est peut-être la scène d'amour la plus sublime de toute la musique; elle nous remue et nous bouleverse jusqu'au tréfonds de l'âme. Voilà ce que Claude Debussy aurait pu faire tout le temps, s'il avait voulu. Mais, en général, il préfère couper court.

Soudain on entend se fermer dans la nuit les portes du château. Le destin est scellé, irrévocablement... Trop tard, il est trop tard! C'est alors qu'on entend le pas de Golaud : il marche furtivement en faisant craquer les feuilles sèches, tout près des amants. Cette présence invisible et angoissante, on croit la réentendre dans la dernière *Etude* pour piano : l'étude en accords, étude furibonde, tragique, momentanément interrompue par une espèce de pause mystérieuse. Quelque chose d'énigmatique semble se préparer, mais l'énigme ne se résout pas; la menace qui était sur le point de se déclarer reste en suspens : l'annonciation n'annonçait rien. Le mystère en instance : tout Debussy est là. Et nous, nous attendons le cœur battant, nous attendons en retenant notre respiration comme les amants surpris, nous attendons ce qui va arriver...

Et soudain : «Oh! toutes les étoiles tombent!» A deux reprises, deux fois en *mi*, deux fois en *fa*, la grande cataracte des accords s'écroule sur la scène d'amour interrompue; cet écroulement, c'est la chute du firmament tout entier avec ses comètes et ses constellations. «Tout est perdu, tout est sauvé ce soir!» Tout est sauvé-perdu : sauvé comme le suggère le dernier bouquet du grand feu d'artifice; et perdu parce qu'en ce point commence la poursuite misérable dans la nuit.

GS – N'est-ce pas la prison heureuse qui se referme sur les amants, les protège de l'extérieur? Le bonheur n'a-t-il pas besoin d'être seul, enclos entre deux murs?

Debussy suit les règles de l'opéra classique

GS – Voulez-vous que nous parlions de cette fausse opposition, à mon sens, du thème debussyste au leitmotiv wagnérien? C'est une idée un peu superficielle que d'opposer le poteau indicateur à la plasticité du thème évocateur. Chez les deux, ils sont souples et se transforment aussi harmonieusement.

VJ – Debussy a voulu expressément écrire *Pelléas* contre Wagner, nier le wagnérisme, je n'y peux rien. Il l'a répété sur tous les tons et en toute lucidité, avec constance et obstination... Il n'a pas besoin qu'on l'en excuse, qu'on lui trouve des circonstances atténuantes. Il n'y a pas à le récupérer pour Bayreuth. Cela n'implique pas qu'à chaque personnage ne soit attaché un thème reconnaissable, très défini. Les deux «thèmes» (si thèmes il y a) s'affrontent

Soirée musicale chez les Chausson.

dès le commencement ; et comme il n'y a pas d'ouverture, nous entendons immédiatement les thèmes principaux, notamment celui de Golaud et celui de Mélisande. Par conséquent, Debussy suit certaines règles, règles de bon sens, plutôt que celles de l'opéra classique.

Mais ces thèmes ne peuvent pas être des étiquettes ou des pancartes accrochées dans le dos des personnages. Et ceci, de par leur forme allusive elle-même. Debussy, tout le premier, précise ce point dans *M. Croche anti-dilettante*. Cependant, cela ne signifie pas qu'il renonce aux motifs ; il y a bien des thèmes, mais ils ne sont pas conducteurs : l'un devient l'autre, l'autre redevient l'un, ils se métamorphosent l'un dans l'autre ; ils sont assez bien choisis, assez expressifs et en même temps assez fluides pour pouvoir remplir plusieurs fonctions. Une ou deux notes déclenchent tout un processus intérieur, une angoisse purement spirituelle. Une suggestion rythmique évoque les chevauchées de Golaud ou annonce sa présence, une figure aérienne dans l'aigu annonce la douleur effarouchée de Mélisande. La musique de Debussy admet ces allusions légères, mais elle ne veut pas être conduite par des thèmes.

GS – Cela me fait penser très exactement au leitmotiv wagnérien, qui possède tous ces caractères : ductilité, mobilité, capacité de métamorphose, fluidité… Ce sont les touristes pressés, soucieux de se repérer sur une carte géographique, parce qu'ils se croyaient au désert, ou devant Osiris en personne, qui ont inventé le «thème conducteur» pour leur propre usage, pour leur propre conduite.

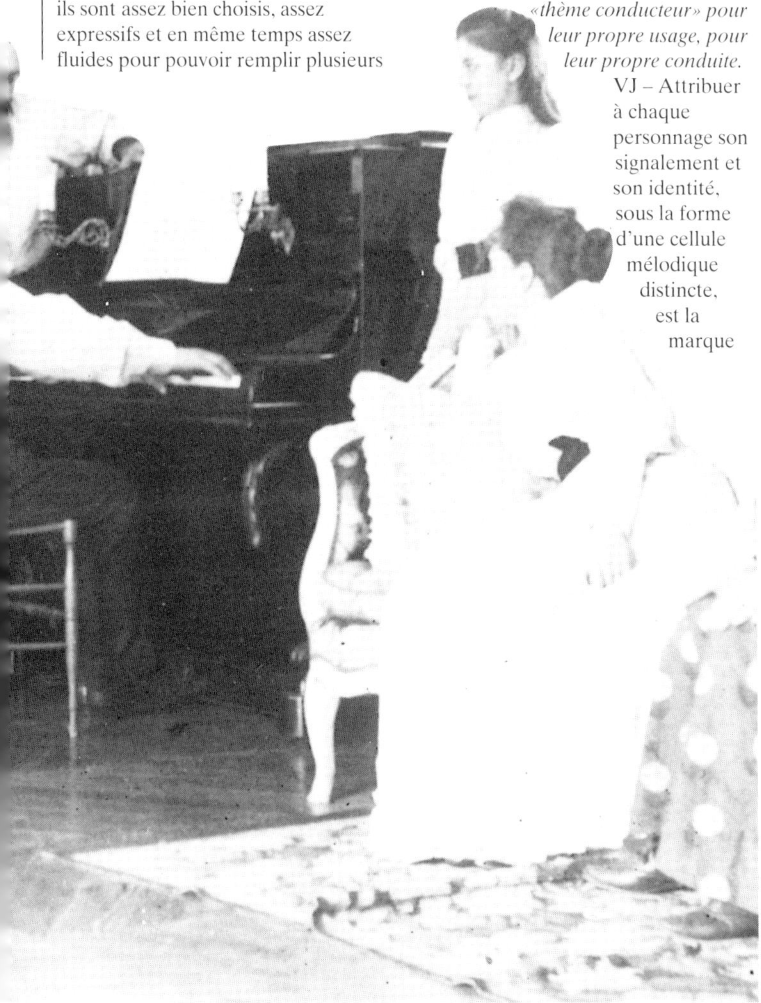

VJ – Attribuer à chaque personnage son signalement et son identité, sous la forme d'une cellule mélodique distincte, est la marque d'un pédantisme assez primaire et même un peu policier. Mais il y a plus grave. C'est une manie bien germanique de préposer à chaque personne un thème conducteur qui la caractérise et en même temps la conduit à travers les dédales de l'intrigue ; et c'est un préjugé raciste d'affirmer comme un dogme que chaque être obéit à une fatalité immuable : Siegfried n'est que Siegfried et rien d'autre. J'appelle raciste l'idée selon laquelle l'individu n'est que ce qu'il est et n'a pas la liberté de devenir un autre. J'appelle raciste l'idée selon laquelle chaque être est reconnaissable en toute situation, selon une formule simple qui donne la clef de ses faits et gestes. *Führen* aussi veut dire «conduire».

La clef n'ouvre sur rien du tout

GS – Le racisme ne se trouve-t-il pas déjà plutôt chez ceux qui l'appellent «thème conducteur» ?

VJ – Le thème, c'est un peu la clef qui permet d'ouvrir toutes les portes ; et justement, chez Maeterlinck, il s'agit d'un mystère dont personne n'a la clef ; et s'il y avait une clef, elle n'ouvrirait pas toutes les serrures.

GS – Cela me fait penser à Ariane et Barbe-Bleue…

VJ – C'est cela : la clef de la porte défendue. La clef, justement, n'ouvre sur rien du tout ; un mystère ne tient pas dans un chiffre comme celui d'un coffre-fort ; alors que, pour Wagner, c'est de cela qu'il s'agit. Le mystère debussyste, ce n'est ni le chiffre d'un coffre-fort, ni la clef de l'énigme, ni l'équation de la personne.

GS – Je sais bien que Wagner, c'est Le Crépuscule des dieux, *mais cela n'a rien à voir avec l'éclatement du monde, le cambriolage d'une banque, un Hiroshima calculé par Einstein et mis en scène par Bob Wilson ! Dans* Pelléas, *au moment où le rideau se lève, et il ne mettra pas longtemps à se lever, nous sommes tout de suite embarqués, nous montons en marche, l'action dramatique est commencée. Attribuez-vous une signification précise dans l'esthétique debussyste à cette absence de prologue, à cette absence de fin ? Cela se produit et ne se produit pas, car c'est un drame non événementiel ; c'est l'insaisissable.*

VJ – A l'opposé des tragédies shakespeariennes, le drame de Maeterlinck n'a pas de dénouement. Le coup d'épée dont meurt Pelléas, à la fin du cinquième, la mort de Mélisande, qui s'éteint imperceptiblement. Debussy évite tout ce qui pourrait rappeler le branle-bas de la mort. On n'en dirait pas autant de l'Antar de Gabriel Dupont, où nous reconnaissons le thème de Golaud qui rôde dans l'obscurité d'un bois, non loin d'Antar, avant de lui décrocher une flèche empoisonnée : la musique évoque les pas furtifs de celui qui, comme Golaud, se cache dans la nuit et dont le thème rappelle, en insistant un peu trop, *Pelléas et Mélisande*. Quant à la fin d'Antar, c'est une fin absolument antidebussyste : un dénouement d'opéra !

«Un être mystérieux comme tout le monde»

GS – Golaud n'est-il pas un personnage qui évolue plus nettement que les autres ?

VJ – Maeterlinck en fait, au cinquième acte, un être pathétique, déchiré par les remords et par le désespoir : il se traîne pour demander pardon et les accords suppliants que nous entendons alors nous bouleversent jusqu'aux larmes. Le Golaud du cinquième acte apparaît très différent de ce que nous pouvions entrevoir au troisième acte ou au début du quatrième, quand il était si injuste, si aveugle, si violent. Comment voulez-vous l'enfermer dans cette croche pointée suivie d'une double-croche et dans ce triolet qui se veut rude, mais qui annonce également la profondeur et la tendresse blessée ?

Golaud est essentiellement complexe : les personnages de Maeterlinck ne sont pas tout d'une pièce, comme des images d'Epinal ; Golaud, notamment, est ambivalent, déroutant, contradictoire. Golaud est victime lui-même de la destinée avec laquelle il a joué, lui aussi ! Lui aussi il était «un être mystérieux comme tout le monde» ; autant que la petite morte, sa victime indirecte, il est malheureux. Mais est-ce de sa faute ? Nous l'avons dit, ce n'est la faute de personne.

GS – N'est-ce pas ce sentiment de malheur qui le conduit à entrer dans la chambre de Mélisande, déjà loin, pour obtenir d'elle «la Vérité», comme si celle-ci existait en soi et pour eux ? N'est-ce pas l'aversion de soi-même qui conduit à exiger la vérité comme motif «conducteur» de tout comportement ?

VJ – L'aversion pour le motif conducteur, cela signifie chez Debussy le refus de fixer un personnage dans sa définition univoque avec l'obligation d'être fidèle à cette définition et avec défense d'en sortir et de jamais se démentir. Tout être pour Debussy a un aspect fluent, ou diffluent, qui le rend insaisissable. Pour Maeterlinck aussi la destinée est d'essence irrationnelle et son mystère échappe à toute conceptualisation.

GS – Pourriez-vous nous parler un peu du personnage d'Arkel, dans la bouche de qui on trouve toutes ces formules qui ne sont pas des formules, mais de très belles phrases : «Si j'étais Dieu, j'aurais pitié du cœur des hommes»... «C'était un petit être si tranquille, si timide et si silencieux... C'était un pauvre petit être mystérieux, comme tout le monde...» ?

VJ – C'est sans doute le personnage le plus moussorgskien de *Pelléas et Mélisande*. Il ressemble un peu au moine Pimène. Et il y a aussi en lui quelque chose des *startsy* de la piété populaire pravoslave.

GS – Il me fait penser un peu à ces vieux Slaves, ces héros de roman, qui portent sur leur peau, leurs doigts, leurs rides, toutes les craquelures, toutes les morsures, toutes les gerçures de la destinée et de l'hiver.

VJ – Très souvent, en effet, la mélodie et l'harmonie de *Boris Godounov* sous-entendent le rôle d'Arkel, parfois même celui de Pelléas. Pimène est un des personnages du drame de Pouchkine. Notons toutefois ceci : Moussorgski a beaucoup remanié le *Boris* de Pouchkine, tandis que Debussy, à quelques coupures près, reste fidèle au texte de Maeterlinck.

GS – N'est-ce pas cette âme slave aussi qui le fait parler par dictons populaires et universels porteurs d'une grande sagesse : la voix du monde ?

VJ – En effet. Arkel s'apparente au vénérable chroniqueur du «temps des troubles» et il est aussi une sorte de *Staretz* : la vérité parle par sa bouche ; sa voix est la voix de la justice et de la profonde pitié devant la misère des passions. Il est le porte-parole d'une expérience venue du fond des âges.

Une femme bulle de savon

GS – Que diriez-vous du petit Yniold ?

VJ – Qu'il est l'innocence enfantine au milieu de ces passions déchaînées. L'innocence manipulée par la jalousie passionnelle. Il est innocent d'une toute autre innocence que Nikolka. D'une toute autre innocence que Mélisande. Il fait pendant à la sagesse d'Arkel.

GS – Une autre question : quand Mélisande joue avec l'anneau au-dessus de l'eau et l'y laisse choir, ne peut-on dire qu'il y a la première figuration, la préfiguration en quelque sorte, de ce que Freud appellera un acte manqué ?

VJ – Le lapsus (sans jeu de mots... ou avec le jeu de mots?) est transparent. La lecture en est immédiate! C'est la recherche de l'échec : Mélisande cherche à perdre cet anneau qui est le symbole de son union. Elle joue ce jeu interdit, ce jeu scabreux, jusqu'au moment où l'inévitable se produit. Dans la volonté de garder la bague était cachée la subvolonté obscure de la perdre. Ici encore l'ambivalence est présente, avec le mobile inconscient dont la conscience est dupe. Dupe, mais seulement à moitié!

Maeterlinck, sans avoir été instruit des secrets de l'inconscient, était doué en ces matières d'une divination prophétique. Il s'intéressait aux forces obscures, à l'ésotérisme et au grand «arcane» sous toutes ses formes. Mais, s'agissant de la musique de Debussy, ne serait-il pas quelque peu pédant de notre part, d'insister très lourdement sur la psychanalyse de Mélisande?

GS – La rencontre, le contact entre l'eau et l'anneau, ne produisent-ils pas tout un drame parallèle qui a des résonances mythologiques, et ne sont-ils pas des archétypes que chacun peut trouver dans tout l'opéra?

VJ – C'est possible, mais ce n'est pas une règle générale.

GS – Ne peut-on dire que Pelléas et Golaud représentent, face à Mélisande, deux formes d'amour? Le côté droit et le côté gauche de la dichotomie platonicienne, l'amour pneumatique selon l'esprit et l'amour grammatique selon la lettre? Celui de la légitimité conjugale, du contrat, et celui de la grâce unificatrice, purificatrice, de l'élan passionné et passionnel?

VJ – Sans aucun doute. Elle est très debussyste aussi, cette relative inexistence de Mélisande, cette nature vaporeuse de la femme-bulle de savon, plus légère qu'un duvet, plus aérienne qu'un nuage, plus inconsistante qu'un reflet dans l'eau. Ces féminités semblables aux songes de l'air et aux «exquises danseuses» du royaume de Titania sont vraiment les filles de l'imagination debussyste. Telle était déjà *La Damoiselle élue*, personnage préraphaélite, issu de Dante Gabriel Rossetti, plus conventionnelle et plus compassée assurément que Mélisande; telle *La Fille aux cheveux de lin*, tenant à la main, comme dit André Suarès, son bouquet de pervenches marines d'Irlande... Mélisande est aussi une fée, mais non pas une exquise danseuse : la fatalité qui l'accable est trop lourde; elle ne danse pas dans la lumière; elle fuit, d'une fuite éperdue, dans les ténèbres et dans la mort.

Sibelius ? De la musique de casino

GS – Fuite dans le malheur d'exister ou de ne pas exister!

VJ – Peut-on comparer la Mélisande de Maeterlinck, adaptée par Debussy, à l'Eve de Van Lerberghe, adaptée par Fauré? Dans sa musique de scène, de Fauré, pour *Pelléas et Mélisande*, le thème du *Mélisande's Song* (Chanson de la tour) et de la mort de Mélisande est celui-là même qui sera le thème central de la *Chanson d'Eve*. Mélisande n'est pas sans analogie avec la Vierge immémoriale de Van Lerberghe : son innocence s'adresse à nous, non pas tant comme le mystère de la profondeur que comme l'énigme de l'apparence, car elle tient toute dans cette superficialité énigmatique de l'apparence. Et comment ne pas comparer la Mélisande debussyste à la Févronia Mouromskaïa de Rimski-Korsakov? Févronia est au centre de *La Ville invisible de Kitèje*, qui est un des plus étranges chefs-d'œuvre de l'opéra russe.

GS – C'est elle qui avance, immaculée, au milieu des cloches qu'on entend au loin, se confondant avec la neige dont elle est la substance?

VJ – Févronia est une sauvageonne qui habite la forêt et vit en société avec les rennes, les élans et les oiseaux, dont elle parle la langue. Févronia aussi est l'innocence. Mais c'est une innocence mystique et désincarnée, une innocence un peu tolstoïenne. Dans le drame de Maeterlinck (d'ailleurs Tolstoï lisait beaucoup Maeterlinck), l'innocence est mêlée au tragique quotidien. Quant à l'innocence mystique, elle était représentée sous une autre forme par le *Yourodivi*, l'enfant-prophète de *Boris Godounov*.

GS – Pouvez-vous nous parler des trois autres Pelléas*? Celui de Sibelius, celui de Fauré et celui de Schönberg! Celui de Sibelius n'est-il pas charmant, vivifiant, comme un tableautin? Celui de Fauré n'est-il pas plus intime, voire intimiste? N'est-ce pas la pudeur et la douceur claires de l'âme au bord du ruisseau? Chez Schönberg, il n'y a pas de clairière, pas de source, de rivière. N'est-ce pas un* Tristan *languissant, mais plus lourd, un* Tristan *qui n'en finit pas de s'amonceler au-dessus de nos têtes, plus douloureux, plus suffocant? Le ciel est moins serein, tout y est tourné au tragique.*

VJ – Le *Pelléas* de Sibelius, à mon avis, n'est rien d'autre que de la musique de casino; ce sont des scènes faciles et sans profondeur. Quant au *Pelléas* de Schönberg, c'est pour moi un monument d'ennui : *Tristan* déroule implacablement ses conséquences et n'en finit pas de finir. C'est parfois très beau, toujours démesuré. Cette œuvre encore wagnérisante, de même que *La Nuit transfigurée*, est très antérieure à la révolution dodécaphonique. Je m'excuse, mais puisque vous me demandez mon avis…

Interdiction de réécrire la pièce !

GS – Oui, mais Tristan, *c'est les Noces de sang du Feu, de l'Amour et de la Mort. C'est plus beau que la beauté, c'est émouvant comme une naissance ou une renaissance universelle, c'est suspendu, c'est la suspension, c'est l'attente d'une attente interminable qui ne vient jamais, c'est la rédemption et la mort par l'amour, c'est la nuit romantique qui enveloppe les deux amants dans un même philtre, alors que c'est le jour romantique qui immerge les deux amants dans une indissociable disjonction.* Pelléas, *c'est la nuit en plein jour;* Tristan, *c'est le jour en pleine nuit.*

VJ – Quant à la suite d'orchestre de Fauré, qui est une charmante musique de scène, on ne peut la comparer à l'opéra de Debussy. Tout le monde connaît, je crois, le beau «Prélude» et puis la ravissante «Fileuse», où les violons jouent en sourdine; la mélodie légère monte et descend comme un fil de soie; ensuite la «Sicilienne», perdue dans cette suite, on ne sait trop pourquoi. Quel rapport y a-t-il entre la Sicile et *Pelléas et Mélisande*? Le ciel de *Pelléas* n'est pas celui de Palerme ! C'est dans *Mélisande's Song*, nous l'avons dit, qu'on retrouve le thème de la mort de Mélisande, ce thème admirable qui s'évase dans la hauteur et qui sera le thème essentiel de la *Chanson d'Eve*. Voulez-vous mon opinion ? Comparer un opéra de Debussy, un poème symphonique de Schönberg et deux suites symphoniques de Sibelius et de Fauré sous prétexte que leur titre commun est *Pelléas et Mélisande*, c'est un amusement stupide.

GS – J'aimerais, pour terminer, que vous évoquiez, si vous le voulez, la mise en scène possible, réglée de Pelléas.

VJ – Je reconnais tous les droits au metteur en scène, sauf celui de réécrire la pièce. La mise en scène est très importante, mais elle n'est pas elle-même la création, et elle ne doit pas faire écran entre l'auditeur et le compositeur. Mettre en scène, ce n'est pas intercepter. On abuse quelque peu, aujourd'hui, du mot créativité. Debussy, créateur de génie, lui, savait ce qu'il voulait. Il avait choisi la pièce de Maeterlinck en toute lucidité. Son goût exquis, sa haute culture, ses choix littéraires font partie de la Création même qui aboutit à ce chef-d'œuvre unique : *Pelléas et Mélisande*. Personne n'a le droit de corriger *Pelléas et Mélisande*.

J'ajoute encore ceci : les mises en scène se succèdent, plus ou moins arbitraires, plus ou moins fidèles, plus ou moins fantaisistes, l'une chassant l'autre : on les a vite oubliées. A travers les réincarnations successives, seul subsiste le chef-d'œuvre. Pourtant les réincarnations font partie de sa vie; et il n'y a pas a priori de sacrilège à rajeunir le chef-d'œuvre en fonction de l'esthétique contemporaine. Avec toutefois cette réserve : le metteur en scène ne doit pas substituer sa propre philosophie à celle du créateur. Il ne connaît pas mieux que Debussy la volonté de Debussy. Cette substitution est une captation, un détournement d'attention.

La mer omniprésente

Et il y a plus grave. Quelque chose d'autre, dans *Pelléas et Mélisande*, reste intouchable, même en faisant la part la plus grande possible à la liberté du metteur en scène : ce décor de nulle part est en même temps un décor très fortement caractérisé, sinon localisé ! Toutes les indications données par Maeterlinck le confirment : elles tendent à épaissir le mystère, à rendre l'angoisse plus lourde; Debussy et Maeterlinck ont voulu accentuer l'impression d'étrangeté, de lointain et de dépaysement. Une forêt profonde, un château très vieux et très sombre, un paysage qu'on localise vaguement en Flandre... peut-être à la fin du Moyen Age? La mer est omniprésente et sa grande voix lointaine est comme la basse continue du drame. L'incertitude de la date contribue à dérouter l'imagination.

Certes, les metteurs en scène ont le droit de mettre en scène, puisque c'est leur métier, comme les chanteurs ont le droit de chanter. Sur la même lancée, ils ont le droit, sinon d'innover, tout au moins de renouveler, le chef-d'œuvre, par une compréhension de plus en plus profonde de l'œuvre et du sens de cette œuvre. Leur refuser ce droit, c'est leur dénier injustement leur raison d'être. Les droits du metteur en scène s'arrêtent au point précis où le texte deviendrait absurde. Si le drame est rendu impossible par les fantaisies du metteur en scène, on se moque à la fois de la musique de Debussy et du texte de Maeterlinck. Par exemple, si Mélisande n'a pas de cheveux, Pelléas ne peut dire : «Tes cheveux m'inondent jusqu'au cœur», sous peine de faire rire toute la salle. C'est assez clair, n'est-ce pas? Et de même, au cinquième acte, si le lit de Mélisande tourne le dos à la fenêtre, Mélisande ne peut pas voir le soleil se coucher sur la mer et les arbres déjà dépouillés de leurs feuilles. Il faudrait alors qu'elle se retourne complètement, ce qui ne manquerait pas de faire rire les spectateurs. Le metteur en scène n'est pas libre, non plus, de choisir n'importe quel paysage pour décor : Capri, New York ou Ceylan... Il ne faut pas que le décor rende le drame ridicule.

C'est pourquoi, tout en limitant les droits du metteur en scène, j'admettrais à la rigueur qu'on joue *Bérénice* en complet-veston, même si cela paraît un peu gratuit... et irrévérencieux. Dans la mesure où *Bérénice* est le drame éternel de la séparation, d'une séparation imposée par les devoirs d'Etat, il n'est pas a priori choquant de jouer cette pièce en costumes modernes. Ajoutons que, de toute manière, le XVIIe siècle n'a pas le sens de l'authenticité historique et ne recherche pas la couleur locale... Reste donc le drame des amours impossibles, comme dans *Andromaque* ou *Phèdre*; ce drame, qui est de tous les temps, peut donc avoir pour décor Rome, Paris ou Toulouse.

On ne chasse pas le sanglier dans les squares

Mais *Pelléas et Mélisande*... Chez Maeterlinck, le décor n'est pas un simple prétexte. Prétexte, le décor gréco-latin des tragédies de Racine, car pour une époque humaniste, ce décor abstrait est celui qui laisse à l'écrivain le maximum de liberté. Tel n'est assurément pas le cas de Maeterlinck ni de Debussy. Les indications données par Maeterlinck sont, à cet égard, assez nombreuses, explicites et précises pour exclure toute fantaisie de mauvais goût, tout contresens plus ou moins volontaire. Et tout à l'avenant : la forêt du premier acte doit être une vraie forêt, une forêt profonde et mystérieuse, pour que Golaud et Mélisande s'y égarent, une forêt inquiétante où le danger rôde et non pas un misérable square garni de misérables plumeaux et de touffes ridicules; Golaud chassait le sanglier, et on ne chasse pas le sanglier dans les squares. Et la fontaine du deuxième acte doit être une eau profonde, pour que la bague s'y perde et non un ridicule petit bassin. Sinon, comment obtenir l'adhésion et la créance du spectateur? Comment forcer sa conviction?

GS – Alors, la limite, c'est le livret.

VJ – C'est le texte avec les indications à respecter... et sans lesquelles les gestes des personnages, les paroles qu'ils échangent deviennent risibles ou inintelligibles.

GS – Et la tour... il doit y avoir une tour.

VJ – Debussy est tourné vers le monde extérieur. Les extérieurs sont donc très importants chez lui. Beaucoup plus qu'ils ne le sont pour Fauré. Le livret de *Pénélope* étant détestable, on n'est pas tenu à son égard à une pieuse fidélité : il n'eût pas été sacrilège d'attenter à ce texte... Mais il ne s'agit pas de *Pénélope*, il s'agit de *Pelléas et Mélisande*. Le texte est déjà en lui-même un admirable chef-d'œuvre. Ce texte est intouchable. Il doit être respecté. Qui oserait attenter à une pièce de Musset? Manipuler *Lorenzaccio* ou *Carmosina*?

Dans l'embarras où on se trouve, il serait concevable de reprendre les vieux décors de Jusseaume, comme on l'a fait à l'Opéra-Comique en 1969. Les décors de Jusseaume, bien que non dénués de charme, sont certainement démodés, mais on peut les transformer. Je me rappelle les décors de Valentine Hugo, il y a quelques années. Ils avaient plu... Aucune fausse note, aucune excentricité. La scène de l'Opéra-Comique, où l'on jouait alors *Pelléas et Mélisande*, ne laissait pas beaucoup de place, notamment pour le cinquième acte. Nous l'avons dit : au moment où Mélisande va mourir, la chambre de l'agonisante est envahie par les servantes du château qui se rangent en silence le long des murs et attendent. Personne ne les a appelées. Elles ne savent peut-être pas pourquoi elles sont venues : peut-être à l'appel de la mort qui rôde dans le sombre château... Cette attente silencieuse est bouleversante. Mais il faut que les femmes aient la place nécessaire pour se ranger autour du lit de la moribonde. La moindre maladresse, le moindre décalage, et l'émotion est détruite, saccagée. Maeterlinck indique tout ce qui est nécessaire, mais il n'entre pas dans les détails. Tout doit être réglé avec une extrême précision, avec un tact infini. Quant au reste, je veux dire à ce qui n'est pas écrit, ce reste est laissé à l'intelligence, à l'esprit de finesse et au cœur du scénariste et de chaque comédien. Tous ceux qui jouent un rôle dans cette œuvre inspirée comprendront avec Arkel que l'âme humaine est très silencieuse et qu'elle aime à s'en aller seule.

GS – Alors, puisque nous ne savons pas pourquoi nous sommes venus, tentons nous aussi de faire silence maintenant et de repartir, seuls, chacun de notre côté. Je vous remercie.

(Publié avec l'aimable autorisation de l'*Avant-Scène Opéra*.)

«Pour Debussy, une œuvre n'était jamais définitivement achevée»

Il y a trente ans que François Lesure a délaissé le XVIe siècle, sa spécialité, pour se consacrer à Debussy. Directeur du Centre Claude-Debussy, il veille sur la publication des fameux Cahiers *et sur l'édition des partitions les plus fiables possible. Actuellement, il achève un ouvrage sur la jeunesse du compositeur. Un long compagnonnage qui en fait un témoin privilégié. On lui doit déjà l'édition la plus complète de* Lettres *et celle d'un ouvrage d'iconographie,* Habitudes de vie.

Vers 1904-1905, avec son second mariage, Debussy s'installe dans un hôtel particulier, avenue du Bois-de-Boulogne. Il mène une vie simple, de travail pur et régulier. Sa lecture attentive des journaux (en particulier *Le Temps*) n'en fait pas un homme retiré de son siècle. Dans sa correspondance avec Robert Godet ou Paul Dukas, il parle littérature, art, événements, et pas toujours de musique. Il reçoit uniquement ses proches et déteste les mondanités. Dans sa correspondance, il se laisse parfois aller à une certaine nostalgie pour la première époque de sa vie, noctambule, dans les tavernes, parmi les peintres et les poètes.

Lors de ses sorties, il visite souvent les galeries de peinture et les librairies. Il se rend au concert en sélectionnant souvent ce qu'il pouvait aimer ou non. Son attention reste vive pour la musique contemporaine : il est peu probable qu'il ait entendu Schönberg, même à Vienne ou à Budapest, ses réflexions ne peuvent provenir que de la lecture des partitions du compositeur viennois. Hélas, rien ne permet d'établir un inventaire exact de sa bibliothèque. Plus riche en livres qu'en partitions, elle a été liquidée en 1933 par sa femme, Emma Bardac, qui avait besoin d'argent.

Femmes

Les chanteuses qu'il fréquenta ont pris un malin plaisir à entretenir la légende d'un don Juan : aucune femme n'aurait accepté d'habiter à moins de deux kilomètres d'un lieu où il se trouvait seul... Nous avons retrouvé récemment une confidence à Pierre Louÿs. Debussy dit : «Dans ma vie, je

Emma Bardac.

n'ai connu que cinq femmes, et jamais une femme de rencontre. Toutes étaient blondes» (comme Mélisande).

Sa vie sentimentale est néanmoins compliquée, et très mal vue dans les milieux bien-pensants de son époque. Il commence par vivre avec une femme mariée, Mme Vasnier. Ensuite, il se fiance avec Thérèse Roger, une chanteuse de salon, sans avoir rompu avec sa maîtresse du moment : d'où un énorme scandale qui éloigne ses amis. Gabrielle Dupont n'est pas présentable dans la bonne bourgeoisie, en particulier chez Ernest Chausson.

Debussy éprouve une énorme difficulté à vivre, jusqu'au moment où il se case avec Lilly Texier, largement encouragé par ses amis et par la peur de se retrouver seul quand son ami Pierre Louÿs se marie lui-même. Il ne divorce pas de Lilly avec la légèreté qu'on lui prête. Dans sa correspondance, il met un temps fou à lui dire qu'il ne veut plus vivre avec elle, avant de partir brutalement avec Emma Bardac. Plus tard, contrairement à ce qui a été écrit, il s'en lassera aussi mais hésitera à la quitter : pour l'amour de Chouchou, leur fille, mais également par crainte d'un autre scandale alors qu'il est davantage installé, reconnu dans la vie publique. Ils vivaient presque séparés dans leur hôtel particulier ; lui miné par la maladie, passant ses nuits à faire des cauchemars, comme s'il était dans *La Maison Usher* d'Edgar Poe.

Fortune

Du jour où Debussy vit en reclus dans son hôtel particulier, ses amis le croient riche, alors que, jusqu'à sa mort, il se débattra dans d'effroyables problèmes financiers. Lilly, sa première femme, se fait représenter par un avocat pour faire réévaluer régulièrement la pension qu'elle touche. Emma était assez dépensière et lui plutôt coquet, comme le révèlent ses notes de tailleur. Tout Paris a cru que Debussy avait épousé Emma pour l'argent de son oncle, un banquier milliardaire. C'est faux. Car l'oncle a légué la majeure partie de son patrimoine à l'Institut Pasteur et à des organismes charitables.

La première lettre qu'on possède de Debussy précède son séjour à Rome, et il réclame déjà de l'argent au comte Primoli, car il n'a pas de quoi s'offrir un dîner pour fêter son succès. Par la suite, hormis quelques rares leçons, il pouvait largement compter sur Hartmann, son premier éditeur, qui lui versait une mensualité, et à qui il réclame toujours plus.

J'ai retrouvé les comptes avec son second éditeur, Durand. Debussy était largement débiteur, même si ce représentant des «barbares de la place de la Madeleine», disait-il, s'est bien rattrapé depuis. Son *Quatuor* lui a été payé 250 francs, ce qui représente une somme assez minime. C'est avec *Pelléas* que sa situation s'arrange. Non seulement *Pelléas* fut donné plus de cent fois de son vivant, ce qui représente de bons droits d'auteur, mais, dans la foulée, d'anciennes petites pièces retrouvent une certaine popularité, notamment les *Arabesques* et *Clair de lune*, que Durand publiait dans des transcriptions, même pour fanfares ou harmonium.

Son propre interprète

Au piano, il jouait les pièces les plus faciles. Quand Fauré le sollicite pour qu'il interprète ses *Etudes* en concert, Debussy se défile et écrit : «Je ne sais plus assez bien jouer du piano. Il y a trop de touches. Je ne sais plus. Je n'ai plus assez de doigts et tout à coup je ne sais plus où sont les pédales.» Il semblerait que seul l'attrait des cachets l'incite à se saisir de la baguette de chef car, en 1914, dans une interview, il déclare : «L'orchestre joue bien, c'est moi qui ne parviens pas à me faire parfaitement comprendre des instrumentistes. Je ne suis pas un bon chef d'orchestre. Inutile d'employer des périphrases. Je sais très bien ce que je vaux, je connais mes insuffisances et ne les dissimule pas. Il ne suffit pas d'être musicien pour devenir chef d'orchestre.»

Fidélité et partitions

Au piano, Debussy prend de grandes libertés avec son propre texte. Dans les *Nocturnes*, il hésite tout simplement entre plusieurs corrections et aurait fini par dire : «Prenez celles qui vous sembleront bonnes!» Plusieurs exemplaires, ceux de Toscanini ou d'Ansermet, portent des corrections autographes différentes. Pour Debussy, une œuvre n'est jamais définitivement achevée. Il a travaillé toute sa vie la partition de la *Fantaisie pour piano et orchestre*, pour la corriger fondamentalement dans ses rapports entre soliste et orchestre. Le prochain volume des œuvres complètes que nous éditons est *La Mer*, qui comporte plus de quatre cents corrections. De même, un Américain est en train d'établir une nouvelle version de *Pelléas*, plus conforme aux dernières corrections de Debussy. On peut affirmer que Debussy ne s'est jamais trompé dans ses corrections. Là où certains compositeurs peuvent être amenés à abîmer une œuvre en la surchargeant, lui l'allège constamment, vers une plus grande clarté. C'est aussi la raison pour laquelle il livrait ses éditeurs avec des mois de retard, promettait toujours pour la semaine suivante. A propos des *Nocturnes*, il reconnaît : «Cette œuvre m'a donné plus de mal que les cinq actes de *Pelléas*.» Debussy a cherché toute sa vie. A chaque fois qu'il livre une partition à son éditeur, il soupire : «Eh bien, maintenant je vais pouvoir revenir à mes vieux travaux.»

Ecriture

Même s'il ne se révéla pas un enfant prodige, on ne peut expliquer la difficulté de Debussy à composer par son manque d'acquis technique; pas après plus de dix ans de Conservatoire. En vrai symboliste, il refusait simplement d'utiliser son métier pour son métier, cherchait une voie originale. Dans son œuvre, on ne trouve pratiquement pas de traces de hâte, sauf, peut-être, dans les mélodies de jeunesse dédiées à Mme Vasnier, un ensemble inégal, trente-cinq à quarante pièces en partie inédites et dans lesquelles on trouve pas mal d'erreurs. Voyez les interludes de *Pelléas*, composés en quelques nuits lors des répétitions : on y souligne fréquemment les réminiscences wagnériennes. Dans l'urgence du travail, Debussy est soumis à cette influence alors que toute sa vie il tente de s'en dégager. C'est là son tour de force. Alors que Wagner hypnotise tout le milieu symboliste, il réussit à s'en abstraire et, avec *Pelléas*, offre à ce mouvement de pensée le chef-d'œuvre qui lui manquait.

Gabrielle Dupont, dite «Gaby aux yeux verts».

«Une histoire en chambre»

Peter Brook «apprivoise» ses spectacles plus qu'il ne les «dirige». Il se défend d'avoir en tête un quelconque schéma de mise en scène avant de monter une œuvre : l'approche se fera en commun et sera en perpétuelle évolution, selon les découvertes progressives des interprètes. Le résultat de cette lente et collective appropriation des textes est le plus souvent une représentation toute de clarté, d'harmonie. Une représentation par essence «musicale»... Rien d'étonnant donc à ce que l'homme de théâtre ait croisé sur sa route l'opéra. A Covent Garden d'abord, où il monte en 1949 Salomé*; au Metropolitan ensuite, où il se passionne pour* Faust *en 1957, puis pour* Eugène Onéguine*; aux Bouffes du Nord enfin, où, en 1982, il s'attaque – déjà avec Marius Constant – à la* Carmen *de Bizet : une Carmen revisitée, épurée et rebaptisée* La Tragédie de Carmen. *Comme est justement rebaptisé aujourd'hui le* Pelléas et Mélisande *de Debussy, dirigé par Marius Constant, que Peter Brook a préféré intituler pour les Bouffes du Nord,* Impressions de Pelléas...

Télérama – Pourquoi avoir ainsi évacué Mélisande du titre même du spectacle?

Peter Brook – Mais les grands amateurs d'opéra citent eux-mêmes l'œuvre de Debussy avec le simple nom de *Pelléas*... Ne voyez donc aucun machisme dans cette «réduction». D'autant que Mélisande me semble une héroïne si fascinante, si étrange, que j'ai voulu retrouver le climat irréel qu'elle dégage en la faisant interpréter par des chanteuses venues pour nous d'un autre monde, d'une autre civilisation : à savoir, pour chacune des trois distributions prévues, une Coréenne, une Chinoise, une Japonaise. On adore tellement la musique de Debussy, en plus, en Asie ! Elle semble avoir avec ces terres lointaines des correspondances mystérieuses et singulières.

Tout est fibre

TRA – Pourquoi trois distributions différentes?

PB – C'est le cœur même de notre projet ! Rendre l'opéra proche du public, renoncer à la grande machinerie, aux décors colossaux, aux grandes vedettes souvent capricieuses, pour présenter l'œuvre dans son intimité. Voilà pourquoi il est important que nous présentions l'opéra chaque soir, comme nous le faisons pour une pièce de théâtre «ordinaire». Mais parce que la fatigue vocale des interprètes est évidemment plus grande, qu'ils ne peuvent chanter quotidiennement sur scène, nous avons opté pour trois distributions totalement différentes, qui alternent. Le point de départ était exactement le même pour *La Tragédie de Carmen*.

TRA – Et le travail?

PB – Très différent. Parce que *Carmen* est un opéra étonnamment vigoureux, dynamique, il était fréquent que les trois Carmen, les trois don José répètent ensemble sur le plateau; s'écoutent les uns après les autres, commentent le travail, s'applaudissent parfois avec chaleur. *Pelléas* est une œuvre bien trop subtile, trop fine, trop mystérieuse pour l'aborder si «collectivement». Elle réclame une approche plus personnelle, détaillée à l'extrême.

TRA – Comment se sont déroulées les répétitions?

PB – En plusieurs temps. En juillet, j'ai d'abord organisé un atelier à base d'improvisations, d'exercices physiques et vocaux : il était important que les chanteurs apprennent à travailler ensemble et surtout à se faire confiance. Bien des maladresses de jeu, des blocages, des crispations naissent en effet de la crainte de l'autre et du besoin de se défendre. Il fallait supprimer ces résistances pour que les qualités secrètes, profondes de *Pelléas* trouvent un écho dans le corps même des interprètes. Beaucoup de temps, de patience sont nécessaires pour cela : nous en avons usé largement, c'était même une des conditions de base de notre entreprise. Les grandes institutions lyriques traditionnelles sont condamnées, elles, à trop de rapidité dans la mise en place d'un spectacle, cela nuit forcément à la qualité de la représentation...

J'ai désiré, après cet atelier de juillet, interrompre le travail un mois, le temps de laisser une espèce de maturation se faire. Nous avons repris en septembre. Il s'agissait alors de répétitions plus «classiques» ; mais pour moi d'une plus grande «épreuve» physique : chaque jour, trois séances de travail différentes pour les trois distributions différentes...

TRA – Qu'est-ce qui vous passionne dans Pelléas et Mélisande ?

PB – Ses secrets. Vous savez, Marius Constant, tandis qu'il réduisait la formation orchestrale de *Carmen,* histoire d'en faire une tragédie à la fois plus intense et plus directe, plus

Peter Brook en répétition.

accessible, m'avait expliqué son travail par ces mots : «Je veux faire sortir les fibres de l'orchestration.» Dans *Pelléas*, il avoue volontiers que son projet est plus ardu encore, car ici «tout est fibre». Voilà ce qui me passionne.

TRA – Mais comment en rendre compte?

PB – Nous avons opté pour une solution radicale : n'accompagner les chanteurs que par deux pianos.

TRA – Pourquoi?

PB – D'abord parce que Debussy a écrit le contraire d'une œuvre wagnérienne. Ici, les personnages ne se parlent pas à grande distance, le moindre de leurs gestes a de l'importance, il s'agit presque d'une histoire en chambre… En fait, comme Bizet avait été fasciné par Mérimée, par la violence sensuelle du récit de *Carmen*, Debussy, lui, a été bouleversé par la langue, les mots simples et purs de Maeterlinck : il en détaille presque chaque syllabe.

Alors que la tendance, à l'opéra, est toujours de dilater un fragment de la situation dramatique, de faire un «gros plan» d'un sentiment et de s'y arrêter le temps d'un «grand» air : Debussy, lui, compose à l'inverse. A l'intérieur de chaque réplique, il prend plaisir à nous faire entendre toutes les émotions contradictoires qui s'entrecroisent : il tisse un réseau de correspondances, de sensations et refuse d'amplifier un seul et unique sens.

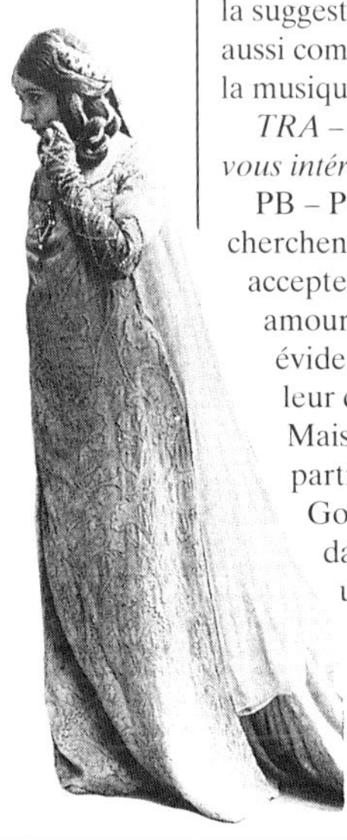

Mary Garden en Mélisande, création en 1902.

Etre aussi innocent que la musique

Comment témoigner au mieux de cette alchimie? De cette relation si intime entre la parole et la musique? Pour moi, Debussy a mis autant de nuances dans sa partition que Proust dans ses phrases : ils ont chacun le génie des contradictions cachées, des complexités à peine avouées.

Et en plus, il n'y a aucune opposition, chez Debussy, entre la musique chantée et la musique instrumentale censée exprimer l'état d'âme du héros : rien n'arrête le mouvement, tout est fondu, ce qui est rarement le cas dans l'opéra de cette époque, beaucoup plus découpé, «architecturé»…

Pour rendre sensible cette démarche si singulière, nous avons pris le parti de la simplifier au maximum, d'en montrer comme le «squelette». Bien sûr, il y a chez Debussy une grande maîtrise symphonique, mais ce que je préfère chez lui, c'est cet art de faire se répondre sentiment et ligne vocale, de parvenir à une pureté d'expression absolue. Si absolue qu'il n'y a parfois plus de frontières entre le silence et le son. On touche à l'indicible, au mystère. Nous avons tenté, modestement, de nous en approcher. Mais sans jamais chercher à illustrer quoi que ce soit. Et surtout pas les scènes ouvertement symbolistes. Ici, il faut travailler dans la suggestion, le secret, être à la fois aussi complexe et aussi innocent que la musique.

TRA – Quel personnage de l'œuvre vous intéresse le plus?

PB – Pelléas et Mélisande, qui cherchent chacun leur vérité, qui acceptent pour cela de vivre un amour inévitable, implacable, sont évidemment bouleversants dans leur quête sans concession… Mais c'est vrai que j'ai une particulière tendresse pour Golaud, perdu comme Dante dans la forêt de son existence, un personnage presque tchekhovien : il a des capacités de vie formidables, c'est simplement la vie qui lui manque…

Discographie

Trois quarts de siècle après la mort de Debussy, s'opposent toujours divers styles interprétatifs sans qu'aucun, jamais, ne se soit imposé exclusivement. Cette situation illustre la position même de Debussy qui, hostile à toute attitude bloquée, condamna toujours l'unanimité comme l'uniformité, synonyme de convention culturelle : «je hais les foules, le suffrage universel et les phrases tricolores» (1895), «il est inutile que la musique fasse penser» (1901), et, logiquement : «je ne vois pas la nécessité de se mettre les méninges en révolution pour devenir "debussyste" : je crois seulement qu'il s'agit d'avoir un peu de goût» (1912). Compte tenu de tels dédains, on nous imaginera portés vers les enregistrements où, loin de toute approche pétrifiée, la musique de Debussy reste, à chaque mesure, une perpétuelle surprise. A ce titre, l'idée même d'enregistrement devrait être suspecte, le meilleur interprète étant celui qui nuancerait différemment son discours à chaque exécution. Par-delà l'immuabilité du disque, il nous faudra dès lors évoquer un palmarès d'inspirés et ne retenir que ceux qui, par une polyvalence surprenante, semblent, à travers l'exécution présente, en suggérer d'autres, par l'ambiguïté des nuances ou l'acéré consenti à tel paroxysme, par le rompu des couleurs et, par-dessus tout, par un phrasé (inné?) grâce auquel «le précis à l'imprécis se joint». On devine que nulle part davantage qu'ici la subjectivité interviendra, fût-ce avec indiscrétion.

Caricature de Claude Debussy par Jean Dulac, 1912.

Quelques orientations simples, à propos des œuvres clefs, clarifieront notre cheminement parmi la multitude d'éditions.

Pour des raisons de commodité, chacune des grandes rubriques présentera les œuvres dans l'ordre alphabétique. On constate, ce faisant, que l'intégralité de la musique publiée (et même au-delà!) par Debussy est actuellement disponible dans des exécutions convenables, même si certains chapitres sont encore loin d'être satisfaisants. Dès lors s'impose la nécessité d'éviter l'émiettement et de trop nombreux doublons en ayant d'abord recours à des disques et des séries homogènes : n'ont été retenues que quelques exécutions rares figurant sur des disques ouverts à d'autres compositeurs que Debussy.

Sur ces bases simples, ce travail, qui se veut suggestion plutôt que guide, ne tient compte que des disques compacts régulièrement disponibles en France à la date du 15 septembre 1992.

ŒUVRES POUR PIANO

Debussy avait renoncé à une carrière de virtuose mais toute sa vie il se confia au clavier avec une invention et une singularité d'approche dont nous avons de nombreux témoignages : «La souplesse, la caresse, la profondeur de son toucher! En même temps qu'il glissait avec une douceur si pénétrante sur son clavier, il le serrait et en obtenait des accents d'une extraordinaire puissance expressive [...].

Il jouait presque toujours en demi-teintes mais avec une sonorité pleine et intense, sans aucune dureté dans l'attaque [...]. L'échelle de ses nuances allait du triple pianissimo au forte sans jamais arriver à des sonorités désordonnées où la subtilité des harmonies se fût perdue. Tel Chopin, il considérait l'art de la pédale comme une sorte de respiration» (Marguerite Long). Même si l'on suspecte quelque plaidoyer pro domo, il est clair que la plupart du temps le chant debussyste suggère un tel traitement. Longtemps «le» debussyste fut désigné en la personne de l'Allemand Walter Gieseking.

Par-delà la variété d'attaques et de couleurs qu'il illustrait jusqu'à la componction, bien d'autres lectures ont, depuis, convaincu de la légitimité d'approches plus dynamiques, historiquement incarnées par un Robert Casadesus par exemple... La question incontournable que pose tout travail discographique reste fondamentalement toujours la même : qui souhaite-t-on entendre? Debussy lui-même ou Samson François, Toscanini, Münch, tel chanteur, tel type de piano, telle ambiance de salle, telle prise de son... et l'importance respective de chacun de ces paramètres n'est pas la même d'une œuvre à l'autre...

Deux Arabesques, 1888
Préface d'ensemble à tout le massif pianistique laissé par Debussy. Alain Planès, debussyste né, les inclut dans un récital Debussy-Ravel (Denon). On peut dès lors se tourner vers Paraskivesco (Calliope), lequel ne craint pas de rapprocher ces pages des ultimes *Etudes* (Calliope), ce qui invite à nous tourner aussi vers les intégrales : soit Noël Lee (quatre disques en coffret, Valois), soit Jacques Rouvier (disques séparés, Denon). Mais Kocsis prend la relève (Philips).

Ballade, 1890
Debussy «joli», et bien plus que cela. Seulement en intégrales (Lee, Rouvier) ou dans le disque fort bien conçu de l'Anglais Gordon Fergus-Thompson (ASV) qui est le seul à regrouper toutes les pages isolées, ce qui leur est plus favorable qu'une dispersion de hasard, à l'ombre des recueils constitués.

Berceuse héroïque, 1914
Morosités ultimes auxquelles s'ajoutent les effrois nés de la guerre : Fergus-Thompson ou intégrales (Lee en quatre disques, Valois, Rouvier avec un choix de petites pièces, *Children's Corner*, Denon). Paraskivesco l'inclut dans un disque Debussy-Ravel. Alice Ader, malgré un programme bien conçu (Erato), semble plus

SALLE DE SPECTACLE DE CHAUNY

CONCERT-SPECTACLE

DONNÉ PAR LA

FANFARE DES MANUFACTURES

Dirigée par M. MANSART

LE DIMANCHE 16 JANVIER 1876, A 8 HEURES DU SOIR

AVEC LE CONCOURS DE

L'UNION CHORALE DE CHAUNY

Dirigée par M. A. GEFFRIN

Mlle MENDÈS Cantatrice de Paris	M. DE BUSSY Pianiste
M. SAMARY Violoncelliste de l'Opéra	M. FLEURY Chanteur comique

A. GEFFRIN, MANSART, QUINARD

Et de la TROUPE THÉATRALE, dirigée par M. WALBERG.

PROGRAMME

PREMIÈRE PARTIE

1. **Fantaisie** (de L. Girard) sur *l'Africaine*, exécutée par la Fanfare.... Meyerbeer.
2. **Air** *de la Juive*, chanté par Mlle Mendès.................... Halévy.
3. **Le Drapeau de la France,** Chœur par l'Union chorale. Lindpaintner.
4. **Grande Fantaisie** (d'Allard) pour violon, sur *Robert le Diable*, par M. Mansart.... Meyerbeer.
5. **Air** de *la Pie voleuse*, chanté par Mlle Mendès.............. Rossini.
6. **Fantaisie** (de Samary) pr Violoncelle, accompt de piano, par MM. Samary et de Bussy. Donizetti.
7. **Fantaisie** (d'Arban) pr piston, sr *la Traviata*, par M. Quinard. Verdi.
8. **Le Nid du Berger,** Chansonnette chantée par M. Fleury } Ch. Delange. Robillard.

DEUXIÈME PARTIE

1. **Fantaisie** (de Tilliard) sur *la Norma*, exécutée par la Fanfare .... Bellini.
2. **Sérénade** (accompt de Violoncelle obligé, par M. Samary) chantée par Mlle Mendès.... Braga.
3. **Fantaisie** (de Favarger) pour piano, sur *Oberon*, exécutée par M. Geffrin.............. Weber.
4. **Air** de *Mignon*, chanté par Mlle Mendès.................. A. Thomas.
5. **Chœur de Buveurs,** chanté par l'Union Chorale........ L. de Rillé.
6. **Trio** pour Piano, Violon et Violoncelle, par MM. de Bussy, Mansart et Samary. Haydn.
7. **Ous'qu'est mon Vélocipède,** Gaminerie, par M. Fleury . } A. Fleury. L. Lejeune.

Première apparition du nom de Debussy sur une affiche de concert, 1876.

impeccable qu'expressive. Il faut connaître, enfin, l'orchestration de Debussy lui-même, sinistre, opaque, l'avant-dernière de sa main. (Intégrale Martinon, EMI, volume I.)

La Boîte à joujoux, 1913
Esquisse complète d'un ballet pour marionnettes qui sera orchestré par André Caplet.

Seules l'Intégrale Noël Lee (quatre disques, Valois) et celle de l'Anglais Martin Jones (disque séparé, Nimbus) ont songé à inclure cette œuvre étrangement voilée, presque amère, si révélatrice. L'orchestration Caplet honore l'intégrale Martinon (disque séparé, EMI), l'enregistrement tout récent de Tilson-Thomas (Sony) étant sans intérêt.

Children's Corner, 1908
Œuvre très sollicitée, presque toujours réussie. Hors Intégrales, les versions isolées vont de l'exceptionnelle ambition de Benedetti-Michelangeli (DG), aux intentions séduisantes de Samson François (EMI). On choisira l'orchestration de Caplet dans l'Intégrale Martinon (EMI, volume III).

Danse (Tarantelle styrienne), 1890
En Intégrales : Lee (quatre disques en coffret Valois) ou Rouvier (disques séparés, Denon) ou dans l'anthologie des pièces isolées due à G. Fergus-Thompson (ASV). L'orchestration Ravel (1922) se choisira soit dans l'Intégrale Martinon (EMI, volume IV), soit dans une Intégrale des orchestrations de Ravel (hors Moussorgsky), direction Julian Reynolds (Etcetera).

Danse bohémienne, 1879
Première œuvre pour piano publiée. En Intégrales (Lee en quatre disques, Rouvier, disques séparés) ou dans l'ensemble des pièces isolées : Fergus-Thompson (ASV).

D'un cahier d'esquisses, 1903
Très belle œuvre que son isolement fait dédaigner des interprètes : en Intégrales (Lee, quatre disques, ou Rouvier) ou dans l'ensemble des pièces dispersées, par Fergus-Thompson (ASV), où elle est mieux mise en valeur.

Elégie, 1916
Avant-dernière œuvre de Debussy (avant le *Noël des enfants qui n'ont plus de maison*, décembre 1915). Deux feuillets oubliés, récupérés par les Editions Jobert (1978) au sein d'un recueil collectif confidentiel : vingt et une mesures poignantes ignorées de tous (l'Intégrale de Noël Lee est antérieure à sa republication), hormis les jeunes de la relève : Fergus-Thompson (ASV), Martin Jones (Nimbus) et J.-F. Antonioli (Claves).

En blanc et noir, pour deux pianos, 1915
Œuvre essentielle, enregistrée parfois avec des indécisions qui étonnent. La rigueur farouche du duo Berof-Collard (plus Ravel : quatre mains et deux pianos) l'emporte sans discussion sur l'enregistrement prudent du duo Lonskov/Llambias (deux disques, Kontrapunkt) et sur l'inexpressivité glaciale des frères Kontarsky plus Ravel : quatre mains, deux disques, DG). Mais on peut leur préférer la richesse de couleurs du duo Coombs et Scott (Hyperion, avec toutes les œuvres pour deux pianos, dont des raretés : le *Prélude à l'après-midi d'un faune* et les *Danses sacrée et profane*, transcrits par Debussy lui-même, et les trois parties de la miraculeuse transcription des *Nocturnes* proposées par Ravel).

Six Epigraphes antiques, pour pianos à quatre mains, 1914
Berof et Collard sont ici un peu courts de son, de même que Ivaldi-Lee (en une anthologie pourtant indispensable, Arion), trahis par une prise de son plutôt prosaïque. Même remarque que ci-dessus concernant les Kontarsky. Paraskivesco et Martin Jones (Nimbus) utilisent la version piano deux mains, moins troublante. Reste à espérer que le duo Coombs et Scott complète sa réussite du «deux pianos» par un second disque «quatre mains».

Trois Estampes, 1903
Œuvre-symbole pour laquelle on passera sur l'inexpressivité d'Alice Ader (Erato) ou le feutré trop monotone de Claudio Arrau (Philips). Les Intégrales Lee (quatre disques), Rouvier (disques séparés) sont de haut niveau mais, en disques-récital, outre le vedettariat que l'on peut concéder à Samson François (EMI), on distinguera la réussite exceptionnelle de Zoltan Kocsis (Philips) en un ensemble superbe de bout en bout.

Douze Etudes, 1915
Outre les garanties offertes par les Intégrales (Lee, Rouvier), on mettra à part la réussite de Georges Pludermacher (Lyrinx) qui concilie les approches les plus surprenantes avec la pulpe sonore «traditionnelle».

Hommage à Haydn, 1909
Piécette de circonstance, soumise au motif si-la-ré-sol. Outre les Intégrales, on retrouve ces quelques mesures dans l'anthologie Fergus-Thompson où elles sont le mieux mises en valeur.

Trois images «oubliées», 1894

Six Images. Premier Livre 1905, Deuxième Livre 1907
Sur les deux recueils «officiels», très souvent enregistrés, Alice Ader, très dépouillée, n'apprend pas grand-chose (Erato), de même que Claudio Arrau qui feutre excessivement le trait. D'autres rendront hommage à Yvonne Lefébure (mais dans un récital hétéroclite, Fy) : l'amateur se tournera sans risque vers la prestation exceptionnelle de Benedetti-Michelangeli ou la réussite pleine d'avenir de Zoltan Kocsis (Philips).

Un second disque de Kocsis, tout aussi exemplaire, offre les rares «Images oubliées» (Philips).

L'Isle joyeuse, 1904
Œuvre folle de Debussy amoureux. Avec *Masques*, Georges Pludermarcher en fait le contrepoids des redoutables *Etudes* (Lyrinx). Sinon, ensemble des pièces isolées par Fergus-Thompson ou Intégrales (Lee quatre disques, Rouvier et Paraskivesco en disques séparés, mais ce dernier n'est pas vraiment «intégral»). De Yvonne Lefébure, surestimée ici, on s'intéressera plutôt aux enregistrements anciens.

Lindajara pour deux pianos, 1901
Berof-Collard, Ivaldi-Lee sont désormais distancés par le disque tour à tour emporté et charnu de Coombs et Scott (Hypérion).

Marche écossaise, pour piano à quatre mains, 1891
Ivaldi et Lee (deux disques, Arion) sont trahis par la prise de son. Dans cette version originale, on adoptera donc celle incluse dans le disque sympathique de Helffer et Austbö (Harmonia Mundi) tout en souhaitant que Coombs et Scott réalisent un enregistrement du «quatre mains». Tardive (1908), l'orchestration, extrêmement séduisante, qu'en proposera Debussy lui-même est un peu froidement traitée dans l'Intégrale Martinon (EMI), parée de charmes magiques par Manuel Rosenthal (Adès). Plus «creuse» sur le plan sonore, elle figure aussi dans un coffret Inghelbrecht (deux disques, Montaigne).

Masques, 1904
Ici encore : Pludermacher (Lyrinx), Fergus-Thompson (avec l'ensemble des pages isolées, ASV) ou dans les Intégrales (Lee quatre disques ou Rouvier en disques séparés, Denon).

Mazurka, 1890

Morceau de concours, 1904

Nocturne, 1890
Evidemment : Fergus-Thompson (ASV) ou Intégrales.

Page d'album, 1915
Contribution de guerre pour «Le Vêtement du blessé». Absent des Intégrales Lee, Paraskivesco et Rouvier. Figure (Nimbus) dans le volume 5 de l'Intégrale Martin-Jones ou dans l'anthologie Fergus-Thompson (ASV).

Petite Suite, pour piano à quatre mains, 1889
Un peu guindée chez Beroff-Collard (EMI, plus Ravel), trahie par l'enregistrement chez Ivaldi-Lee (Arion). Dans un ensemble parfois maladroit et, de plus, incomplet (deux Nocturnes seulement), le duo Lonskov-Llambias (deux disques, Kontrapunkte) s'y montre exquis, ce qui détournera du climat dédaigneux des Kontarsky. Mais peut-être vaut-il mieux attendre un probable enregistrement du «quatre mains» par le duo Coombs et Scott? L'œuvre est beaucoup plus connue (et enregistrée) dans l'orchestration de

Henri Busser (1907) : intégrale Martinon, volume III (EMI).

Le Petit Nègre
Datation conjecturale. Des étourdis parlent de 1879! Publiée en 1909, il semble que l'on ait ici une ébauche du Cake-walk final de *Children's Corner* (1906-1908). Le motif en sera repris dans *La Boîte à joujoux* (1913). C'est la première œuvre occidentale où se profile un motif jazzistique. Anthologie Fergus-Thompson (ASV) ou Intégrales (quatre disques Lee. Disques séparés : Rouvier ou Paraskivesco).

La plus que lente, 1910
Clin d'œil à Massenet, souvent enregistré : préférable en Intégrales ou avec le disque de Fergus-Thompson. Très peu connue, son orchestration (par Debussy?) est jouée avec une emphase désopilante dans l'Intégrale Martinon (volume IV, EMI).

Pour le piano, 1896-1901
Recueil clef au travers duquel s'effectue le passage du siècle. Fergus-Thompson le rapproche des ultimes cahiers d'Etudes (ASV). Samson François y est très applaudi (EMI). Outre les Intégrales, on élira surtout le superbe disque de Kocsis (Philips).

Vingt-Quatre Péludes. Livre I 1909-1910, Livre II 1910-1912
Les recueils les plus explorés, les plus enregistrés. Outre les Intégrales, toujours de haut niveau (Lee quatre disques coffret, Rouvier ou Paraskivesco, disques séparés), il existe plusieurs réalisations exceptionnelles et d'abord Gieseking (EMI) et Casadessus (plus de lignes, CBS), pour les vétérans (groupe auquel il faut désormais ajouter la version délicate et si inventive de Marcelle Meyer – EMI – malgré un son médiocre de 1956 et bien que l'interprète en ait, paraît-il, différé la parution). Alain Planès (Harmonic Records) prend aujourd'hui la relève avec, aussi, l'exemple d'alchimie pianistique laissé par Benedetti-Michelangeli (malheureusement étalé sur deux disques, DG). Les amateurs de sensations fortes feront un sort à l'étrange orchestration que Leopold Stokovski a proposé de *La Cathédrale engloutie*, incluse dans un concert d'arrangements de Stokovski (Telarc).

Claude Debussy avec Zohra, 1897.

Rêverie, 1890
Un malaise caractéristique imprimé à des tournures d'époque. Intégrales ou anthologie Fergus-Thompson.

Suite bergamasque, 1890-1905
Titre symbole du «premier Debussy». La réussite de Zoltan Kocsis tient la dragée haute à tous ceux qui n'ont pas un sens inné de telles musiques (Philips). Orchestration plutôt sage du *Clair de lune* par Stokovski, dans le disque cité plus haut.

Tarantelle styrienne : voir Danse

Valse romantique, 1890
Intégrales (Lee, Rouvier) ou Fergus-Thompson.

INÉDITS

Andante cantabile, 1881
Diane, 1883
Divertissement, 1884
Intermezzo, 1882
Printemps, 1887
Symphonie en si mineur, 1880
Triomphe de Bacchus, 1881-1882
Cette brassée d'inédits, venue compléter récemment le corpus des œuvres répertoriées, figure dans l'Intégrale des œuvres pour piano à quatre mains et pour deux pianos, réalisée en 1990 à la Bayerischer Rundfunk, par Noël Lee et Christian Ivaldi (deux disques Arion). On a dit, à propos des pages célèbres de cette intégrale, qu'une prise de son un rien prosaïque nuisait malheureusement à la réussite d'une entreprise qui avait enfin le mérite d'être exhaustive.

RÉCITALS

On aura repéré, dans l'énumération ci-dessus, trois disques fondamentaux : les deux enregistrements de Zoltan Kocsis (Philips) et l'anthologie exhaustive de toutes les pièces isolées, par l'Anglais Gordon Fergus-Thompson (ASV).

INTÉGRALES

Noël Lee, outre ses très grandes qualités expressives, est actuellement le plus complet. Martin Jones a commencé, en Angleterre, une Intégrale qui promet d'être véritablement intégrale, avec notamment les versions piano de *Jeux* et *Khamma* (Nimbus). On s'étonne que la quasi intégrale de Gieseking ne soit pas disponible en compact. Samson François devait assurer la relève mais l'interprète disparut avant d'avoir pu terminer. Très chaleureuse et poétique, la série de Paraskivesco a délibérément écarté, semble-t-il, les pièces jugées mineures. Noël Lee a, au contraire, complété ses quatre disques de piano deux mains par deux disques consacrés aux quatre mains et aux deux pianos (Arion, voir «Récitals»). Superbe sonorité (cinq disques, EMI), la récente version de Ciccolini, très personnelle, s'inscrit délibérément en dehors des approches habituelles. Annonce-t-elle le futur?

Claude Debussy et Erik Satie, 1910.

MUSIQUE DE CHAMBRE

Douze Chansons de Bilitis, 1901
Miniatures pour deux flûtes, deux harpes et célesta devant accompagner une déclamation de douze poèmes du recueil de Pierre Louÿs (aucun rapport avec les mélodies de 1898, mais ces douze pièces seront condensées et réélaborées en 1914 pour donner naissance aux *Epigraphes antiques*). Les voix de Delphine Seyrig (avec Nash ensemble, Virgin) ou Catherine Deneuve (avec ensemble «Vienne-Berlin», DG, plus Ravel) semblent trop corsées pour le texte. De plus, des différences de prise de son entre la voix seule et les ensembles instrumentaux sont perceptibles.

L'exécution est plus fine chez «Vienne-Berlin». On devrait rééditer l'enregistrement parisien fait avec Anik Devries, voix plus heureuse, et Michel Debost, Martine Gelliot, Noël Lee, etc. (Arion).

Scherzo pour violoncelle et piano, 1882
Aucun enregistrement.

Petite Pièce pour clarinette, 1910
Morceau de concours. Figure dans l'excellent disque de «musique de chambre» de l'ensemble Athéna (Chandos).

Quatuor, 1893
Premier chef-d'œuvre absolu auquel Debussy lui-même renonça à donner une postérité. Discographie pléthorique, toujours couplée avec le Quatuor de Ravel. Les versions «historiques» pâlissent devant l'intensité expressive des Italiano (Philips), l'énergie du Quatuor Vlach (Supraphon) ou le caractère subtilement «1900» de la version LaSalle (DG). Parmi les enregistrements récents, la perfection suffisamment expressive du Quatuor Alban Berg enlève tous les suffrages (EMI).

Rhapsodie pour clarinette et piano, 1910-1911
Cette première rédaction figure dans l'excellent disque de l'ensemble Athéna (Chandos). Le disque français de Guy Dangain a joué la

carte du répertoire varié (Brahms, Schumann) mais le même interprète a donné une superbe exécution de la version orchestrée (EMI).

Sonate pour flûte, alto et harpe

Sonate pour violon et piano

Sonate pour violoncelle et piano, 1915-1917
Ensemble indissociable d'œuvres ultimes (bien que violonistes et violoncellistes jouent volontiers à part la sonate qui leur est dévolue). En ce qui concerne le violon, il faut distinguer les enregistrements de Jean-Jacques Kantorov et Rouvier (avec Sonate de Lekeu et Sonate posthume de Ravel, Denon), de David Oïstrakh (avec Sonates de Franck, Ravel, Ysaye, Honegger. Impressionnant. Chant du Monde). Enfin les gravures «historiques» de Thibaud-Cortot (1929 : très d'époque. Regroupement homogène chez Pearl) et plus encore celui, très émouvant, de Szigeri accompagné par Bela Bartok (1940. Avec *Neuvième Sonate* de Beethoven, Bartok : Deuxième Sonate, Première Rhapsodie. Vanguard).

Mais sans doute préférera-t-on une des anthologies rassemblant l'intégralité de la musique de chambre (hors le quatuor), toutes de très haut niveau : Grumiaux, Gendron, Français, Bourdin (Philips)

ou encore le chic anglais et le regroupement plus généreux encore de l'ensemble Athéna (Chandos).

Syrinx pour flûte seule, 1912
Dans le regroupement ci-dessus (Philips) ou mieux encore par l'ensemble Athéna (Chandos).

Trio en sol majeur, 1880
Premier mouvement seulement d'une œuvre laissée inachevée. De la conviction chez Kantorov, Muller et Rouvier (avec Trio de Ravel et Fauré. Denon). Même couplage avec un traitement plus romantique par le Trio de Milan (Dynamic).

MÉLODIES

*Quelque quatre-vingt-deux pièces allant des esquisses du début (*Le Coffret de santal, *1873) à la limite de ses forces créatrices (*Noël des enfants qui n'ont plus de maison, *1915). C'est dire l'importance toujours négligée de ce massif de quelque trois heures de musique, pratiquement jamais indifférente.*

En principe, l'«Intégrale» en trois disques proposée par EMI devrait résoudre la question mais, outre que cette intégrale est loin d'être intégrale (il y manque vingt-quatre pièces de jeunesse!), on y souffre d'une répartition des voix tout à fait discutable : avoir, par exemple, attribué le timbre impertinent de Mady Mesplé aux malaises qui distinguent si vivement toute la production de jeunesse donne la mesure de l'a-musicalité du projet, quand bien même serait-on comblé par certaines plages confiées à Gérard Souzay, Frederica Von Stade, Elly Ameling surtout (Dalton Baldwin, piano).

C'est dire si cet album doit être doublé par quelques disques qui le recoupent, forcément, mais aussi le nuancent et surtout le complètent. Ainsi des mélodies de jeunesse par Anne-Marie Rodde et Noël Lee (deux disques séparés Etcetera : sept mélodies ne figurant pas l'Intégral dans le premier, dix dans le second). Hugues Cuenod aurait laissé un disque exemplaire (plus un inédit) si la prise de son n'en était

Mary Garden.

injustifiablement caverneuse (Nimbus). En attendant la réédition d'un disque inégalé, réalisé par Gérard Souzay dans les années 1960 (DG), ou de ceux, très probes, de Bernard Kruysen (Valois), on n'oubliera pas Les Chansons de Bilitis *par Victoria de Los Angeles (EMI) ou Régine Crespin (plus Berlioz, Ravel, Poulenc. Decca). Le disque récent de Nathalie Stutzman et Catherine Collard (*Ariettes oubliées, cinq poèmes de Baudelaire, Chansons de Bilitis */ plus Ravel :* Histoires Naturelles*) est une déception.*

CHŒURS A CAPELLA

Trois Chansons de Charles d'Orléans, 1898-1908
D'exécution très difficile et par là même rarement enregistrées. Toujours incluses dans des disques de musique chorale française. Comme ailleurs, les chorales anglaises s'imposent par la qualité des voix, l'homogénéité, la justesse, l'expressivité. Exemple : chœurs de Cambridge (avec Ravel, Fauré, Saint-Saëns, Duruflé, Poulenc. Meridian).

CANTATES

Travaux de jeunesse, pour la plupart, visant à combler les exigences du prix de Rome, d'où un très grand nombre d'inédits sur la valeur desquels il ne faut pas nourrir trop d'illusions (contrairement à la plupart des autres œuvres de jeunesse, toujours marquées par une personnalité harmonique qui, précisément, est effacée ici). Citons, dans l'ordre chronologique probable : Daniel *(1880),* Hélène *«scène lyrique» (1881-1882),* Hymnis, *inachevé (1882),* Chœur des brises pour voix de femmes *(1882),* Le Gladiateur *(1883),* Diane au bois, *inachevé (1883),* Printemps *(1884),* Zuleima *(perdu, 1885). Ne survivent que quelques œuvres :*

Invocation, pour voix d'hommes, 1883

Salut Printemps, pour voix de femmes, 1882
Adoptés dans l'intégrale d'orchestre dirigée par Manuel Rosenthal (Adès).

L'Enfant prodigue, 1884
Œuvre riche de séductions instrumentales et vocales dûment calculées : réalisation de luxe avec rien moins que Jessy Norman, José Carreras et Fischer-Dieskau, direction Gary Bertini (avec *Demoiselle*, Orfeo).

La Demoiselle élue, 1888
Œuvre facile et alanguie, d'après Dante-Gabriel Rossetti, où Abbado l'emporte sur Inghelbrecht (Montaigne) et Bertini (Orfeo) pour le charme et l'intensité poétique (DG).

Hélas le souci de soumettre *L'Après-midi d'un faune* et *Iberia* au même traitement est loin de convaincre. On peut donc s'en tenir à l'excellent disque de Bertini.

Ode à la France, 1916
Cantate pour solistes, chœur et orchestre, dernière entreprise de Debussy (1916), sur un texte de Louis Laloy.

Les esquisses ont été ordonnées en un ensemble exécutable par Marius-François Gaillard, travail qui souleva de vives protestations. Pas d'enregistrement.

La Saulaie, 1896-1900
Fragment d'un nouveau projet de cantate d'après Dante-Gabriel Rossetti (traduction Pierre Louÿs). Pas d'enregistrement envisageable.

ŒUVRES POUR ORCHESTRE

Berceuse héroïque, 1914
Aucun enregistrement.

La Boîte à joujoux, 1919
Aucun enregistrement.

Children's Corner, 1911
Aucun enregistrement.

Danse (Tarantelle styrienne), 1922
Voir «Œuvres pour piano».

Danse sacrée, danse profane, pour harpe et orchestre à cordes, 1904
Diptyque angoisse-libération trop souvent traité de façon extérieure et virtuose. On préférera MC Jamet-Martinon (EMI) aux airs dégoûtés qu'y affectent quelques autres. Excellentes versions Skaïla Kanga (Chandos) ou Mc Kean-Colomer (Virgin) dans des concerts de musiques françaises de même type (Ravel, Pierné, Roussel, Saint-Saens...).

Fantaisie pour piano et orchestre, 1889-1890
Œuvre médiocre, désavouée au dernier moment, ressuscitée peu après la mort du compositeur par Cortot et Marguerite Long. Bonne version Ciccolini-Martinon (EMI) mais, par-delà des conditions techniques minimum, l'enregistrement historique de Nicole Henriot et Charles Münch a un tel élan que l'œuvre en fait illusion (plus Dutilleux, Honegger, Roussel, deux disques. Montaigne).

Trois Images (Gigues, Iberia, Rondes) pour orchestre, 1906-1912
Du triptyque entier, on retiendra le disque historique de Monteux (qui le complète somptueusement, Philips) ou les disques «clairs» de Rattle (EMI) ou Bando (Supraphon). Mais c'est surtout l'enregistrement de Manuel Rosenthal qui fait référence par son intensité poétique et son extraordinaire naturel : que l'on compare le phrasé du début d'*Iberia* avec celui de n'importe quelle version concurrente! (Adès). D'*Iberia* seule, on n'oubliera pas le disque exemplaire de Paul Paray (Mercury), tellement préférable à la hargne de Toscanini ou aux saturations de couleur de Münch.

Intermezzo, 1882
Inédit.

Jeux, 1913
Boulez s'y est fait une réputation, analyse appliquée aux antipodes des visions dramatisées de Ernest Bour

André Clapet.

(dans un concert d'œuvres diverses, quatre disques, coffret. Valois) ou de Haitink (Philips). Baudo, rapide, est plus brillant qu'expressif (Supraphon). Mais comment ne pas mettre au pinacle le caractère torrentiel et en même temps spectral de la superbe version Rosenthal (Adès)? Version piano inattendue par Martin Jones (Nimbus).

Khamma, 1912
Seule la rédaction pour piano est originale et, à ce titre, enregistrée par Martin Jones (Nimbus). L'orchestration (témoignage intéressant sur la façon dont on percevait le langage instrumental de Debussy) en fut confiée à Charles Koechlin. Bonne version de Martinon (EMI) et surtout de James Conlon (Erato).

La Mer, 1905
Œuvre symbole, plus enregistrée encore que le *Prélude à l'après-midi d'un faune!* Boulez est donné en exemple pour son caractère méticuleux (et bruyant). S'y oppose le lyrisme des grands ténors passés ou actuels, de Inbal à Haitink, de Karajan, à Münch. Les nostalgiques sont restés fidèles à Désormière (à rééditer).

Pourtant, déduites les réputations plus ou moins surfaites d'Ansermet, Barbirolli, Giulini, Slatkin, Sinopoli, Tilson-Thomas ou Toscanini, dirons-nous assez fort que les versions que l'on réécoute le plus sont celles de Paul Paray (Mercury) et de Manuel Rosenthal (Adès)? Transcription pour deux pianos par Caplet (Thinat et Bernier, Arion), pour piano à quatre mains par Debussy lui-même : Ivaldi-Lee (voir Intégrale piano. Arion).

Musique pour «Le Roi Lear», 1904
Deux petites pages dont l'orchestration fut confiée à Roger-Ducasse. Dans Intégrale Martinon (EMI) ou un disque de Simon Rattle (EMI).

Trois Nocturnes, pour orchestre et chœur de femmes, 1899
Elaboration d'un projet intitulé d'abord «Trois scènes au crépuscule». Beaucoup de déchet en ce répertoire exterminateur où Inghelbrecht régna sa vie durant (avec Pelléas, trois disques, Montaigne). Mais dans les versions techniquement plus propres, une fois proscrits les enregistrements qui éliminent «Sirènes», il faudra choisir entre la somptuosité d'orchestre de Haitink (Philips) et l'apesanteur prenante de l'enregistrement Rosenthal (Adès). Rappelons l'extraordinaire transcription pour deux pianos de Maurice Ravel (1909), exemplaire sous les doigts du duo Coombs et Scott (Hyperion).

Le palais du silence, 1914
Treize pages d'esquisses pour un ballet dont le livret (intitulé aussi No-Ja-Li) était dû au peintre Georges de Feure. Projet abandonné.

Première suite d'orchestre, 1883-1884
Inédit.

Prélude à l'après-midi d'un faune, 1894
Ravel y entendait la seule œuvre absolument parfaite de toute la musique… Vingt-cinq enregistrements disponibles en compact, la plupart discrédités par leur maniérisme (Abbado) ou leur indifférence (Dutoit, Tilson-Thomas). Boulez, à la tête du même orchestre de Cleveland, vient reproposer (DG) une version étonnamment lisse et souple qu'il sera instructif de comparer au trio d'as déjà distingués avec *Iberia*, *La Mer* ou *Les Nocturnes* : Haitink, Rosenthal (naturel et très expressif) et Paul Paray, bien qu'un peu rapide. Transcription pour deux pianos par Debussy lui-même (1895) dans le disque de Coombs et Scott (Hyperion), moins heureuse pourtant que celle pour piano à quatre mains proposée par Ravel (1910) et dont on ne dispose actuellement d'aucun enregistrement compact.

Printemps, 1887
Œuvre assez ampoulée, réorchestrée en 1912. Dans un concert Plasson (EMI) ou dans un ensemble de musiques d'orchestre dirigé par Boulez (deux disques coffret, CBS).

Rhapsodie pour clarinette et orchestre, 1911
Inédit.

Rhapsodie pour saxophone, 1903
La première de ces œuvres est une orchestration, par Debussy. La seconde a été complétée et orchestrée par Roger-Ducasse (1911).

Excellents enregistrements dans l'intégrale-orchestre de (Martinon EMI).

THÉÂTRE

Nous n'évoquerons ici que les œuvres relevant d'une interprétation chantée : ballets et musiques de scène ont été évoqués parmi les musiques instrumentales puisque leur exécution n'a plus guère lieu qu'au concert. Nous n'aborderons donc que deux œuvres célèbres et trois projets. Nous nous évadons, enfin, de l'ordre alphabétique pour achever sur une gradation esthétique plus satisfaisante.

Axel, 1888
Une seule scène composée sur le texte de Villiers de l'Isle-Adam. Pas d'enregistrement.

Rodrigue et Chimène, 1890-1892
Opéra en trois actes sur un livret de Catulle Mendès. A plusieurs reprises, on a envisagé d'en confier la réalisation à un musicien de renom (dont Manuel Rosenthal). Tous ont renoncé, considérant la banalité de ces esquisses, alors que deux ans plus tard Debussy s'attaquait à Pelléas… De nos jours, un Edison Denisov en promet la résurrection prochaine…

Le Diable dans le beffroi, 1902-1911
La Chute de la maison Usher, 1908-1917
Projets d'après Edgar Poe. Ayant esquissé la première scène du *Diable dans le beffroi*, Debussy renonça pratiquement à l'illustration d'un texte bouffe, bien qu'il y fasse encore régulièrement allusion une dizaine d'années durant. Après avoir envisagé d'illustrer *Le Masque de la Mort rouge* (choix repris par André Caplet) son intérêt se porta sur *La Chute de la maison Usher* dont le thème le hantait depuis 1899. Un contrat fut même signé avec le Metropolitan de New York en 1908, bien que Debussy ait précisé : «Je ne me soucie nullement de l'impatience d'autrui»… Ce n'est qu'en 1916 que Debussy acheva, de sa main, le livret complet mais un grand nombre d'esquisses musicales avaient été notées dès 1908-1909. Des commandes telles que *Le Martyre de Saint Sébastien*, *Khamma* ou *Jeux* interrompirent cet élan de manière si indiscrète que le compositeur lui-

même considérait ces œuvres comme secondaires, par rapport au projet Usher, lequel le préoccupa pratiquement jusqu'à sa mort. On en possède (Bibliothèque nationale) un prologue et une longue scène dramatique (vingt et une pages de musique), aujourd'hui orchestrées et jouées selon deux approches différentes. En 1976, en effet, deux musiciens de l'Université de Yale (C. Abbate et R. Kyr), ainsi que le Chilien Juan Allende-Blin, offrirent, simultanément, «leur» version. Au dire de Harry Halbreich, celle des Américains, moins exhaustive et aussi plus timide, se contraint à une orchestration trop inspirée de celle de Pelléas. Juan Allende-Blin s'inspire, au contraire, des dernières œuvres d'orchestre de Debussy et introduit dans son travail un nombre considérable d'esquisses jusqu'alors dispersées (collection Prunières, British Library, de Tinan) qui, ajoutées aux vingt et une pages de la Bibliothèque nationale, amènent à une œuvre d'environ 26 minutes (Editions Jobert) orchestrée pour grande formation. Radio France ayant refusé d'en donner la première audition, celle-ci fut assurée par Radio Francfort, le 1er décembre 1977, sous la direction d'Eliahu Inbal. Malheureusement, la musique ne couvre continûment que la moitié du livret de Debussy et les fragments retrouvés sont donnés sous forme séparée, les quatre derniers se rapportant expressément à l'extrême fin de l'œuvre (ce qui permet un bouclage incitant aux réalisations scéniques). De ce travail, on possède un enregistrement réalisé à Monte

Carlo sous la direction de Georges Prêtre (avec ses compléments logiques : *Conte fantastique*, de Caplet et *Le Palais hanté*, de Florent Schmitt, EMI).

Le Martyre de saint Sébastien, 1911
Commande d'Ida Rubinstein pour habiller un spectacle de Gabriele D'Annunzio devant durer quatre heures. La petite heure de musique que lui a destinée Debussy n'y infiltre donc que quelques moments très caractérisés du texte. Victime d'une défiance générale, cette réthorique «médiévale» a, depuis, raréfié les représentations, lesquelles n'ont d'ailleurs plus recours, désormais, qu'à des extraits maintenant tant bien que mal la cohérence dramatique. Au disque, ces aménagements sont illustrés par la version mise au point par Inghelbrecht (1928), laquelle dure en principe 75 minutes et dont il existe un enregistrement stéréo réalisé en 1960 (André Falcon, récitant. Coffret de deux disques, Montaigne). Une autre approche est proposée par la réédition récente de l'enregistrement de Charles Münch réalisé à Boston : quelques extraits du texte, seulement, rappelant son caractère général, le profil dramatique étant restitué par les parties musicales. Beaucoup plus bref, ce type d'exécution s'inscrit en un peu moins d'une heure (Charles Münch récitant, très sobre, enregistrement stéréo de 1956. RCA). Un parti extrême est de se contenter des «extraits symphoniques» (20 minutes de musique environ, sans chant). Cette suite d'orchestre, illustrée récemment par Dutoit (Decca) et surtout par James Conlon (Erato) avait trouvé un interprète «définitif» avec Monteux : probablement sa plus grande réalisation au disque (Philips). Alice Ader, enfin, est la seule à en avoir enregistré la version piano (Erato) mais peut-être avec trop d'«objectivité» pour convaincre.

Pelléas et Mélisande, 1892-1902
L'œuvre-somme, bien entendu, dont il semble impossible de réaliser la version qui satisfasse à tous les niveaux. Depuis cinquante ans domine l'intensité poétique de la version Désormière, premier enregistrement intégral de l'œuvre (Jacques Jansen, Irène Joachim, Henri Etcheverry). Soigneusement repiquée, désormais, sur trois disques compact (EMI), cette référence historique pleine de climat n'en sacrifie pas moins à peu près complètement l'orchestre. Au disque, ce dernier nous fut révélé par les enregistrements d'Ansermet, malheureusement ruinés l'un et l'autre par des distributions allant du discutable (Mollet, version 1952) à l'intolérable (George London, 1964). Ces disques, techniquement exemplaires, ne sont pas réédités en compact mais, de 1954, on a republié une première version romaine de Karajan dont la qualité sonore semble cette fois rédhibitoire (deux disques Hunt, avec Ernst Häfliger, Elisabeth Schartzkopf (!), Michel Roux). En 1969, nous devons à la RAI romaine un enregistrement Maazel, lourd et emphatique, dont le seul mérite est de nous offrir le premier Golaud de Gabriel Bacquier (trois disques, G.O.P.). Non encore rééditée, une version Cluytens (1957) avait déçu par la timidité de l'orchestre. Jansen restait égal à lui-même mais le timbre de Victoria de Los Angeles auréolait une vraie Mélisande «qui n'est pas d'ici». Surtout nous eûmes là, avec Gérard Souzay, le plus grand Golaud de toute la discographie (EMI). Cinq ans plus tard, Jansen, en fin de carrière, redonnait son Pelléas en concert sous la direction d'Inghelbrecht, soirée publiée en trois disques compacts (trois disques, Montaigne. Avec Micheline Grancher, Michel Roux, André Vessières, Solange Michel). Dans la mesure où la prestation orchestrale y fut d'une rare intensité et où la distribution était homogène, c'est là la seconde version à retenir.

Les enregistrements «modernes» ont commencé avec celui de Boulez (1970) dont la réédition soulignera une conception orchestrale «wagnérienne», avec de surprenantes fureurs mais aussi des zones étales qui n'aident guère des chanteurs dont, pourtant, il faut louer la

prononciation française (à quelques accrocs près, et aux problèmes posés à Donald Mc Intyre : Golaud ne saurait être «exotique»)...

Huit ans plus tard, Serge Baudo et l'Opéra de Lyon réussissaient un très convaincant retour à la «tradition» avec un superbe climat d'ensemble et une distribution quasi parfaite (la plus heureuse depuis Désormière) où l'on retrouve Bacquier en Golaud et où l'on découvrit, avec le regretté Claude Dormoy, un Pelléas idéal (trois disques, Eurodisc). La même année (1978), le tapage fait autour d'une seconde version Karajan éclipsa injustement la réalisation lyonnaise car la splendeur orchestrale berlinoise ne saurait masquer une distribution typiquement «multinationale», avec un Pelléas pâlot, une Mélisande monocorde, un Golaud (José Van Dam) qui ne fait oublier ni Bacquier, ni, surtout, Souzay, un Arkel, enfin (Raimondi), burlesquement inintelligible (trois disques, EMI). Les polémiques soulevées nuisirent aussi à la place qui aurait dû être faite à l'enregistrement d'Armin Jordan qui dissimule un orchestre prosaïque (Monte Carlo) par un plateau de chanteurs aussi nouveaux qu'heureux, comparable à celui de Serge Baudo (Eric Tappy, Rachel Yakar, Philppe Huttenlocher. Trois disques. Erato).

Après un répit de plus de dix ans, la discographie s'est de nouveau emballée avec les enregistrements récents de Dutoit puis d'Abbado. Se rattachant à la «tradition française» (Désormière, Inghelbrecht), le premier (trois disques, Decca) est desservi par une distribution dont le renouvellement n'excuse pas les maniérismes (Didier Henry, Gilles Cachemaille)... Seule Colette Alliot-Lugaz y insinue une Mélisande quasi idéale. Claudio Abbado (trois disques, DG) s'inspire de la conception «orchestre» (Ansermet, Boulez, Karajan) avec somptuosité et efficacité. Mais l'excellent Pelléas de François Le Roux n'excuse guère l'inconsistante Mélisande de Maria Ewig. De son côté, le bon Golaud de José Van Dam ne sauve ni un Arkel ridiculement jeune (Jean-Philippe Courtis), ni une Geneviève qui n'a plus l'âge (Christa Ludwig).

Regrettons pour finir que le film d'Olivier Horn n'ait pas incité à enregistrer l'œuvre sous la direction de Manuel Rosenthal avec l'idéal distribution «jeune» dont il disposait : Malcolm Walker, Colette Alliot-Lugaz, Jacques Rouillon... On déduira de tels débats qu'une audition sincère de Pelléas souffre (plus que celle de tout autre opéra) des inégalités qui peuvent y faire tache.

Aux inégales versions-vedettes, (Boulez, Abbado...) on peut préférer l'homogénéité, même à un niveau plus modeste, de versions où aucun élément irritant ne vient détonner : on choisira, dès lors, (outre l'«historique» Désormière) Inghelbrecht, Baudo ou Jordan, compte tenu qu'en une telle musique deux versions de la même œuvre sont généralement à envisager.

BIBLIOGRAPHIE

Sur Debussy

– L'Avant-Scène Opéra n° 9, *Pelléas et Mélisande*, 1977.
– Pierre Boulez, *Relevés d'apprentis*, Le Seuil.
– Centre Claude-Debussy à l'Ircam, *Cahiers Debussy*, Minkoff.
– Claude Debussy, *Monsieur Croche et autres écrits*, «L'Imaginaire», Gallimard.
– Manuel de Falla, *Ecrits sur la musique et les musiciens*, Actes Sud.
– Frédérick Golbeck, *Des compositeurs au XXe siècle*, Parution.
– Antoine Goléa, *Claude Debussy, Pelléas et Mélisande*, Slatkine.
– Christian Goubault, *Claude Debussy*, «Musichamp l'essentiel», Honoré Champion.
– Hommage à Claude Debussy, prix de Rome 1884, *Debussy e il simbolismo*, F. Palombi. Rome.
– Vladimir Jankélévitch, *Debussy et le mystère de l'instant*, Plon.
– Stéfan Jarocinski, *Debussy, impressionnisme et symbolisme*, Le Seuil.
– François Lesure, *Claude Debussy*, iconographie, Minkof-Lattès.
– François Lesure, *Claude Debussy*, lettres réunies et présentées par Hermann. Slatkine.
– Edward Lockspeiser et Harry Halbreich, *Claude Debussy*, Fayard.
– Ouvrage collectif, *Debussy*, «Génie et réalité», Hachette.
– Ouvrage collectif, *Jalons pour une décennie*, «Points de repère», Christian Bourgois.
– La Revue musicale n° 258, *Claude Debussy*, Editions Richard-Masse.
– Silence n° 4, *Debussy*, La Différence.
– Léon Vallas, *Debussy et son temps*, Albin Michel.

Autour de Debussy

– Hector Berlioz, *cauchemars et passions*, Lattès.
– Pierre Boulez, *Paul Klee, le pays fertile*, Gallimard.
– Robert. L. Delevoy, *Journal du symbolisme*, Skira.
– Paul Dukas, *Chroniques musicales sur deux siècles*, Stock.
– Christian Goubault, *La Critique musicale dans la presse française de 1840 à 1974*, Slatkine.
– Olivier Messiaen, *Musique et couleur*, Belfond.
– Maurice Maeterlinck, *Théâtre complet*, Slatkine.
– Ouvrage collectif, *Nijinski, Prélude à l'Après-midi d'un faune*, Adam Biro.
– Saint-Saëns, *Regards sur mes contemporains*, Bernard Coutaz.

TABLE DES ILLUSTRATIONS

COUVERTURE

OUVERTURE

CHAPITRE I

CHAPITRE II

de l'Opéra Garnier, Paris.
64-65 b *La Boîte à joujoux*. Gouache de Hellé, 1913. Bibl. de l'Opéra Garnier, Paris.
65 h Claude-Emma Debussy dite Chouchou. Coll. part.
66 h Femmes d'Alger. Aquarelle de E. Delacroix. Musée Condé, Chantilly.
66-67 b *L'Enlèvement au Sérail*, mise en scène de G. Strehler.
68 h *Le Coq d'Or*, mise en scène de E. Tchikawa.
69 Le théâtre annamite à l'Expo universelle de 1889 à Paris.
70-71 Vue générale d'Alexandrie. Carte postale, fin XIXe. Coll. part.
72 Femme arabe. Carte postale, fin XIXe. Coll. part.
73 La Péninsule Ibérique. Carte postale, fin XIXe. Coll. part.
74 Champ sous un ciel orageux. Huile sur toile de V. Van Gogh, 1890. Coll. Adam Fondation.
75 h Olivia Messiaen. Photo Izis.
75 b Alexandre Scriabine. Bibl. nat., Paris.
76-77 h Figuren Schrift. Encre de P. Klee, 1925. Fondation Paul Klee, Berne.
77 b Arnold Schoenberg. Aquarelle, 1935. Coll. part.
78 Concert à la vapeur, gravure de E. Granville. Bibl. nat., Paris.
79 h Reynaldo Hahn, mars 1910.
79 b Ambroise Thomas.
80 *Saint-François d'Assise*, mise en scène de S. Sequi.
81 h Ill. de Fidelio. Gravure de G. Sauvage. Bibl. nat.
81 b Ill. de Genoveva. Gravure anonyme. Bibl. nationale.
82 h Liszt se donnant le fouet. Gravure anonyme.
82 b Costume pour l'Opéra Benvennto Cellini, ici Cellini. Bibl. de l'Opéra Garnier, Paris.
83 Ariane et Barbe-Bleue, mise en scène de R. Berghaus.

CHAPITRE III

84 Scène de *L'Après-midi d'un faune*. Photographie du baron A. de Meyer. Bibl. de l'Opéra Garnier, Paris
85 Panneau laqué *Les poissons d'or*. Musée Claude Debussy, Saint-Germain-en-Laye.
86 *Pelléas et Mélisande*. Affiche de G. Rochegrosse, 1902. Bibl. de l'Opéra Garnier, Paris.
87 h *Pelléas et Mélisande*. Couverture du *Programme*, 1902, ornée d'une illustration de M. Denis. Bibl. de l'Opéra Garnier, Paris.
87 b Dufranc dans le rôle de Golaud dans *Pelléas et Mélisande*. Bibl. de l'Opéra Garnier, Paris.
88 Jean Perrier dans le rôle de Pelléas, 1902. Bibl. de l'Opéra Garnier, Paris.
89 Mary Garden dans le rôle de Mélisande, 1902. Bibl. de l'Opéra Garnier, Paris.
90-91 h Partition autographe de *Pelléas et Mélisande*, le prélude du premier acte. Bibl. de l'Opéra Garnier, Paris.
90 b *Pelléas et Mélisande*. Décor de Jusseaume pour le prélude du premier acte, 1902. Bibl. de l'Opéra Garnier, Paris.
91 b La table de travail de C. Debussy, avec la partition de Pelléas et Mélisande.
92-93 b Scène de Ariane et Barbe-Bleue, par les élèves du London theater School.
93 h Maurice Maeterlinck. Photo Pirov.
94 M. Maeterlinck dans sa propriété de Loire-Atlantique, 1900.
95 h Répétition de *L'Oiseau Bleu* avec G. Leblanc et le nain Delphin, 1908.
95 b P. Dukas et M. Maeterlinck devant la partition de *Pelléas et Mélisande*. Bibl. nat.
96 Mary Garden dans le rôle de Mélisande. Bibl. de l'Opéra Garnier, Paris.
97 Georgette Leblanc dans le rôle d'Ariane, 1907. Bibl. de l'Opéra Garnier, Paris.
98 Edgar Allan Poe. Photo de M. B. Brady.
99 h Ill. de *La Chute de la maison Usher*. Bibl. nat.
99 b Marguerite Gance dans le film de J. Epstein *La Chute de la maison Usher*, 1928. Bibl. nat., Arsenal.
100-101 Nijinsky dans *L'Après-midi d'un faune*, scène finale. Bibl. de l'Opéra Garnier, Paris.
101 d Ida Rubinstein dans *Le Martyre de Saint Sébastien*, encre de Delaroche. Bibl. de l'Opéra Garnier, Paris.
102 Caricature de Claude Debussy dirigeant. Bibl. de l'Opéra Garnier, Paris.
103 h Affiche du festival Fauré-Debussy, coll. part.
103 b Projet de décor pour *Jeux*, présumé de Pierre Bonnard, vers 1920. Bibl. de l'Opéra Garnier, Paris.
104 Pierre Boulez dirigeant, 1984.
105 h Scène de *L'Après-midi d'un faune*, photo du baron A. de Meyer, 1912. Bibl. de l'Opéra Garnier, Paris.
105 b Couverture du journal *Le Sifflet*, Bibl. nat. Paris.
106 Décor du *Martyre de Saint Sébastien*, acte IV. Gouache de Léon Bakst. Bibl. de l'Opéra Garnier, Paris.
107 h Parade de Erik Satie. Opéra de Lille, 1985.
107 b Stravinsky au piano. Dessin de A. Benois. Coll. Meyer, Paris.
108 g Manuel Rosenthal.
108-109 L'harmonium sur lequel Debussy a composé *La Mer*. Eglise Saint Enogat. Dinard.
109 h Décor de *L'Après-Midi d'un faune*. Gouache de Léon Bakst. Musée National d'Art Moderne, Paris.
110 h Gabriele d'Annunzio, huile sur toile de Romaine, 1912, Musée National d'Art Moderne, Paris.
110 b Charles Dutoit.
111 h *Le Martyre de Saint Sébastien*, page du *Cœmedia* illustré, 1912, Bibl. de l'Opéra Garnier, Paris.
111 b Igor Stravinsky et Ansermet, Bibl. nat., Paris.
112 Claude Debussy au jury du concours de trio de la revue *Musica*, 1910. Bibl. nat.
113 Ernest Chausson.
114 Le violoniste Eugène Isaye.
115 h François Couperin. Bibl. nat.
115 b Betsy Jolas et

TÉMOIGNAGES ET DOCUMENTS

INDEX

A

B

C

CRÉDITS PHOTOGRAPHIQUES

COLLABORATEURS EXTÉRIEURS

Maquette : Dominique Dubois et Didier Pujos. Maquette de la discographie : Béatrice Peyret-Vignals et Frédéric Vignals. Iconographie : Frédéric Mazuy. Lecture-révision : Nathalie Palma et Jean-Claude Seguin.

Table des matières